Helen Oyeyemi

[英]海伦 · 奥耶耶美 著
苏十 译

不存在的情人

Mr. Fox

中信出版集团 · 北京

图书在版编目（CIP）数据

不存在的情人 /（英）海伦·奥耶耶美著；苏十译．
-- 北京：中信出版社，2018.2
书名原文：Mr.Fox
ISBN 978-7-5086-8455-0

Ⅰ．①不… Ⅱ．①海… ②苏… Ⅲ．①长篇小说－英国－现代 Ⅳ．①I561.45

中国版本图书馆 CIP 数据核字 (2017) 第 308662 号

不存在的情人

著　　者：［英］海伦·奥耶耶美
译　　者：苏　十
出版发行：中信出版集团股份有限公司
（北京市朝阳区惠新东街甲 4 号富盛大厦 2 座　邮编　100029）
承 印 者：北京盛通印刷股份有限公司

开　　本：880mm×1230mm　1/32　　印　　张：10　　字　　数：180 千字
版　　次：2018 年 2 月第 1 版　　印　　次：2018 年 2 月第 1 次印刷
京权图字：01-2017-9322　　广告经营许可证：京朝工商广字第 8087 号
书　　号：ISBN 978-7-5086-8455-0
定　　价：42.00 元

献给我的“福克斯先生”
（无论你是谁）

在黑暗之中，他们不知道此事能否做成，
但知道自己必须尽力去做。

——玛丽·奥利弗[①]

① 玛丽·奥利弗（Mary Oliver，1935— ）：美国女诗人，以书写自然著称，1984年获得普利策诗歌奖。——译者注

那天，玛丽·福克丝来了，我真没想到会是她。如果早知道她要来，我一定会好好捯饬一下自己。我会梳好头发，刮刮胡子。不过至少我穿了套西装，尽力展示出一种职业的感觉。当时我坐在书房里，奋笔疾书，把语词一股脑儿堆砌在纸上，等待着最终能写出些好东西，写出些能留存下来的佳句。那天等待灵感到来的时间似乎比平时更长，但是我并不介意。窗户开着，我正在听格拉祖诺夫[①]的作品。他有一首交响乐，你不能关着窗户听，你就是不能。好吧，你当然可以关上窗户，但你会变得情绪激动，不能自已，也许只有我会这样。

我妻子在楼上，大概正在看杂志、画画或干着其他类似的事，谁知道达芙妮到底在干什么，做她爱好的事罢了。书房的交响乐声大到极点，但我不是头一回这么干了，而我妻子也从

① 这里指亚历山大·康斯坦丁诺维奇·格拉祖诺夫（1865—1936），俄罗斯作曲家、音乐教师和指挥家。——译者注

来不会对此抱怨，她从不抱怨我做的任何事。她做不到，因为我早就把她搞定了。我曾以诚恳的语气告诉她，我爱她的原因之一，就是她从不抱怨。所以当然，现在她就不敢抱怨了。

总之，当时我开着书房的门，玛丽就溜进来了。我没有抬头，只是轻轻地笑了笑，低声说："嗨，亲爱的……"我还以为她是达芙妮。我有一段时间没有见到她了，而且据我所知只有达芙妮在家。她没有回答，于是我抬起头。

玛丽·福克丝伸出手，走近我的桌子。她想要握手。握手！我许久未见的缪斯女神信步走来和我握手——而我则把电话向她扔去。我一把抓起桌上的电话，墙上的电话线一下子从插孔中弹出。她灵活地避开了，电话掉在废纸篓旁的地板上，叮当作响，噪音持续了几秒。我觉得自己并非真心想拿电话扔她。

"你这脾气。"玛丽说。

"已经有……六七年了吧？"我问。

她从房间的角落里拖来一把椅子，拾起我的地球仪，坐在我对面。她一圈圈转动着地球仪，那大片的海洋在她腿上不停旋转。我看着她，无法回过神来——她的举止、她看着我的眼神，我觉得就连她的英国口音都令我着迷。

"七年了。"她附和我。然后她问我过得怎么样，口气非常随意，好像她知道我会怎样回答。

"还是老样子——还是爱着你，玛丽。"我告诉她。该死，我真希望自己不要总是对她说这些肉麻话，我甚至不认为我说的是真的。但每当她在我身旁，我就觉得该试着表明心迹。我的意思是，如果她相信我，那将是很有趣的事。

“真的吗？”她问。

“真的！你是我唯一爱着的女孩！”

“唯一爱着的女孩！”她说，冲着天花板放声大笑。

“你尽管去笑吧——去伤害我的感情吧……你在乎些什么呢？”我悲哀地说，同时也享受其中。

“哦，你的感情……好吧，那我们就来好好说一说，福克斯先生。如果我是你的丈夫，你是我的妻子，你还会爱我吗？”

“简直是无稽之谈。”

“就说你会不会吧。”

“嗯，会啊，我觉得这能成。”

“那如果……我们都是男人，你还会爱我吗？”

“呃……我想会吧。”

“如果我们都是女人呢？”

“当然会。”

“如果我是个女巫呢？”

“你现在的魔力就足够蛊惑人心了。”

“如果你是我妈呢？”

“就此打住，”我说，“我疯狂地爱着你，这么说行了吧？”

“哦，你不爱我。”玛丽说。她解开了连衣裙的领口，露出了脖颈。“你爱的是这个。”她继续解开扣子，托起自己的胸部。她撩起裙摆，露出膝盖、大腿，一直往上，我们都盯着她那光滑柔软的躯体，那蕾丝内衣褶边。“你爱的是这个。”她说。

我点点头。

“你的爱不过如此。”她说着，突然开始揪扯自己的头发，打自己的脸。要不是因为她眼中流露出真挚之色，我准会以为她已经疯了。我起身想阻止她，但刚一出手，她自己就停了下来。

“我不愿让你喜欢这些，你必须做些改变。”她说。

交响乐结束了，我走到手摇留声机旁重新播放乐曲。

“我必须做些改变？你是说，你希望我承认，我爱的是你的……”我不自然地一笑，“灵魂？”

“根本与此无关。你就是必须改变，你是个恶棍。”

我稍等片刻，想看看她是不是在开玩笑，或者会不会多说几句话解释一下。她没开玩笑，也没再解释。她盯着我，眼神冷若冰霜，好像对我恨之入骨。我吹了声口哨。

“你说我是个恶棍，当真？我几乎每周日都会去教堂，玛丽，我给乞丐零钱，我从没逃过税。另外，每到圣诞节我都会给我母亲最喜欢的慈善机构寄一张支票。我到底哪里像个恶棍了？完全不沾边。”

我书房的大门仍然敞开着，我留心倾听着妻子的脚步声。玛丽整理了一下衣服，让自己看起来体面正派。一阵短暂而沉重的静默后，玛丽开口说道：“你谋杀女人。你是个连环杀手。你心中有数吧？”

所有欲加之罪中——

我完全想不到罪名竟是如此。

她走到我的书桌边，拿起我的笔记本，自己读了几行。“你能告诉我吗？为什么罗贝塔必须要被锯掉一只手、一只脚，在教堂祭坛上流血至死？”她又翻了几页。“这个故事的结局更加过分，露易斯被子弹打成了筛子，摔倒在地，因为山贼们错把她当成了她那背信弃义的哥哥。还有，麦圭尔太太必须在门把手上上吊自杀，因为她不敢想象麦圭尔先生回家发现她烧煳了饭后，会对她做些什么。在门把手上上吊？这是真的吗，福克斯先生？”

我发现自己正咧嘴笑着。这是我最不希望自己做出的表情。要轻蔑而严肃，我对自己的脸说。轻蔑而严肃，别那么局促不安。

“你毫无幽默感，玛丽。”我说。

“你说对了，”她说，“我没有。”

我试着再次为自己申辩：“干吗对小说里的情节如此大惊小怪？太荒谬了。这些都不是真的。我是说，拜托，它们只是些文字游戏罢了。”

玛丽将一缕秀发绕于指尖。“哦，有句话是怎么说的来着……我们做梦，我们做梦是件好事。如果我们醒着，这些事情会让我们受伤。可既然是在玩文字游戏，那不如玩大一点，杀了我们试试？放声尖叫吧，我们只是在玩游戏……”

“你说得不能再好了。”

“那么，在这场游戏中，你会为我做些什么呢？”她问。

我仔细观察着她，她的态度很认真。她是在发出邀请。

“为你杀一只恶龙，甚至十只。我会为你做任何事。”我说。

她微笑了。“很高兴你能和我一起玩，这是个好兆头。”

“是吗？好吧。不过顺便问一句，我们到底要玩什么？”

“你只要灵活点就行。”她说。听上去我好像已经接受了某项挑战，只是我根本不知道挑战的内容是什么。

“我会记住这一点的。那我们什么时候开始呢？”

她走近了些。“即刻。你害怕了吗？”

“我？不会。”

这件事的疯狂之处在于，我其实已经紧张了，但还好只有一点。突然她把手放在了我的脖子上。动作很轻柔，可是由她做出来，却让我更加忧虑。我握住了她的双手。我觉得我正在试图从她手中逃脱。

“准备好了吗？”她问。“预备，开始——”

鲁斯达克勒医生[1]

鲁斯达克勒医生的妻子并不是特别唠叨，但他还是砍下了她的头。他告诉自己，要是还想听她说话，到时候可以再把头装上。

医生已经这样疯癫了多久？我不知道。我觉得有段时间了。不过不用担心，他只是个普通医生[2]。

手术进行得干净利落，伤口被迅速缝合。然后，鲁斯达克勒将妻子的头部和身体放到一间空屋子里，他们原打算拿这间屋子当育儿室。在这之后，他像往常一样去工作了。

医生的妻子曾经是位好女人，因此她的尸体始终完好无

① 鲁斯达克勒（Lustucru）是19世纪法国文学中的一位头像铸造博士，他不断地挥舞着手中的锤子，为丈夫们带来的妻子进行换头手术，尽力把她们铸成温顺、谦卑的模样。他认为女子最大的恶行是多言。下文的故事就借鉴了这一男权至上的文学形象。“博士”和“医生”的英文是同一个词（Doctor），根据下文意思，在这里译为“医生”。——译者注

② 原文为General Practitioner，大多指在社区医疗卫生机构工作的全科医师，与“专业医生”相对。——译者注

损，没有散发出腐烂的味道。

大约过了一周，老鲁斯达克勒觉得自己很想念妻子。现在没有人再为他暖拖鞋，或者做其他类似的事啦。在育儿室里，他把妻子的头重新装在尸体上，但很显然，这并不像他所想的那样简单。他又拿来手术缝合包，同样毫无用处。尸体伸出双手，把头装在脖子上。他妻子眨了眨眼睛，从那张嘴里说出了话："你觉得还会爆发一场战争吗，在那场大战带来了满目疮痍之后？不太可能。你觉得还会爆发一场战争吗，在那场大战带来了满目疮痍之后？不太可能。你觉得……"就这样喋喋不休。

这让医生深感不安，他决定再次把妻子的头取下来。但尸体不允许他这么做，阴森可怖地直杵在那儿。简直一团糟。他不得不把她留在那里，反锁了育儿室的门，而她则在屋里一遍又一遍地重复着那番话。

第二天晚上，她打破了一扇窗户，逃跑了。

鲁斯达克勒意识到他对这个女人一直很坏。此后的漫漫长夜他无心睡眠，害怕她会归来。最让他恐惧的是，她的复仇也许会在顷刻间完成，而他还没弄明白发生了什么就一命呜呼了。他被这种念头折磨着，决心不为自己的行为做任何辩解。最终他的恐惧到达了顶点，反倒让他有勇气活下去了。实际上，这种恐惧成了他生活的支柱，也让他的疯病痊愈了，只不过他从来也没意识到自己患有疯病。几个月后，他似乎一点也不恐惧了，除了心脏偶尔会稍微跳得快一拍。此后的余生中，老鲁斯达克勒时刻准备着再次听到他妻子的消息，准备去回应她但他从来也没有这样做。

“嘿，刚才发生了什么？”我问。我们交换了位置，现在我四肢伸开，瘫坐在椅子上，好像刚从上面滑下来。我觉得我们好像还在书房里——我不能确定，因为玛丽的手紧紧地按着我的双眼。

“玛丽？”

她没出声。

“发生什么了？”我又问了一遍。

“我宁愿你现在别看我。”她说。

“你还好吗？”

“你觉得呢？在你做了那些事以后……你这个变态。”

“你是说，刚才故事里的那两个人是我们？真的是我们？我和你？是那个医生和他的好太太？”

她的答复生硬无礼。“是啊，是啊。我只需要几分钟来缓缓神，如果这要求不过分的话。”

我吹起了口哨，吹着《我无法开始》[1]这首歌，直到她开口说话，话声浸入歌曲。这首歌的调子我不用去想就可以自然而然地吹出来，在很多无所事事的时候，它对我来说宛如天堂。我试着改变音符的长度，一会儿在这儿分上几小节，一会儿在那儿冲过几小节，忽快忽慢，忽快忽慢。玛丽盖在我眼睛上的手轻轻颤动，我知道她正无声地笑着。这令我安下心来。吹到第三遍时，我中途停下来，问她我是否可以睁眼看她了。

“别，最好不要——”

她不需要告诉我，我也能感觉到局面很糟糕。这么说吧，她离我很近，就在我跟前，但她的声音却是从另一个方向传来的，从我左侧很远的地方。

“听着，我们怎么会弄成这样？我是说，刚才那一切究竟是怎么发生的？我们怎么会变成那样？怎么可能？我们两个一起构想出了那个故事？”

“都可以从技术层面上解释，”她调皮地说，“你是不可能明白的。”

“试着说给我听听。”

“恐怕现在不是说这些事情的好时机。”

当她把双手从我眼睛上拿走时，我马上开始想念那双手的

---

① 《我无法开始》（*I Can't Get Started*）是欧美一首著名流行歌曲，歌词描写一个男人得到了世上的一切，却得不到他所心仪的女人的关注。这首歌被多次翻唱，并在很多电影和美剧中出现过。——译者注

温度。“别睁眼，我没开玩笑。”她警告我。过了一会儿，我听到“咔嗒”一声，她急促地喘了口气。我始终闭着眼睛。

“玛丽，这只是故事自己的走向。我不知道故事中的那两个人代表着我们。如果你可以事先说明一下——”

“哦，你知道的，你当然知道那代表着我们。”她的声音很细，“不过没关系，是我让你先编故事的，是我自作自受。现在轮到我了，我向你保证，你不会喜欢这个故事的。”

别怕，别怕，但是别太胆大①

1936年2月17日
纽约市 西58街490号 c/o 阿斯特出版社
圣约翰·福克斯（收）

亲爱的福克斯先生：

我读了《鲁斯达克勒医生》，很感兴趣。这篇小说真的很不错。实际上，我想祝贺您写出了这么好的作品。我并不奢望得到您的回复，但有一个问题我不

① 这句话出自英国传统童话《狐狸先生》（*Mr. Fox*）。童话讲述了玛丽小姐独自来到未婚夫福克斯（Fox，意为“狐狸”）先生的城堡中，发现房间里藏着漂亮姑娘的尸体，而福克斯先生正在杀死一个女孩。在认清福克斯先生的真实面目后，玛丽让自己的兄弟和朋友杀死了他。本章标题就出自童话中写在福克斯先生藏匿尸体房间大门上的一句话，全句为“别怕，别怕，但是别太胆大，免得你的心儿受到惊吓”。《安吉拉·卡特的精怪故事集》中收录了这则童话，中译本译作“狐先生”。这个童话与《蓝胡子》相似，本书中的很多故事都可以说是借鉴、解构了这一类童话情节。——译者注

吐不快：为什么您所有的书里都没有作者照片呢？是因为您特别难看，还是因为您特别害羞，抑或是因为您已经超越了物理存在？

祝好！

玛丽·福克丝

纽约市 东65街85号11公寓

1936年6月2日
纽约市 东65街85号11公寓
玛丽·福克丝（收）

亲爱的玛丽：

请原谅我的自来熟，但如果称你为“小姐”你却有可能是位“太太”，称你为“太太”你又有可能是位“小姐”，相较而言，还是这样称呼你不太冒失。

谢谢你的来信，你的礼貌之词对我意义重大。

我回这封信，是为了证实你的猜想——我确实丑得惊人。我是几条狗的不幸主人，每一条狗都被我命名为涅斯托耳[①]，每一条狗都被我的外表吓得魂飞魄

① 涅斯托耳（Nestor），希腊神话中皮洛斯的国王，以睿智著称，且为人公正，长于言辞。——译者注

散，从家中逃走。

我有一种预感，你是和我完全相反的，对吗？我请求你在回信时附上一张你的照片。

你诚挚的

S. J.[①] 福克斯

纽约市　西 58 街 490 号　c/o 阿斯特出版社

1936 年 7 月 2 日
纽约市　西 58 街 490 号　c/o 阿斯特出版社
圣约翰・福克斯（收）

福克斯先生：

我又读了一遍我寄给你的第一封信，我不认为它应该得到如此侮辱性的答复。如果你对自己的外貌这么敏感，那么也许你就不该回复那些与此相关的问题。另外，如果刊登在 1 月 4 日《纽约时报》上的那篇短讯确实属实——你最近刚刚结束了第三次婚姻，那这不是很奇怪吗：你丑到会把狗吓跑，却一直受女

①S. J. 是福克斯先生的名字圣约翰（St. John）的首字母缩写。后文中的 M. F. 是玛丽・福克丝（Mary Foxe）姓名首字母的缩写。——译者注

人青睐？人家说讽刺是最低等的幽默，我对此表示赞同。

M. F.

纽约市　东65街85号11公寓

1936年7月6日
纽约市　东65街85号11公寓
玛丽·福克丝（收）

M. F.：

你是如此容易受到侮辱，这可真是太有意思了。你知道如此之多的信息，真让我感到害怕啊。另外，你看起来好像是个英国人（说到“幽默”[①]）。

如你所见，我十万火急地给你回了这封信。看到你对我的印象一落千丈，我太忧虑了。你对我的印象变坏了吗？告诉我没有。

圣约翰

纽约市 西58街490号　c/o阿斯特出版社

---

① 在上一封信中，玛丽将“幽默”一词写作humour，这是英式拼写方式。这个词的美式拼写应该是humor，因此福克斯先生说她应该是英国人。——译者注。

又及：我注意到你没有在信中附上照片。

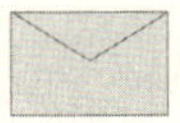

1936年7月11日
纽约市 西58街490号 c/o 阿斯特出版社
圣约翰·福克斯（收）

你似乎很尖酸刻薄，福克斯先生。是你下一本书写不出来了吧？

M. 福克丝

纽约市 东65街85号11公寓

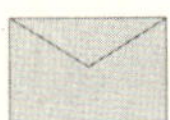

1936年7月16日
纽约市 东65街85号11公寓
“玛丽·福克丝”（收）

亲爱的“玛丽·福克丝”：

这是你的真名吗？我们在哪儿见过吗？我有什么地方得罪过你吗？请直接告知，允许我做些补偿。

圣约翰·福克斯

纽约市 西58街490号 c/o 阿斯特出版社

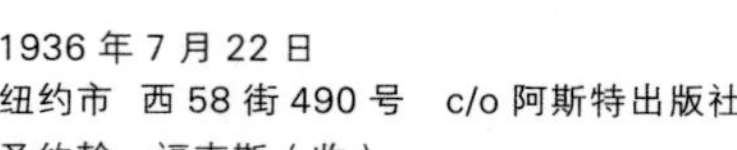

1936 年 7 月 22 日
纽约市　西 58 街 490 号　c/o 阿斯特出版社
圣约翰 · 福克斯（收）

亲爱的福克斯先生：

你的问题蠢极了。

你诚挚的玛丽 · 福克丝

纽约市　东 65 街 85 号 11 公寓

1936 年 7 月 28 日
纽约市　东 65 街 85 号 11 公寓
玛丽 · 福克丝（收）

我亲爱的福克丝小姐：

你可真是能说会道，但眼下可不是个浪费笔墨和邮资的好时候，说说你想从我这儿得到什么吧。

S. J. F.

纽约市 西 77 街 177 号 25 公寓

1936 年 8 月 2 日
纽约市　西 77 街 177 号 25 公寓
圣约翰・福克斯（收）

我写了几篇短篇小说，我想请你读读它们。

M. F.

纽约市 东 65 街 85 号 11 公寓

1936 年 8 月 6 日
纽约市　东 65 街 85 号 11 公寓
玛丽・福克丝（收）

为什么让我读？

S. J. F.

纽约市　西 77 街 177 号 25 公寓

1936 年 9 月 1 日
纽约市 西 77 街 177 号 25 公寓
圣约翰·福克斯（收）

福克斯先生：

之前那封信写得太短，我为此道歉，这首先是因为，您那封信里的直率让我惊讶，同样让我感到惊讶的还有信末附上的那个地址，它看上去就是您真实的家庭住址；其次，那一周我的日子有些难捱，但又着急回信，在这种情况下，只能舍弃细枝末节处的礼节涵养了。为什么让您读？我的回答大约是些陈词滥调：长久以来，我一直是您作品的忠实拥趸，想到我乱涂乱写的拙作能有幸被您鉴阅，我就大受鼓舞。好了，我说完了。总而言之，我别无所求，只希望您在读过我的小说后，能将感受如实相告。我明白，光是提出这种要求就已经很过分了，如果我是您，肯定会对此心生厌恶。所以，如果您打算以沉默作为对此信的答复，我是绝不会生气的，我会继续做——

您忠实的读者

玛丽·福克丝

纽约市 东 65 街 85 号 11 公寓

1936 年 9 月 10 日
纽约市 东 65 街 85 号 11 公寓
玛丽·福克丝（收）

福克丝小姑娘：

如果你真的做了功课，就该知道，在这个世界上，你最不该将小说交给他并咨询其意见的人，就是我。你能够引证 1 月份《纽约时报》上那篇谈及我第三次离婚的文章里的信息，却不记得 2 月份的另一篇文章将我形容为“一个坐在餐桌对面的令人窒息的存在……一个女性创作欲的残忍终结者”，这可实在让我震惊。你何不给那篇文章的作者写信呢？我敢肯定她会为你的小说送上一些温馨提示。

你诚挚的

S. J. 福克斯

纽约市 西 77 街 177 号 25 公寓

1936 年 9 月 13 日
纽约市 西 77 街 177 号 25 公寓
圣约翰·福克斯（收）

福克斯先生：

您对我有所怀疑，别这样。最近您的私人生活被人密切关注，让您感觉自己的一切都暴露无遗，也因此觉得我在讥讽您，或是觉得我正憋足了劲儿，准备抓住机会抖个包袱：给您寄几页满含讽刺意味的小说，小说讲述的是一个作家和他37位前妻的故事——所有的前妻都讨厌他，将自己失败的人生归咎于他。我很失望，您将自己与他人的每一次互动都编出故事，想入非非，您的这些念头太容易被人察觉了。这特别俗套，请原谅我这样说。

我在 7 月份过了 21 岁生日。不，我长得不好看，可以说是一点也不好看。您说对了，我是英国人，实际上，我和《福克斯英烈传》[①] 的作者有直接关系（我对此很自豪，我觉得《福克斯英烈传》是 16 世纪最好

① 《福克丝英烈传》（*Foxe's Book of Martyrs*）是一本关于新教历史和殉教史的书，讲述了新教徒在英国和苏格兰被天主教迫害的事，由约翰·福克丝编写，而他的名字就是约翰·福克斯和玛丽·福克丝两个人名与姓的组合，可以理解为作者在玩文字游戏。——译者注

的一本书）。我在一所教区长住宅[①]中长大，爸爸是牧师，当我还是个孩子时，曾以为《圣经》是他写的。我现在住在一所离您不算很远的顶楼公寓里，独占一间卧室。这地方满是些我害怕一不小心就会碰坏的东西。差不多有一年了，我都在这里做一个14岁的女孩的家庭教师和“普通同伴”（这份职业没有什么正式的称谓）。这个女孩被要求不得返校，因为她的大多数同学都被她吓坏了。周末这家人通常会离开小镇，我会趁机用打字机将我写在笔记本上的东西打出来。我不知道为什么要告诉您这些，也不知道我罗列的这些事情能在多大程度上让您觉得安心，或者甚至让您觉得有趣（如果它们有这个能力的话）。我不是您所认为的那种人，仅此而已。

M. 福克丝

纽约市 东65街85号11公寓

① 教区长住宅是指英国教堂教区长及其家人所居住的房屋。——译者注

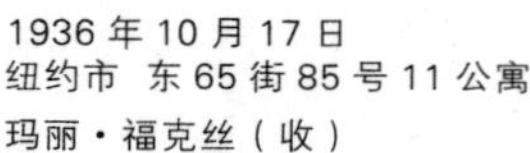

1936 年 10 月 17 日
纽约市 东 65 街 85 号 11 公寓
玛丽 · 福克丝（收）

亲爱的 M.：

你的信比长久以来我收到的任何一封信都更让我感兴趣，如果你仍然希望我能读读你写的东西，那么我很乐意。不过，你一定要把它们当面给我——我只读认识的人的作品。趁你还没有发表任何尖锐的评论，我先声明——对，我认识莎士比亚，我真的有那么老了。

几乎每个星期天，我都会在梅西尔酒店的酒吧待上一两个小时。在那儿，我甚至不会偷听别人的八卦——现如今每个人都用力过猛，以至于没什么事值得大惊小怪，我只是喝酒。如果下个星期天晚上 7 点你能过来同我一起，我将荣幸之至。这封信就不用回了，赴约就行，看看我们能不能认出彼此。如果你带的那沓小说能叫人一眼看到，我会觉得你很扫兴。

致以亲切问候的

S. J.

纽约市 西 77 街 177 号 25 公寓

* * * * * * * * * * * * * * * * *

我在星期三早上收到了那封信，在早餐桌上拆开了它。与此同时，米茨·科尔正舔着葡萄柚的果肉瓣儿，而凯瑟琳·科尔闭着眼睛坐在那儿，用她所以为的英国口音不停重复着"劈开云雀劈开云雀劈开云雀劈开云雀"。过了一会儿，米茨也加入进来："劈开云雀劈开云雀劈开云雀劈开云雀——"，但是她的口齿急促不清，只能在凯瑟琳换气的空当挤进几句匆忙的话音。

凯瑟琳睁开了她那双冰蓝色的眼睛，吟诵道："你会找到音乐[①]。"

米茨用勺子戳了戳我的手腕："有什么要紧事吗？"

我摇摇头。"只是我爸爸来了封信。"我并非完全在撒谎——我的盘子旁边的确有个信封，上面是我爸爸的笔迹，只不过还没拆开。

科尔家有一只音乐钟，就挂在客厅的架子上。它的形状像个灯笼，上面有个圆孔，镶有钟面。从早上7点到晚上10点，每隔一个小时它就报一次时，报时时还会奏上一小段《献给爱丽丝》。想到自己曾经一听到这首曲子就浑身难受得起鸡皮疙

① 《劈开云雀——你会找到音乐》是美国女诗人艾米丽·狄金森的一首诗。从后文看，凯瑟琳和米茨也许是为了训练朗诵技巧，故意不停地重复这首诗的名字。——译者注

瘩，我不禁失笑。凯瑟琳几次声称这只钟冒犯了她的感情，但科尔先生喜欢它，所以它一直留在那儿。当初这家人在伦敦面试我时，科尔先生与我握手后，告诉我的第二件还是第三件事情就是他没有文化修养，一点也没有。米茨是个小个子，有一头白金色头发，身材丰满又显得亲切，好像一颗光芒柔和的钻石，一听到科尔先生这样说就马上插话："愿上帝保佑我们的熊爸爸，他不需要拥有任何文化修养。"

就在时钟敲响9点时，凯瑟琳扭头对她母亲说："知道吗，你的朗诵糟透了。"

米茨抚摸着凯瑟琳的头发，说："是吗？谢谢你，亲爱的。"

凯瑟琳回应道："你手上都是柚子汁，现在我头发上也是了。"她马上离开了座位——她可不仅是任性。米茨和我听到卫生间的水龙头被打开了，面面相觑。

"凯蒂竟然是我的孩子，这让我感觉有点奇怪。"米茨评论道，继续吃着葡萄柚。与此同时她还在读着字典（我看见她刚开始读字母K开头的条目），并浏览着一份波道夫·古德曼①的商品目录，为凯瑟琳挑选衣服。

凯瑟琳回到了餐桌旁，头发湿漉漉的。米茨用笔敲了敲翻开的那页商品目录，问道："宝贝，你觉得这套小裙装怎么样？"

① 波道夫·古德曼（Bergdorf Goodman）：纽约著名精品百货公司。——译者注

“棒极了，我想要。”凯瑟琳说，看都没看一眼。凯瑟琳就是黑头发、缩小版的米茨，和妈妈相比，她的良心好像完全被抹除得干干净净。我有一种强烈的感觉，如果凯瑟琳没有被严加看管，她总有一天会对另一个人，甚至另一大群人做出糟糕透顶的事情。防止这种事发生的关键就是别激怒她，我觉得。

米茨在那页商品目录上打了个大勾。

看看我们能不能认出彼此……

我看着对面的墙壁，吃着吐司——所有食物上都涂满了黄油和黄色的橘子果酱。家里有米茨所能找到的最金光闪闪的木材、黄色的厨房工作台、黄色的桌布……油毡地毯也是同样的颜色，但它们的色泽太过触目惊心，以至我从来都不太敢相信自己的眼睛，时常觉得在地上走着的、坐下时在地上放着的都只是我的十根脚趾，而不是我的全副身体。

凯瑟琳身上的白色上衣被水弄湿了，很可能已经毁了。明天早上我们散步之前，我会先把它送到干洗店里。她松绿色的裙子剪裁得非常简洁，但我知道它至少抵得上我三个月的薪水。

“你最好换件上衣，凯瑟琳。”我说。也许她听到了我的话，不过没有任何表示。我拿起了福克斯先生的那封信（**如果你仍然希望我能读读你写的东西，那么我很乐意……**很乐意，他会很乐意……），还有家里给我寄来的那封信，回到了我的房间，把它们和其他信件塞在一起。这些信就塞在我那本《福克丝英烈传》的书页之间。凯瑟琳很讨厌这本书，把信藏在这儿很安全。

米茨打开了无线电台，一支乐队正用摇摆乐[①]风格演奏着格什温[②]的曲子，长号的声音压过了一切。我回到厨房去洗盘子和杯子。

“我读了你的几首诗。”凯瑟琳告诉她妈妈。米茨警觉地睁大了眼睛，问道：“然后呢？”

“根本不知所云，”凯瑟琳说，“你知道吧？我有些疑问。”她从裙子的口袋里扒拉出一张正方形的纸，然后打开了它。米茨环顾着房间的每一个角落，试图找人求助。我迅速背过身去，水溢出了盘子。

“哦，是张白纸。”米茨低声说，声音嘶哑，松了一口气。“宝贝，是张白纸。你就用这种鬼把戏耍你老妈。”

“愚人节快乐。”凯瑟琳解释道。

“现在是十月。”米茨告诉她。

凯瑟琳沉默了一会儿，她看上去很无聊。也没有其他人说话。广播里的乐队已经投入到下一支歌曲的演奏中，而我开始烘干盘子。我会拿给福克斯先生三篇小说，我已经想好是哪三篇了。上个周末我看着自己从前写的那些短篇小说，将它们读

① 20世纪三四十年代，大型爵士乐队风行美国。由于他们演奏的舞曲曲调动听、活泼，节奏鲜明，又有很强的艺术性和挑逗性，听到这种音乐，人们会不禁随着它的节奏和韵律扭摆着身子翩翩起舞。故人们称之为摇摆乐。——译者注

② 乔治·格什温（George Gershwin，1898—1937）：美国著名作曲家，作品在爵士乐演奏家中很受欢迎。——译者注

了一遍又一遍。我问自己：如果福克斯先生没觉得你有什么了不起的，那该怎么办？

抹布也是黄色的，每擦一只杯子，我就检查一遍双手，看看自己有没有出黄疸。凯瑟琳出现在我身边。她已经换了一套灰色的连衣裙。“快点，玛丽，”她说，把外套递给我，“我们去散步。”

昨天下了一整夜的雨，现在仍有雨滴从树上坠落。65街上的每一根树枝都朝我们身上洒下落叶。树叶颜色很深，湿漉漉的，沙沙作响。这些叶子给你一种错觉：它们可能随时会咬人，就像蝙蝠一样。我们向中央公园走去，梅西尔酒店就在道路尽头。鸽子们在酒店门口的白色门柱上笨拙地蹦蹦跳跳，我可以听到那里的喧嚣声，看到人们在烟灰色的玻璃后面走来走去。

我们在干洗店门口停下来，把凯瑟琳的上衣和科尔先生的几套西装送进去。我给凯瑟琳布置了文学课作业：阅读《白衣女人》和《基督山伯爵》，然后回答“什么叫反面人物？”这个问题。我的书包里装着两本《白衣女人》和两本《基督山伯爵》，好让她在公园里安定下来时读。我打算和她一起，看看能不能跟上她的思维。阅读本身不会让凯瑟琳游离（她什么都读），但是读完以后想从她那里得到回应可就难了。如果问她读后的感受，她会冷淡地将故事的每个细节都重复一遍。“哦，每个人都会有些想法的，不是吗……每个人都会想说点什么。”她会这样告诉我，而我想知道的只是她是否喜欢这本书。

就像我所预料的那样，凯瑟琳并没有听我在说什么。她把落在自己黑色贝雷帽上的叶子捡起来丢掉。“你说，我妈会让我把头发剪成像你那样的波波头吗？”

我们在红绿灯路口手拉手过了马路。

“现在的发型很适合你。”

“但是我想留波波头。我妈说波波头很怪，因为太过时了。”

我的脸变得通红，不过去问米茨是否真的说过这些话是毫无意义的。

凯瑟琳斜眼看着我：“你为什么要留波波头？等着复古风潮[①]重新杀回来吗？”

“我剪短头发是因为我不在乎潮流，我只在乎什么是适合自己的，多谢你的关心。”我严肃地说。

其实，剪短头发是因为我已经对自己的头发绝望了。我的发色太淡，将头发往后梳拢时，我看起来就像秃顶了似的。我母亲曾经亲吻着我的脸颊，手指在我的发间穿梭。她会抓起一把头发，把它们举到光前，说道：“看看这发色，就像金丝，你一定会长成一个大美人……”

我一直都知道这只是个故事，就像她给我讲的其他那些童话故事一样。我并没有因此受伤，也没有指望过它会

① 原文为 Flapper，指 20 世纪 20 年代的摩登女郎。她们有着偏中性化的打扮，留着时髦的短烫发，脱去束腰，穿着微短而舒适的改版小礼服，化着得体大方的妆容，手拿男士烟斗或长烟，袒露双臂。——译者注

成真。

我花了周日一上午的时间，将那三篇打算给福克斯先生看的小说重新打了一份。平时，我经常打错字，因此浪费了不少纸张。但是这一回错误却很少——紧张感让我更加准确。我用凯瑟琳的留声机一遍遍播放着《妈妈爱爸爸》。留声机是她和父母一同去长岛前留在我房间里的。离开时一家三口都穿着硬挺的白色网球装，打算在长岛家中的网球场上轮流组合双打，以帮助科尔先生忘掉过去一周工作的烦恼。我没去过他们在长岛的房子，但我见过那里的照片，暗中希望他们永远也别邀请我一同前去。除了网球场，那所房子里还有一个游泳池和一座灌木围成的迷宫，还有个厨子。我在这种地方能做什么呢？大概会死吧。科尔一家有些抑郁之处。

米茨偶尔会问我是怎么过周末的，我告诉她我在时代广场的一家慈善厨房做义工。

打完小说，我将它们装进一个黑色的文件夹中，放在书包里。胃好像提到了嗓子眼，我试着在卫生间呕吐，不幸的是什么也吐不出来。我拿了一本《基督山伯爵》躺在床上，重新回顾他在伊夫堡的惊险逃亡。**真有你的，基督山伯爵，你可是从无处不在的狱卒们的眼皮底下逃跑的**。我曾经试着挪动床铺，好让自己能透过卧室的窗户看到天空，但现在我已经放弃了——曼哈顿的这一带根本就看不到天空。有太阳的日子里，云朵会映照在摩天大楼中部楼层的玻璃幕墙上，而这已经算是最好的天气了。

很奇怪，就算公寓里没有人，我也会猫在自己的卧室里，事实上，公寓里越是没有人，我就越会在卧室里猫着。我也说不清这是为什么——不是因为依恋这个房间，也与所谓的“安全感”“拥有权”无关；不是因为害怕，也不是因为担心在公寓里迷失。也许科尔一家就是因为这一点选中了我，他们一看见我就觉得，这个女孩对我们家，对我们的切割水晶和传家银饰，对我们裱在相框里的风景画和蕾丝装饰（哦，我们的蕾丝装饰）都构不成任何威胁。她是英国人，但并不装腔作势。她清楚我们的位置，当然也清楚她自己的位置。这女孩有时候像个幽灵……在一些特定的时间、特定的地方，她会出现在我们眼前，但其他时候她会退隐到一片事不关己的黑暗里。“幽灵”玛丽·福克丝。

我决定要比他先到酒吧，在他暗中监视我之前先监视他。我会坐在门边的位子，点上一杯酒，半睁着眼睛慢慢喝着。然后，在晚上 7 点，我会抬起头，仔细端详我周围的那些人。事情最终会像一部阿加莎·克里斯蒂[①]的悬疑小说那样结尾：所有嫌疑犯都被囚于一方斗室之中。

---

① 阿加莎·克里斯蒂（Agatha Christie，1890—1976）：英国侦探小说家、剧作家，三大推理文学宗师之一。代表作品有《东方快车谋杀案》和《尼罗河谋杀案》等。——译者注

在7点零3分，我会走到那个看起来最不像他的男人身边，对他说："不介意我坐在你旁边吧，福克斯先生。"我不会使用任何疑问的语气。我们可以聊一个小时，我会把小说交给他，然后在8点10分离开，最晚8点半走。9点钟科尔一家人就回来了。

我选择在6点半到达那里。既然他邀请我7点在酒吧见面，那他自己就不太可能在6点半之前到。除非——他在信里说，他每周日都在酒吧消磨"一两个小时"——除非他挑选了这"一两个小时"中的后一个小时和我见面。如果是这样，6点半他肯定已经坐在那儿了，面前威士忌里的冰块正在融化。我注意到在他的小说中，没有任何一个人物是喝威士忌的。他们喝这世界上的一切东西，但就是不喝威士忌，所以威士忌大概是福克斯先生准备留给自己享用的。直到杯中的冰块和酒精完全交融，他才会啜饮一口，而与此同时，他还在等待着……等待着什么呢？他真的会在"几乎每个星期天"，都独自一人前去梅西尔酒店的酒吧吗？说不定他有个酒友，叫作萨尔什么的，有点木讷、迷迷糊糊，身为体育记者，他的嗜睡症让人忘记了他对有史以来任何一场职业拳击赛的数据都了如指掌，犹如百科全书。老好人萨尔，一个毫无城府的伙伴。又或者，福克斯先生喜欢和他小说的崇拜者们一起喝酒——那些卷起衬衫袖子的年轻报社记者，以及穿着时髦、为各种各样的出版社和文学代理机构撰写退稿信的女孩。他可能喜欢演员。迄今为止他还没和演员有过任何婚姻或其他亲密纠葛，他只和作家走得近，但说不准也会青睐一颗百老汇新星，让她成为他接踵而至的厄运的一剂解药。如果我发现福克斯先生正与一位一脸傻笑的女演员坐在酒吧里，我可不会费心和他讲话，我会马上离开。

差10分到6点时，我走进了凯瑟琳的房间，打开了她的衣柜。她的衣柜非常整洁，以至于显得空空荡荡。我从衣架上取下了她的绿色裙子穿上，很合身。接着我去了米茨的房间。钟表报时6点，奏出了一曲《献给爱丽丝》。我穿着凯瑟琳的裙子和我自己的黑色胸衣，坐在梳妆台前（只剩下20分钟了，我走去梅西尔酒店要花上10分钟），用上了我面前的一切化妆品——我扑了粉，涂了腮红，刷了睫毛，梳了眉。等我做完了这一切，我又把脸上的妆容全部洗净，因为就像我所预料的那样，化了妆的我看起来恐怖极了。只剩3分钟了，我穿上凯瑟琳的丝绸上衣，系好扣子，关掉留声机，出发了。

电梯员问我是不是要去赴约会，我没理他。无视与你同乘电梯者挑起的话头，那感觉好极了。我觉得只有当一个人完全没话说的时候才能够做到。当我在一楼走出电梯时，他压了压帽子，说道："嗯，装模作样的小姐，也祝你有愉快的一晚。"

梅西尔酒店里的一切摆设，都是用黄铜、桃花心木和打磨光滑的蔷薇木做的，还有红色天鹅绒。香水的气味和尼古丁的气味完全混合在一起，闻起来有些龌龊，但这是一种美好的龌龊。我坐在角落一张窄小的桌子边，一对男女刚从这里离开。他们看起来很开心，走出大门时，他们立起了外衣领子，轻触着彼此的指尖。我将酒杯放在他们留下的空杯子中间，叮嘱侍者不要把空杯收走。从巨型大理石吧台到吧台周围的桌椅，几乎没有人是独坐的。这里还有几对男女，但基本上都是五到七个人混坐在一起。女士们轻皱着漂亮的鼻子啜饮鸡尾酒，男士们说话时比画着手中的香烟和威士忌酒杯，强调着他们的论点。

6 点 40 分时，有人对我说："嗨，你好啊。"

我抬起头，看到一个男人手持一杯啤酒，头发梳得油水光滑，每一缕发丝都清楚分明，就像叶子上的纹路。他朝我咧嘴一笑。

"孤零零的一个人吗？"

"你是福克斯先生吗？"

他眨了眨眼，拉过我对面的椅子。"当然，我就是。我一直在观察你，还有……"

趁他还没来得及坐下，我把书包放在那张椅子上。"我在等人。"

那人没说话就走了，在吧台坐下，把高脚凳转到正对着我桌子的方向，每次我一往那边看，就看到他在朝我笑。我不由自主地每隔一会儿就得往那边看上一眼，想知道他是不是还在那儿。我开始确信，吧台的那个男人其实就是福克斯先生。他的眼睛又小又圆，眼白太多，两只眼睛离得也太近，但他的笑容令人愉快，抚慰人心。

在7点10分，一个侍者走过来，又给我上了一杯酒。“吧台的那位先生对你很有好感，点了这杯酒以示心意。他说他叫杰克。”

我点点头，她把酒杯放在我面前。我没喝它。它就杵在那儿，帮我拖延时间，让我能独自在这儿多等一会儿。我看着杯中的酒，觉得自己好像就要溺死在里面了。福克斯先生没来，他没来，他没有。

8点半时，我离开了酒吧。夜色很荒凉，小镇的私家车和出租车车流交织，不停地摁着喇叭，提醒我这边是马路，那边是人行道。但是马路看起来热闹得多。如果我走马路会怎么样呢？

我时常想，发疯是一件很奢侈的事，当我发了疯，就不用再为任何事情担心。其他人不得不帮我担心，为我担心。会有那种医生告诉我：“别担心，玛丽，你只是疯了而已。现在安静点，吃了这药。”然后我会在心里想，没什么大不了的嘛，还觉得很高兴。但对外我会大声抗议：“什么？我是完全清醒的！你才疯了……”不过我会说得很温和，只是做做样子，真的。

1936 年 11 月 1 日
纽约市 西 77 街 177 号 25 公寓
圣・约翰・福克斯（收）

可恶的福克斯先生：

卑鄙的福克斯先生：

恶毒的福克斯先生：

讨厌的福克斯先生：

令人憎恨的福克斯先生：

让人恶心的福克斯先生：

……

我合上了同义词词典，把信纸狠狠地从打字机上扯下来，把纸都扯破了。半页纸还卡在字杆上方的滚轴中。我把这两部分纸拼在一起时，发现它们根本就对不上。

凯瑟琳躺在我床上，正在看一本我没有布置给她的书。在我把那封写给福克斯先生的信在手中揉成一团时，她抬起了头。凯瑟琳就是这样，当我使劲儿敲击打字机键盘时，她几乎眼皮都不眨一下，但当我静悄悄地在指尖做些小动作时，她立刻兴趣十足。

我问她在读什么。

她耸耸肩。“读些书。”

“这么说你已经读完了我布置给你的书了，是这样吗？”

她翻了一页。“还没，我正要读。”

“我会告诉你妈妈你不用功。”

凯瑟琳似乎被我的话激起了兴趣。我以前从来没有威胁过她。

“也许你应该告诉她。毕竟，我的教育出了大问题，说不定我需要换个新老师什么的。你是不是想回伦敦了？”

我被她的冷漠逗笑了，她说话时甚至不会费心使用那种含沙射影的讨厌口吻。

“凯瑟琳，就算我现在在这把椅子上凄惨地死去，血溅了一屋子，把你正在看的那本好书都糊上了，我相信，我真的相信，你也只会把最恶心的部分擦一擦，然后继续读。”

凯瑟琳伸长了腿。“你这话说得挺吓人，玛丽，”她摇摇头，“真的挺吓人的。”

她离开了房间，我拿起她刚才在读的书，封面上画了一条汽船。我看了一眼背面，《南国腹地的吸血鬼》。

凯瑟琳拿着一本《白衣女人》回来了，坐在打字机对面的椅子上。“现在高兴了？”她问。我说我高兴了。我的姿势从站在床边变成了躺在床上，我在过去的几天里特别累，比平时睡得更久，感觉那种醒来之时的震惊传遍我的身体，好像自己被扔在了一堵墙上。凯瑟琳开始打字。我没睁眼（我是什么时候闭上眼的？），说道：“别碰我的打字机，凯瑟琳。”

她没停下来，我也没指望她会。我喜欢听打字机键盘传来的那种宛如轰隆行军的声音，空格键的颤动声，换行时发出的“叮”的一声金属撞击声。这些声音很鼓舞人心，发出这些声音的东西是对你这个人、对你说的话感兴趣的，它们真正了解你的所思所想。“嗡，”打字机说，“嗡，我明白我明白我明白。”不时吃吃地笑……

我睁开眼睛时，卧室的门被关上了。

“凯瑟琳？”我喊。

“干吗？”她应和道。看来她没从家里跑掉，我松了口气。不用像上次科尔一家在伦敦旅行时那样，临近午夜12点时把她从警察局领回来了。那一回，凯瑟琳在考文特花园甩掉了她当时的“陪伴人”赫斯特，以便去商店猛偷一番。在认定赫斯特根本看不住凯瑟琳后，科尔夫妇解雇了她，然后张贴了招聘广告，马上补上了空缺。他们之前没有雇用过来自英国的陪伴人，一直想找个善于辞令、不易亲近的人，好像这些特点真能唬住凯瑟琳似的。

我往打字机里面看去，那儿有一座“城池”，有灰白色的圆柱，没有居民。

“代数作业做完了，你布置给我的书我也已经读了二百零他妈的五页了。”凯瑟琳宣布。

“不许说‘他妈的’。”我对她说，“你这条小狗现在该出去遛遛了！”

她汪汪地叫了几声，叫得挺像。

一天晚上，我撞见科尔先生一个人在厨房。他在烤面包机前俯下身，试图点燃香烟。“找不到火柴了。”他直起身时说。我说“哦”，然后准备离开这里。我的茶可以等等再喝。但是他伸出了手——并没有伸得太远，因为他身材高大，我在他身旁就像一个布娃娃——他抓住了我的手。他拉起我在屋子里转着圈，他按住我，我的后背贴在厨房的桌台上。他吐出一团烟雾（在此过程中，他并没有费事把烟熄灭）。他向我靠得如此之近，我甚至可以看到他没刮干净的胡须。我看着他的嘴唇，因为我觉得他想亲我，而如果我一直看着他的嘴，他就不会亲我了。那可是我的初吻，那将会是一个带着烟味的吻。

他没亲我，但把手放到了我的胸部。透过裙子和胸衣，他的手捏住我的胸部。与此同时，他还继续抽着烟。我知道我应该感到愤怒，或者感到被侵犯，我也试图如此，但他的表情漫不经心，好像在画板上涂鸦时脑子却在想着另一件事情。总的来说，我感到困惑不解。他一直盯着我的额头，但当他第三次捏住我的胸部时，他直视着我的眼睛，随即放开了手。“有地方要去，有人要见，玛丽。”他退到门边，从嘴里取出香烟，然后把一根手指放在唇上，眼神闪烁。我希望自己能给谁写信说说这事，告诉他有人摸了我，正儿八经地看了我一眼后又改变了主意。这种感觉太糟糕了。

凯瑟琳和我散步回来后，发现科尔先生在家里。他坐在一把扶手椅上，大腿上坐着米茨。米茨朝凯瑟琳张开双臂，邀请她加入这阖家团圆的一幕。凯瑟琳眼神冰冷地看着她的父母，绕过他们走向餐厅。那里有一个戴着白帽子的黑人女佣，她站在一辆多层手推餐车旁，正在把一盘又一盘根本没人会吃的千层馅饼端上桌。

“到底还要有多少次，我需要在这些女士到访之前溜走？”科尔先生问道。他看起来真的很忧虑。米茨捏着他的脖子，对他温柔耳语：“你真是只大坏熊，对不对？对不对？”

米茨一个月才组织一次她的妇女俱乐部活动，所以忍一忍也就过去了。她丈夫同事们的妻子会聚集到科尔家的公寓里，弄得到处都是烟味。除了鸡尾酒和蔬菜沙拉外，她们什么都不碰，人人都在减肥。这些女人会围成一个圈子，告诉其他人自己最近读了什么书，看了什么戏剧或电影，哪场艺术展览最棒。凯瑟琳和我会躲在她或我的房间里，用一把椅子顶着门，以防米茨喝高了，突然灵光一闪，想拉出孩子来大秀一番。我们伸展着四肢，躺在一个由我们的腿搭成的巢穴里，看书，嘎吱嘎吱地嚼着动物饼干。凯瑟琳发誓她长大后绝不会和这个他妈的妇女俱乐部扯上半点关系。对此我只是说：“别说‘他妈的’。”迟早，人们会希望凯瑟琳能为她妈妈的聚会搭把手，而这种事忍受过一次，下一次就没那么难忍了，慢慢地，现在这种凯瑟琳和我一致敌视聚会的时刻将一去不复返。那时，我们都会感到奇怪：我们竟然理解过彼此。凯瑟琳跟我截然不同，这不仅因为她爸爸的财富会逐渐磨平她的棱角，直至她最终不再与社交生活格格不入，直至她能够融入其中，心满意足地交往结婚；还因为她已经长得很漂亮了。她鼻子有点长，但总的来说很漂亮。再过一阵子，在他人看来，“她长得漂亮却不打算利用自己的外貌优势”就会显得很奇怪。为什么她不能微笑一下，流转眼波呢？她妈妈肯定从出生起就开始这么做了。我想告诉她，别那么使劲儿盯着别人看，凯瑟琳·科尔，让你的眼神迷离一点。说话的声调别那么强硬，就算是口齿不清含含糊糊也没关系。你要是不这么做，我就会误以为你和我是同一类人。

“凯瑟琳在英国文学方面进步很大。”我告诉她父母，因为我觉得自己必须说点什么。然后我快步走进我的房间，当时钟敲响七下时，凯瑟琳也钻了进来。我们就待在这里，从门外的酒杯撞击声和抑扬顿挫的文雅交谈声中脱了身。凯瑟琳自学了解读塔罗牌，她用塔罗牌给我算命，把牌一张接一张地放下，告诉我每张牌预示着什么。我抽到的都是些不好的牌：一颗被剑锋刺穿的心脏，一座被闪电击中的高塔，一个魔鬼抓着一对被锁在同一条铁链上的男女，一个戴着兜帽的人留下一地的空杯子离开。她吓了一跳，重新洗了牌。“咱们再试一次。”她说。

“别试了，”我说，“那是作弊。”我们穿上鞋子和外套，溜过客厅，从前门出去。在房子一侧的花园里，我们在一个池塘边跪下来，喂那些锦鲤。傍晚时下了很足的雨水，所以我们没费多大力气就找到了很多它们最爱的美味。鱼涌出水面，吃掉我们指间捏着的活蚯蚓。花园中的灯把玫瑰丛照得宛如白日时一般明媚，警笛声响了一遍又一遍，声音意外地纯粹干净，好像合唱团的歌声。我曾一个人走遍了这座城市，我从它的高处向下看，从密密麻麻的人行道上抬头眺望。没有人和我说话，每个人都从我身边掠过。我发现自己不快乐，却并没有感觉很糟。没什么要紧的。我可以就像这样，慢慢地游离出我的生活，没什么大不了的。我不是一定得快乐。我需要做的只是坚守住某件事物，等待下去。

凯瑟琳睡着后，我读了她配插图的历史作业，打了分。作业的主题是英国国教。我不得不给了她C，因为她白白糟蹋了一篇本来挺有思想的文章。在结尾，她突然说英国国教是安妮·博林犯下的“过失”。国教可不是谁的“过失”。接着，我着手准备一节关于恒星、行星和星系的课程，埋首于厚厚的书籍之中。这些书都是我用凯瑟琳的卡从公共图书馆借来的。书中有多如牛毛的知识，我必须挑选出那些会让她感兴趣的东西，把它们和那些一定会让她无聊的知识点——比如数字和度量单位——穿插在一起。这样可以让她不那么抵触重要知识。我直到1点钟才忙完，这时再接着打小说已经太晚了。所以我只是坐在打字机旁，黑暗中假装自己在打字，假装自己已经打完了小说，然后我按下了键盘，在纸上打出了：

完完完

1936 年 11 月 9 日
纽约市 东 65 街 85 号 11 公寓
玛丽·福克丝（收）

玛丽：

非常感谢你 11 月 1 号的来信。我建议这样：我让我的秘书这周六下午 1 点和你碰面，去取你希望转交给我的小说，顺便再让她请你吃个便餐，如果你饿了的话。莱克星顿 61 街的大杂烩餐厅是我个人的最爱。如果你对时间地点有任何异议，请回信告知，否则就不用回复了。

你追悔莫及的

可恶的、卑鄙的、讨厌的、可恨的……福克斯先生

纽约市 西 77 街 177 号 25 公寓

我打电话到长岛的宅子找凯瑟琳。米茨接了电话，我告诉她我要进行一次重要的法语口语考试，以便随时锻炼凯瑟琳的语言技能。

“笨猪[①]，”凯瑟琳接过电话，有点上气不接下气，她刚打

① 法语“Bonjour”（你好）一词的音译。——译者注

了网球，“科莫萨瓦[1]？”

“我收到了一封福克斯先生的信。”我说。

她哈哈大笑，我听到她拍着手。“他说什么？有没有骂你一顿？”

当她发觉我说不出来话时止住了笑。我激动得不能自已。

缓过一点劲儿来后，我质问她：“你为什么要把那张纸寄给他，凯瑟琳？”

“我只是觉得那会很有意思。”她说话时，我想象着她站在我对面，直盯盯地看着我，眼睛里满是魔鬼一样的蔑视。她声音小了一些，也弱了一些：“别恨我了……他到底是谁？”

“只是一个男人。”我说。我已经开始琢磨着更换黑色文件夹中的小说内容了。我会继续修改那些小说，现在它们更有力量、更优秀了，对此我十分确信。幸好他没去梅西尔酒店找我。

*

星期六中午，我站在餐厅外的人行道上，浑身僵硬，手脚完全不听使唤。那家餐厅安装着银黑的旋转门，每次一有人走入门中，就好像在提醒我：该你走进那个空格子，被推到门厅了。但当我终于走到门中时，我却不由自主地一直推着门走，

---

① 法语句子“Comment cava？”（你好吗？）的音译。——译者注

直到又转回原地，回到街上。我试着对自己狠下心来，可一看到那铺满大理石的餐厅和里面文雅地吃着沙拉的女士们，我就失去了参与其中的勇气，像玻璃迷宫中的一只啮齿动物一样，在旋转门中仓惶逃走。街角有一个穿西服的男人站在一辆苹果车旁边。"苹果，"他吆喝着，"买点苹果。"没有人买，于是他装起可怜来。"瞧瞧我陷进了什么烂摊子，"他唱起来，"上帝，我讨厌这些苹果，我宁愿饿死也不想吃这些苹果，嗒啦啦。"他是个出色的男高音。最后他告诉路过的行人他家里有孩子要吃饭，有人让他给孩子吃苹果。他看到了我，对我说："你瞧见了，只要一失业，人们就觉得能对你口无遮拦了！"我点点头，又走进了旋转门中。现在那些想从旋转门中走进餐厅的人都问我是疯了还是怎么了。第五次走进旋转门时，我看见领班凶恶地朝我皱着眉，第六次时，一个女人跑到街上抓住我的胳膊，好像我是个想要逃跑的淘气孩子。"够了，"她说，"你会把自己累死的。"

我咳嗽着吐出一句"哎哟，您很介意吗？"，心里盼着那个苹果小贩没往这边看。这女人的手劲儿大得惊人。她穿着一套棕色裙装，搔首弄姿地歪戴着一顶小小的棕色帽子，遮住了一只眼睛。

"放开我。"我说。

她不放手。我哀求道："我是要见人。"

"见谁？"她问。

“我不认为这和你有什么关系——”

她摇晃了我一下。“福克斯先生的秘书，”我说，“我要见福克斯先生的秘书。”

“那你真走运了，是不是？因为我就是他的秘书。”

她终于放开了我，我们脸对脸地站着。我对她怒目而视，她也气鼓鼓地瞪了回来，眼神中有一丝忧郁。

“你最好证明一下。”我说。不知为何，我原本以为秘书会是个男的。

“你是……玛丽·福克丝？”她打量着我，问道。

“我是玛丽·福克丝。”我回答。

女人从手提包里变出个信封，从里面抽出我的信，拿到我眼前。

可恶的福克斯先生：

我读着信，然后畏缩起来，把信交还给她，道了歉。

她说：“不必道歉，我觉得刚才挺有意思的。”但是她并没有笑，连嘴角也没挑一下。

“怎么称呼您？”我问。

“这不重要。”她答。

我递给她那个装满小说的黑色文件夹，然后问她福克斯先生是个什么样的人。

秘书慢慢地眨了眨眼，思索着，“他有些安静。”她说。

她走开了，手提袋上面露出一截文件夹，留下我一个人站在人行道上。我看着她的背影，想着也许她会突然记起什么，然后回过身来。当我终于确定她已经离开后，我招手叫了辆出租车。

*

一个星期过去了，他没有给我回信。他拿走了我的文件夹却没有给我回信。接着又是杳无音讯的三周、六周、八周。我的指甲陷进肉里，眼神变得呆滞，我背对着镜子梳头发。我没有兴趣端详自己，梳齿摩擦着头皮的感觉让我无法忍受。

我好不容易才忍住没再给他写信。

“你应该去把小说要回来。”我将事情经过简单说给凯瑟琳听后，她对我说。“他也许要偷走你的故事，或者干些别的什么。”

“你怎么知道故事有那么好，值得他去偷呢？”

“哦，我知道。”凯瑟琳说，摆出一副洞悉一切的样子。“我读过，每一篇都读过。我尤其喜欢那篇写消失的动物园的，那篇最好。”

我在她逃脱之前抓住了她，出乎意料地，我发现自己正拥抱着她。我喜欢她毛茸茸的脑袋靠在我胸前的感觉。而对于此情此景，她和我一样惊讶。为了缓解尴尬，我骂她是个该死的八婆。

“他妈的，也许是那个秘书偷走了小说。”凯瑟琳说。

“我告诉过你了，不许说那个词。”

“哪个词？秘书？小说？也许你说的是……？”

也许，也许，也许。

一天早上，米茨说我应该休个假了，这让我心慌意乱。我正在给吐司抹黄油，停下来问她：“为什么？我很好啊。不管怎样谢谢您的关心，科尔太太，周末对我来说就已经足够了。”我迅速思考了一下过去两周中我的举止是否有失当之处。我并没有说什么特别奇怪的话，或者做出什么特别奇怪的举动。我表现得一如往常。

米茨从椅子上站起身，用她那双散发着花朵芳香的手托起我的脸。我当时是如此紧张，以至于大概连咬她都干得出来。“亲爱的，没有人说你活儿干得不好。你非常出色，对不对，凯蒂？”

凯瑟琳说对，然后朝我吐了吐舌头。

“只是，你不能周末去慈善餐厅，平时又看着我家这个小淘气鬼，这样一直连轴转怎么受得了。要是你累垮了或者出了什么事可怎么办？亲爱的——听我说，这样我是永远不会原谅自己的。”她戴了一个新手镯，上面镶满了比她眼睛还亮的翡翠。我恨有钱人。

“你脸色苍白极了。”凯瑟琳热心地告诉我。

所以那天早上，我并没有带凯瑟琳去大都会艺术博物馆而是前去索回我的小说。

西77街177号很好找，整个街区都是时髦的公寓，就像科尔家的那栋一样，只是更小一些，我想大概也更高档一些吧。我跟在一个送杂货的男孩后面进了楼，他拉了一辆手推车，上面放着送给整个住宅区居民的、装在牛皮纸袋里的货物。根据楼里的居民地址簿，福克斯先生住在四层的25号房间。站在那扇光可鉴人的不锈钢门边等电梯时，我瞥了一眼自己的样子，看到自己正咧嘴笑着。上了四层，我不经意间就走到了25号房前，好像我稍不留意就会错过它，就会继续沿着那条铺着红地毯的长廊一直走下去。但是我在25号房前鬼使神差地停住了脚步。我按下了门铃，又使劲儿敲了敲门。

那个秘书开了门。她未施粉黛，头顶紧紧地扎了个发髻。她两只耳朵后各别了一支铅笔，手里也拿了一支。她显得非常、非常年轻。

“有事吗？”她问，看上去并没有认出我来。

“我叫玛丽·福克丝。”我说。

“玛丽·福克丝。”她说，好像重复我的名字就能想起什么似的。

“我和福克斯先生写信交流过关于我写的几篇小说的事，他说他愿意读读它们，但是我想他大概是太忙了——我是来找他把小说要回去的。”

她迟疑了一下。哦，天哪，她准是把我的小说给扔了，要么就是她身后的房间里已经堆满了小山一样高的手稿，她永远也找不出我的了。

“几个月前我在莱克星顿61街上的大杂烩餐厅外面见过您，”我说，“当时还为旋转门的事闹了点小矛盾。”

她的眼睛终于亮起来了。“哦，对，”她说，“是有这事。”

她回过头朝屋里看去，尽管那里没有任何人说话。“我马上就回来。”

我还没来得及看一眼房间里面的样子，她就关门进屋了。福克斯先生的秘书竟会出现在他的公寓里，这让我觉得很奇怪，我是说，秘书应该待在办公室里才对嘛。

10分钟后，她重新打开了门，递给我那个文件夹。我快速扫了一眼，几篇小说都在里面。看得出小说被反复翻看过，纸张边缘卷起了角，很多句子下面都画了线。

“他……嗯……他读过这些吗？”

我突然很想把这个女人打倒在地，冲进他的书房，拉过一把椅子，坐下和他好好谈一谈。她好像看穿了我的心思，在门口摆出一副坚不可摧的架势。她用纤细的手指转着铅笔：“是啊，他读过。”

我不喜欢她的眼神。我喉咙发干。

“然后呢？”

她摇摇头。“你真正想要的不是写作……你真正想要的是爱情。去找个情郎吧。你还这么年轻，福克丝小姐，去找点乐子吧。”

“这是福克斯先生说的吗？还是你说的？”

她垂下眼睛。

“是我说的。”她对着地板说。

“我要去找福克斯先生谈谈。”我说。

我朝秘书走过去。她抓起铅笔，举到眼睛旁边，动作明显充满了恐吓意味。笔尖非常锋利。

“福克斯先生说什么了？”我问。“告诉我他是怎么说的我就走。”

她没回答。我又问：“你是福克斯先生吗？”

她笑了：“不是。”

“你就是，对不对？你就是福克斯先生——”我瞥了一眼空荡荡的走廊，一张小桌子上放了一部电话，听筒被放在一边，没有拨号音。“你就是他。”

她皱起了眉。“我不是。”

“那他说了什么？”

“等着。”

门又关上了，当它再次被打开时，秘书拿了一支点着的蜡烛。火焰映在她的眼睛里。

“他说，”她停顿了一下，叹了口气，“他说你不应该写作。”

她用蜡烛去碰黑色文件夹，文件夹着了火。就在火要烧到她的手指时，她吹灭了蜡烛。但我没有撒手丢开文件夹。文件夹的皮套烧着了，发出一种刺耳的声音，就像人在咬紧牙关忍着不哭时发出的那种声音。我仍然抓着文件夹。我感觉手指上的皮肤缩紧了。我看到字母在灼烧下变成了琥珀色，然后漂走了。

我喜欢这些小说，凯瑟琳喜欢这些小说，我为它们付出了许多心血。

我眼睛里全都是烟。

但我仍然没有放手。

玛丽·福克丝知道事情远没有那么简单，不是她打个响指，福克斯先生就能被改变。她早就知道事情会很难，但还是对发生的一切始料未及。她已经昏睡多日了，躺在一间黑洞洞的蓝房子里的一张四柱床上。她身上没有一块地方是不疼的，而头疼得最厉害。她烧了他的小说，感觉心如刀绞，在她看来这些小说真的很不错。可她不能让福克斯先生在砍了她的头之后逃之夭夭。她打算阻止的就是这种行为。她能够感觉到卧室门外有一只钟在嘀嗒嘀嗒地走着，但这嘀嗒声无法将她从昏睡中唤醒。玛丽正忙着做一个很长的梦。

在梦中，她变成了一个老姑娘，挑剔讲究、彬彬有礼，已经38岁了。她长相平庸，一直以来都很平庸。父母在世时她是一个孝顺的女儿，而现在梦中的玛丽住在一所房子的顶楼里，房子是她父母留下来的。她打算把其余的房间租给一户人家，但是没有哪家人愿意和顶楼里的她一起住。于是玛丽把房子租给了一个叫彼扎斯基的律师。他整天都不在家，这很好。他总是按时交房租，这也很好。然而一到晚上，他就会搞些派对，邀请的都是年轻可人的女郎，她们会在房子里不停地咯咯娇笑上几个小时。这很讨厌。

玛丽和彼扎斯基用尽可能简短的方式交流：

“早，F. 小姐。”

“早上好，彼扎斯基先生。”

“给您房租，F. 小姐。”

“谢谢，彼扎斯基先生。”

“要回家过圣诞了，F. 小姐。”

“圣诞快乐，彼扎斯基先生。”

情人节那天，梦中的玛丽为自己买了一朵红玫瑰，但她立刻又冲回了花店，既困惑又尴尬地退掉了花。

多数时候，玛丽会在书桌前一直坐到黄昏，在空房子那种特殊的安静氛围中，在地板上的灰尘中，在钟表的嘀嗒声中，专心工作。她用温蒂·达令[①]的笔名写爱情小说，都是些绮丽的、不太真实的故事，充满了令人欢喜的俗套巧合，永远忠贞不渝的爱，以及对心灵之美不遗余力的颂扬。玛丽的小说非常畅销，这些书都是读完后就可以扔掉的那种，真的，而她也真的见过有人这样做，那些人把她的书随手扔掉，或是一读完就故意把书落在公园长凳、公交车座位上。她努力不让这些事打击到她。她并不想

① 温蒂·达令（Wendy Darling）：童话《小飞侠》中女主人公的名字。——译者注

生育，她在书桌上摆了一张父母的镶框照片，提醒自己别忘了他们的故事，他们的爱情曾让她惊叹。他们互相爱慕，直至终老，这就是全部。在她的每一篇小说中，男主人公都是她父亲，女主人公都是她母亲。他们已经去世 5 年了，而她一次又一次地在故事中让他们死而复生，化为 32 开书本奶油色纸张上每页 35 行的文字。他们不厌其烦地在每一本书中寻找着彼此，甚至在写最后几章时，她由于体力不支，只能用一根手指将字母一个个地戳出来，直到手指蜷缩，无法继续，但就算这样，她也会让他们相遇。她每隔一个月就能写完一本小说，8 月和 12 月休假。

梦中的玛丽习惯在顶楼的"用餐角"边吃晚饭边看当地报纸。她看得很慢，一字不落地读完报纸上的所有段落。新闻事件发生在这即将过完的一天里，很难让人再感到惊惶了。在这之后她会去散会儿步，保持身材。回来上楼后她会试着用友好的强调语气大声说上几句话。她并不经常社交，但多做练习总是很重要的。她练习寒暄天气，扯些孩子和柴米油盐的事情。楼下彼扎斯基开着派对，一首爵士乐从留声机中喷出来，她试着赶走噪声，最终放弃了，乐曲像烟圈一样飘到她的耳畔。她穿上睡袍，做了伸展练习，在脸上敷上冰凉的面霜，然后上床睡觉。她的日子安好，心情平静。

一天晚饭后，玛丽像以往一样去散步。她在小镇中穿行，路过那些一尘不染的店面，店铺的招牌上写着好看的字母，有的精描细画，有的是印刷体，全都光泽艳丽。小路尽头是肉铺门前软塌塌的木屑堆。居民们都在家，当她走过街区时，家家户户的无线电广播都温柔地朝她嗡嗡作响。每所房子前都有一方花园，每个花园都围着篱笆，没有小门。没有一块窗帘被拉动。玛丽爬上了谋杀山。这是一座挺有趣的、年代久远的山丘。刚开始爬的时候轻松得如履平地，接着爬，似乎一路都很平坦，但人已经上气不接下气了。玛丽俯瞰着烟囱顶，摘着薰衣草。

回家后，她发现房子安静得有些反常。她注意到，房子里没有裙摆窸窣，没有咯咯娇笑，也听不到觥筹交错的叮叮声响。今晚没有派对。彼扎斯基先生走出来，手里拿了个蛋糕，上面插着蜡烛，玛丽一瞥之下，觉得蜡烛足有几百根。“生日快乐，福克丝小姐。”他说，小心翼翼地微笑着。

他说对了，今天是她的生日。梦中的玛丽觉得自己可能要生病了。“彼扎斯基先生，”她说，“您不必如此。”她想说得轻松一些，效果却适得其反。

他看上去很沮丧。“您不喜欢蛋糕。”

“不，我喜欢。您怎么知道今天是我的生日？”

在厨房里，彼扎斯基先生把手中的“重担”小心地放在桌子上。他盯着蜡烛上的火焰，他们两个都盯着。这时看着对方似乎很无礼。

“上周我在房间里做了一次春季大扫除，”他回答道，“我发现了一张生日贺卡，上面写了日期。”

这么说来，他是住在她曾经的卧室里了。她对此并不知情，她从来没检查过他是否把顶楼之下的房间整理得井井有条，有没有更换过什么家具布置。走廊和主楼梯都足够干净，只要房子没塌，她就不会为它多费心思。她妈妈病逝前的最后几个星期，曾和玛丽在那间卧室里待了一下午。之后，玛丽仓皇搬出了房子的那一部分，再也没回去拿过什么东西。房客上门看房时，她就在客厅里等着。屋子里肯定遗留了一大堆她的旧物。

“是我太冒昧了，对不对？”彼扎斯基先生指了指生日蛋糕，“买这个蛋糕的时候，我就在想，万一您只想一个人悄悄地过生日可怎么办呢？你们英国人……我总是会冒犯到你们。”

“不，没有的事——”玛丽试着找回她的礼仪，控制自己，“这是个可爱的惊喜。”

她假装许了个愿，吹灭了蜡烛——她数了数，只有三十根。真是贴心。她找来了两个小盘子，各切了一块蛋糕放进去，然后站在那儿，举着盘子，和她的那块蛋糕保持着距离。他也还站着——她站着不吃，他就没法安稳地坐下吃蛋糕。他们互相寒暄了几句，她意识到自己这样待他挺不公平的。

“希望您没有因为我的缘故取消什么聚会，彼扎斯基先生。”

“不会，今晚我被人放鸽子了。”

作为一个从事法律工作的男人，彼扎斯基先生有些不修边幅——头发乱糟糟的，夹克外套的手肘处也需要好好缝补一下了。

“她们肯定会回来找您的。”玛丽安慰他。

“但愿她会，就是说——告诉您实话吧，福克丝小姐，这群姑娘里我只关心一个，其他的只是朋友。”

楼下几乎每晚都会举办派对，她从未特别留意过其中的任何一个姑娘，对她来说，她们都长得一模一样。

“嗯……那祝您好运，彼扎斯基先生，这是个俄语名字？”

“我是波兰人，福克丝小……不过我确实认识叫这个名字的俄国人。您去过我的国家吗？”

“波兰？没，没有。我哪儿都没去过。只去过几次布莱顿、湖区和科兹沃尔德，有时候会去伦敦。”

“真遗憾，我的祖国很可爱——在某些方面，单纯、诚实、坚强。比如那些风景，那些建筑，还有那些草地。”

“哦，将来我一定会去的。”

他忧郁地微笑了一下，没张嘴。

“将来，不是现在。现在那里动荡不安，而且越来越混乱。”

“真的吗……？”

她的问题苍白无力，但他仍然思考着，困惑地撇着嘴。

“唉，是啊，当然了！您刚才问‘真的吗’，您并不觉得暴乱有那么糟糕。对您来说，暴乱就像这里的天气一样，虽说是件麻烦事，但是除此以外生活并没有那么艰难，是不是这样？”他向玛丽描述了自己亲眼目睹的三场暴乱，分别发生在三个不同的城市里。在他的描述里，参与暴乱的穷人和被煽动者的怒火如同平地惊雷，当它爆发时，建筑被全部焚毁，所触之物都会当场暴毙。“所以我来到了这里。”他总结道，“否则的话，去他的猪肉馅饼和鳝鱼冻[1]吧，我只想回我的祖国。”

玛丽觉得，她父亲肯定会特别喜欢这个男人。

“您这样的……恕我冒昧，我对律师一无所知，但像您这样的律师常见吗，彼扎斯基先生？”

她的话让他很高兴。“我想想……也许并不常见。我曾经是个诗人。”

“哦，一个诗人……但那是什么？”空洞无聊——这就是她对大多数诗歌的感受，总是像隔靴搔痒一样。

“那是什么，”他附和道，笑了起来，“那是什么……”

他从她手中拿走盘子。“现在我会都说给您听。尽管这很不公平，因为您什么也没说给我听。”

她向他保证，关于她的事情没什么可说的。

“那么也许您可以唱首歌，”他提议，“或者来个侧手翻——或者，您可以笑一笑，没错，动人地笑一笑，就像您现在正在做的这样。”

她上了顶楼，把他和蛋糕留在那里。她穿上睡袍，做了伸展练习，在脸上敷上冰凉的面霜，躺在床上，在脑袋和脖子下面垫了一摞枕头。她仰望着阁楼的窗户，看着窗外云朵密布的夜色。这么说来，彼扎斯基先生曾经当过诗人？他是这么说的——“我曾经是个诗人”。就好像那个曾经的诗人已经死了。也许他在逃

① 猪肉馅饼（pork pie）和鳝鱼冻（jellied eels）都是英国传统名菜。——译者注

避着什么。他可能曾写过什么触怒当权派的东西……

她躺在那儿，幻想着将他写进一部爱情小说里。他可当不了那些潇洒时髦的角色。另外，他还得再高上十厘米，才有资格在她的文章里露个面。别胡思乱想了。数到三我就马上睡着。她告诉自己。一，二，三——

玛丽·福克丝醒了，感觉焕然一新，还夹杂着一丝遗憾。要是她能放弃手头的这个任务，会怎么样呢？福克斯先生是块难啃的骨头。他不知道玛丽是怎样努力试着去照顾他，他不知道在他拥抱妻子睡去后，是她将他文末的引用书目按字母排序，检查他的拼写，修改语法错误。他不知道——这很好。要是他知道玛丽如此爱他，一定会利用这一点来对付她，将她玩弄于股掌之间，因为这就是福克斯先生的作风——玩弄感情。而那个彼扎斯基先生，他身上确有些吸引人的地方……也许她可以在这个世界上找到他，或者一个与他类似的人。她想象着他们的恋爱过程——安静、节制，但充满柔情。她会了解更多有关波兰的事，而他也将更了解英国，两人一同消除许多文化方面有趣的小误会。他们会一同凝视着地图——我在这儿出生，在这儿上学……他们会去海边，打着伞坐在雨中的码头上。他会带她看电影，请她吃紫罗兰冰激凌。他不用说话就能表明心迹，会送给她一朵雏菊又匆忙退却。只要想一想他是如何渴求着她却不敢奢望，她就会对这朵小花心醉神迷，用花瓣抚过唇边、手背，然后羞涩而慵懒地抚过大腿内侧……做一个好女人，一个耐心的女人，她总有一天会赢得那个耐心的好男人。

玛丽翻了个身，她脑袋底下的枕头上写满了蜘蛛腿般细长的字迹。字很小，但很好认。她在其中一个字上擦了擦鼻子，把字弄花了。文字细密地排列着，淡绿色的枕套就像一块围住它们的光环。“这是什么……”连篇累牍，每段之前标着序号——7，8，9。她又翻了个身，眼前是更多的文字。在她双手之下的羽绒被上，还有更多文字蜿蜒着，有些是横向的，有些是纵向的，有些像拼图一样镶嵌在一起。文字标着序号，每一段都标着序号。玛丽·福克丝有点惊慌地笑了一下，拽出头下的枕头读了起来：

1. 您醒过来的时候我也许不在这儿。要是我不在，请继续读下去。

2. 玛丽小姐真倔强[①]，我才是那个容易被舍弃的选项。您不会选择我。

3. 我给您带了些枕套，还有一个被套，以防您无法忍受我所做的事情。我在写字之前先把它们拆下来了，写完后才套了上去。所以不必担心，墨水渗到枕头里这种事不会发生。

---

① 这句话出自英国历史上一首著名的童谣《玛丽小姐真倔强》（*Mary, Mary, Quite Contrary*），这首童谣被认为在影射信仰天主教的苏格兰女王玛丽一世，或者英国女王玛丽一世（“血腥玛丽”）。——译者注

4. 我的英语大概比您还要好，我说话的时候故意乱用语法，这让听者很放松。当我说错话时，他们会变得很友善——放慢语速，用简短的单词帮助我理解。我讨厌这样，但这是对付他们的最好方式。您从未对我这样做过，谢谢。

5. 我通常在6月唱圣诞颂歌，我并不觉得这有什么不吉利的，您说呢？

6. 去年4月2号我发现您的右颊上有个酒窝，您不知为何朝我笑了。（为何呢？我什么也没做就得到了它。请解释一下吧，如果您还记得4月2号的事。）在办公室的日历上，我做了个标记："M. F. 今天露出酒窝了。"您对多愁善感的男人怎么想？我敢肯定您讨厌他们。您做得对。

玛丽一下子坐了起来。彼扎斯基先生是个梦吗，还是真实存在的？她仔细观察四周，不知道自己身在何处。床头柜的花瓶里插着一束毛地黄[①]，花瓣上浅蓝色的纹路分明，好像一只手腕上的静脉血管。她开始读下一只枕头。

7. 我在打仗时学会了英语。当我告诉别人这件事

① 毛地黄的英文名为foxglove，由fox（狐狸，也就是文中"福克斯"的姓氏）和glove（手套）两个词组成。这种植物的花朵很像人的手指。——译者注

时，他们觉得我在说谎，但事实就是如此。那时我们在加利西亚，一群穿着俄国军装的波兰人，努力争取独立。在那片被德国人和奥地利人瓜分强占的土地上，我们只求索回一隅。我们拼死战斗，却几乎一无所获，能活着就不错了。“但活着就意味着一切”，当我写信告诉我爸爸战况时，他这样回复。我试着分散注意力，不再去想眼前的事。夜深人静时，在肮脏混乱的营房里，我只有《傲慢与偏见》，一本英波词典，还有一支蜡烛。没烧掉营地真是万幸。但我不得不这样做，我需要词汇，需要足够多的词汇，让它们在脑海里陪我度过漫长的余日。我并不关心其他事，比如爱情小说里的那些遣词造句。我想学习那些背后蕴含着知识和逻辑的缩略词，那些可以支撑我思绪的思想。允许，表达，誓言，宣誓，惊愕，事物，溅落，安抚，我喜欢这些词汇，我喜欢它们的发音，现在仍然喜欢。

8. 那时我帮人装炮弹。人不擅长战争。我可以这么说吗？关于战争，我只知道我和周围的士兵们对它毫不擅长。我们不是对它漠不关心，我们很上心，但是我们的身体逐渐衰弱，一些人衰弱至死。西班牙流感[1]肆虐，战壕脚[2]腐烂，到处散发着恶臭，这让我们恶心得想吐。我们的一些士兵拿不动炮弹，失手砸断了自己的腿。类似的事情时常发生。我的表弟卡洛，当他第一次开枪打中别人后，就不停地射击，怎么也停不下来。他知道自己必须射出更多的子弹，比那第一发更快地击中目标。他无法稳住手瞄准别人，所以把来复枪对准了自己——没打中，又没打中，每一次射击都好像是在对自己玩某种可怕的恶作剧，最糟糕的吓唬人的把戏。他把这一切都告诉了我。“冷静点，卡洛，”我对他说，“你得留着脑袋。”

9. 醒醒，玛丽。

10. 我有个叔公，他很有钱，我们有着同一个教名。他喜欢我，我没逗他就能让他哈哈大笑。我总说些天真的话，但当时我对这些话确信无疑——关于人生，关于金钱。他嘲笑我，笑得差点背过气去。他喜欢朝我的后背拍上一巴掌，说我看上去就像个乡巴佬。他死后留给我一大笔钱。那时我喜欢他了。在这之前，我不得不承认，我时常幻想着能一把掐断他的

---

① 西班牙流感：人类历史上第二致命的传染病，在 1918—1919 年曾经造成全世界约 10 亿人被感染。——译者注

② 战壕脚（Trench Foot）：一种足病，当身体长时间处于又湿又冷的环境中，就会引起这种病，脚部会变得冰冷、肿胀，并且外表呈现蜡状。行走困难，双脚感觉沉重、麻木，最后甚至不得不切除脚或腿。这种病在士兵中很常见。——译者注

喉咙。他的脖子很粗。他名下有好多工厂，我曾经认为他那样的人就是世界的万恶之源。

11. 醒醒，醒醒……

12. 当我在加利西亚时，我尽力不去想我的未婚妻。我没怎么给她写过信，对此她用自己的方式责备了我。她完全有权利这样做，所以我也没有对她那种令人发狂的、一点也不光明正大的责备方式耿耿于怀。反正我已经失去了她。当我从战场上回来后，她对我视而不见，似乎很不高兴——那时的我，大概只是当初那个伴她共度幸福时光之人的鬼魂罢了。她现在很高兴——嫁给了我的表弟，一个不错的小伙子，对她温柔体贴。（对，就是卡洛，我记得自己在第8点里提到过他。）

文字一圈一圈地绕个不停，玛丽满心欢喜地在文字中打了个滚，把脑袋倚在一些文字上，把脚跟放在另一些文字上。她喜欢这个男人。

13. 第一次见到您时，我就觉得您有双重生活。您盘发的方式十分罕见，戴着眼镜，裙子上的扣子一直系到下巴。但我仍然注意到——如果您能原谅我冒昧的注意——您丰满的嘴唇，它们时不时地张开又合起，好像是在对微风中一丝变化的气流做出回答。还有，您飞快地——甚至快得连您自己都可能没有发觉——用手拂过脸颊、脖子，又一路滑到了胸前正中。您双手放在腰间，展平了裙摆。是的，您看上去似乎保守着一个秘密，或许您自己本身就是一个秘密。我还去看过更好的出租公寓——对一个单身汉来说更好的出租公寓，里面的房间我都可以随意处置，而且住在那儿我骑自行车就能上下班了。但因为那位住在顶楼的小姐，我租下了这间房子。我想看看自己能不能揭露她的真身。

14. 我动用了不少叔公留下的钱，向所有人宣布我会成为一个律师。然后我来到这里开始学习。来到这里时我焦躁不安，没有任何事情能让我感兴趣。每晚夜深之时，我喝得酩酊大醉，赌咒说不学了，但一到早上我又会重新埋首书堆。我只是想告诉您，我的本性反复无常。有时我怎么说就会怎么做，但更多时候不是这样。这是一个缺点，是我所有缺点中最不值一提的一个，也是我此时此刻唯一能够承认的一个。至于其他的缺点，如果您想发掘，它们就会涌现。我不知道自己是不是您所能够接受的那种男人，我听说您父亲可是位牧师。

15. 我应该告诉您吗，当您在打字的时候，我曾多少次爬上楼梯？我在心里发誓：今天就是我邀请您去看电影的那一天，我会给您买一磅紫罗兰冰激凌，两磅，您想要什么都行。可是我听见您在打字，就又一次转身离去。我决定，既然我不能接近您，那就要让您感到忌妒。我问我姐姐伊丽莎维塔这么做是否有用，她说没用。她说您听上去似乎对我来说年纪太大了。我母亲和姐姐对我的终身大事都很关心，我是家里的独子。

16. 这个福克斯先生，他比我长得帅吗？

冷风吹着玛丽·福克丝全身的血液，好像她没有皮肤一样。

17. 我的手写累了，所以刚才笔误了。

18. 你在作茧自缚，玛丽。真走运，我俩还没在谋杀山上一同野餐你就醒了。一个有些故事的蓝眼睛诗人，几句装模作样的谦卑之词，还有那一堆英语为第二语言的人说的鬼话……这就是让你最近露出酒窝的原因？算了……我们就当这一切从未发生。从此以后的一百年里（或者一百次清洗里——取决于哪一样来得更快），这些文字会消失不见……

游戏还在继续。

费切尔的怪鸟[①]

福克丝小姐说自己是个花艺师，但其实她是花艺师的助手。她清扫花店地板上的枯枝残叶，为顾客包好鲜花，并帮助店主纳什太太做其他所有她自己不愿意干的事情。她不允许福克丝小姐修剪布置橱窗里的花朵，也不允许福克丝小姐帮顾客挑选最完美的鲜花礼品。福克丝小姐比纳什太太更了解花朵，但她只能听着纳什太太告诉那些心烦意乱的客人，应该为他们的亲人——在春季卧床不起的病人们——挑选粉色杜鹃花。很显然，纳什太太并不知道杜鹃花的花语：好好照顾你自己。花语很动人，但是如果把一束杜鹃花送给病人，这就意味着你在告诉他们："请你们自生自灭吧。"纳什太太只想清仓。夏天她没完没

① 《费切尔的怪鸟》是《格林童话》中的一个故事，一个巫师总是抓走漂亮的姑娘带回家，他对姑娘百依百顺，但不允许她们进入禁室，姑娘们在好奇心的驱使下总是违反约定，巫师发现后就将她们残忍地杀死。直到一位聪明的姑娘进入禁室后想办法复活了她两个被杀死的姐姐，瞒过了巫师，假意要与他结婚，使巫师的魔法失效。在婚礼当天她装成了一只"费切尔怪鸟"溜走，同时给一个骷髅穿上婚纱伪装成新娘，将巫师反锁在屋子里烧死。——译者注

了地向人推销金盏花，无论是生日、道歉，还是表白——尽管这种花更适合用来安慰悲伤苦恼的心灵。但福克丝小姐什么也没说，因为她害怕丢掉工作。实际上，纳什太太总是厉声呵斥她，指责她动作太慢，每天质问十九次她是不是个白痴。福克丝小姐喜欢待在鲜花旁边，尤其在冬天，那时人很容易忘掉世界上还曾有过鲜花这样的东西。

花朵，以及关于花朵的种种想法，构成了福克丝小姐生活的主要部分。她对电影没什么兴趣，觉得太吵。她希望自己有那种能够互相借送书籍和馅饼盘子的朋友，但福克丝小姐很难和任何人交往到那个深度，她说话声音太小，让人听不明白，于是他人很快对她失去耐心。当她去商店买东西时，找给她的零钱总是被搁在收银台上，没有一次是直接递到她手里的。有时候福克丝小姐怀疑：她是否用尽了一生的时间修习隐身术，而最后成功实现了目标？她安慰自己，默默无闻并不是什么坏事，而是一种能力，一种英雄们大概会拥有的能力。

能够唤起福克丝小姐热情的另一个东西就是童话。她喜欢童话里的变形术，每个人都要么乔装打扮，要么正在变成另一个人。在故事最后，所有的麻烦都会被童话的规则战胜。如果规则不希望爱获得胜利，爱就不会胜利，仇恨、悲伤、阴谋诡计也都是如此。如果你是三兄弟或三姐妹中的老大，那你就会犯下一个大错，规则如此嘛。但如果你是最小的孩子，你就不会失败。“这就是一切事情的真相”，当福克丝小姐与多尔诺瓦夫人[1]或者德·维伦纽夫夫人[2]共度一夜后，她就会这么想。

花朵和童话都很好，但它们开始给她招来不幸。这两样东西无论是单独来看还是合在一起，都会制造幻觉妄想。当纳什太太极其令人讨厌的时候，福克丝小姐就会幻想自己被绿叶繁茂的树枝围绕着，当她的泪水滴在树枝上时，光泽碧绿的枝梢就会收缩起来，变成光滑的皮肤，树枝紧紧地将她抱住，就像手臂一样……

一天早上，福克丝小姐认输了。她早该为自己找个伴儿了。但是怎么找？到哪儿去找呢？她知道自己想要怎样的男人：一个富有激情、能够理解她的男人。但她没和任何人接触过。每个来到花店的男人不是已经结婚了，就是已经有喜欢的人了。

福克丝小姐去了酒吧，但没有任何人注意她，那种冷漠直入骨髓。她有意前去那种破破烂烂的小酒吧，其中的男人们饥不择食，一切皆有可能（她听纳什太太说过）。事实的确如此，就连笑声像鬣狗一样的斗鸡眼女生都有人请她们喝酒。一切皆有可能，但福克丝小姐除外。她长得不难看——但你得费上好大力气才能确实看得见她，尤其是在喧闹、拥挤的

① 多尔诺瓦夫人（Madame d' Aulnoy，1651—1709）：法国童话作家，代表作有《青鸟》《白猫》。——译者注

② 德·维伦纽夫夫人（Madame de Villeneuve，1695—1755）：法国童话作家，编撰了童话《美女与野兽》。——译者注

场合中。

福克丝小姐去图书馆碰运气，但那儿不允许人讲话。

福克丝小姐去了书店，但一看到那些外表迷人的男士手中的书，她就被吓跑了，书名里都是些沉重无趣的字眼儿：《恐惧与战栗》[①]《忧郁的解剖》[②]《尼各马可伦理学》[③]，诸如此类。

一天下午纳什太太朝她狂吼："你已经连续五天午休后迟到了，给我个解释，别再用谎话搪塞我，否则就等着被开除吧！"

福克丝小姐解释说她最近正在尝试新事物。

"那是什么意思？说啊！"

"我去了书店，想找一位绅士做朋友。"可怜的福克丝小姐结结巴巴地说。

纳什太太听了这话猛地仰起头，一口气大笑了十分钟，然后说："你最好登一则广告。"

福克丝小姐照她说的做了，而且竟然选了一份向全国发行的报纸。

---

① 《恐惧与战栗》（*Fear and Trembling*）是丹麦 19 世纪著名宗教哲学家、存在主义创始人克尔凯郭尔的著作。——译者注

② 《忧郁的解剖》（*Anatomy of Melancholy*）是罗伯特·伯顿的作品，写于 15 世纪，分析了忧郁产生的原因，但传递的却是正能量。——译者注

③ 《尼各马可伦理学》（*The Nicomachean Ethics*）是古希腊哲学家亚里士多德的著作。——译者注

一位童话里的公主正在寻找一位童话里的王子。挖苦或讥讽的信将不予答复。我态度很诚恳，你最好也是如此。

如果你觉得这则广告听上去好像福克丝小姐已经受够了，那是因为她的确受够了。

刊登广告的结果是，福克丝小姐收到了十七封表示略微感兴趣的求爱信，十五页疯言疯语的情诗（是由十五个疯子各自寄来的），十二封挖苦或讥讽的回信（六封挖苦的，六封讥讽的），还有一朵包裹在透明玻璃纸里的毛地黄。毛地黄与一张卡片一起送上，上面写着“费切尔”。名字下面有个地址，离福克丝小姐住的地方不算太远。

福克丝小姐拿着花，在卧室里快步绕着圈。她的脚步越来越快，几乎在跑了。她感觉心一直跳到了手指尖儿上。她知道毛地黄的花语——美丽而危险，既是毒药也是解药。毛地黄属的植物会使心肌收缩。如果你的心脏跳得太慢了，那它能够改善症状；但如果你的心脏没有毛病，这种植物就会致命。看来这个费切尔——不管他是谁——明白童话所蕴含的那种美丽的危险。她立刻给费切尔写了信，三天后，等她下了班，他们在一家咖啡店里见了面。

费切尔把福克丝小姐弄糊涂了。他看着她，看她的眼睛、耳朵、牙齿、脖子、胸部。他是个很安静的男人，但和她的那种安静不一样。他的安静是斟酌谨慎的那一种，进入他的思想，隐藏在那里。他踏在地板上不发出一点声音。开始的时候，她对此很害怕。

“你只有费切尔这一个名字吗？”她问他。

他回答：“我没有别的名字了。”

他们聊了童话，发现两人的品味很契合。受此鼓舞，她一次又一次地和他见面。第四次见面时，当他们正在大英博物馆笼子似的玻璃展品保护罩间穿行时，费切尔勾住了福克丝小姐的手指，将其缠绕于自己的手指之中。她僵住了。费切尔的触碰让她很不放松。她感到对方的手掌冰凉。虽然他的手强壮有力，却随着她的手轻柔摆动。

第六次见面时，费切尔送给福克丝小姐一只装在金色笼子里的夜莺。他把笼子放在花店的收银台上，上面盖了块黑布。接着鸟儿唱出了自己的心声，唱起了一首傻了吧唧的求偶之歌，丝毫不在乎眼前的黑夜只是个假把戏。

纳什太太对费切尔印象很好。“这一位，简直是个罗密欧。”她说。

“可是他不怎么说话，”福克丝小姐坦白道，“这让我很担心。”

“这样更好，”纳什太太回答，“要注意他做了些什么，而不是他说了些什么——这是恋爱法则。”

此外她还附上了一大堆各式各样的至理名言，比如“从亲吻里能看出男人的真心”之类。

第七次见面时，福克丝小姐已经非常确定费切尔就是她要找的人，她已经准备好进一步发展下去了。她邀他去了自己的公寓，她做了晚餐，两人在烛光下对饮。费切尔看上去很感激她的所作所为，但仍和平时一样，不怎么说话。最后他们一起坐在沙发上，她喂他吃柠檬蛋糕。费切尔看起来很享受食物和她的关注。刚一吃完蛋糕，福克丝小姐就从沙发后面抽出一把古剑，这剑已经被她家世代珍藏了多年。剑足有她一个人那么高，非常重，但寒光闪闪，锋利异常，因为她前不久刚给它上过油，打磨过一遍。她把剑横放在他俩的大腿上。

“拿着这把剑，”福克丝小姐郑重地说，“用它砍下我的头！”

费切尔和福克丝小姐都想起了他们最喜欢的那个童话《白猫》，沉浸在其中。童话里那个被施了魔咒的公主，央求爱人用剑砍下她的头，以使她恢复人形。①

“你确定要这么做吗？”费切尔问。福克丝小姐的卧室里，夜莺正在笼子里唱歌。

福克丝小姐叹了口气。“你难道不相信……？”

“哦，我相信，”费切尔说，“我相信。”再没争论什么，他

① 《白猫》讲述了一位王后在好奇心的驱使下进入了妖精的城堡摘果子，妖精们为了报复就强迫她交出了自己的女儿。这位公主被妖精们变成了一只白猫，只有赢得一位王子的爱才能让她恢复原形。前文中玛丽·福克丝所说的“拿着这把剑，用它砍下我的头”，就是《白猫》中公主的台词。——译者注

拔出剑来斩下了福克丝小姐的脑袋。他知道这是一定会发生的。他知道面前这个扭捏的、说话声音很小的生物现在就会变成一位公主——漂亮得令人眩晕，自由自在，所经历的一切苦难将带给她聪明智慧。

但这并没有发生。

我走进书房，不知道自己是从哪儿走来的。刚才我在哪儿？在做些什么？至少我的脚步挺轻快，也许我刚参加完一场新书发布会，或者是一场颁奖典礼，或者是和一位热情之至的电影制片人会过面。我翻找口袋寻求线索，但口袋里空空如也。算了，反正不管我刚才在哪儿，玛丽·福克丝肯定也在。我对此确信吗，还是在瞎猜？我猛地推开书房的门，警觉地审视着走廊。一切都与之前没什么两样。我又回到书房里，房间里也保持着原样——书，揉成一团的废纸，还有碎了的唱片好像天女散花似的丢了一地。窗户仍然大敞着，冷风吹进来，撕破的书页沙沙作响。一个书架倒了，可能是被人推翻了，我必须得跨过它才能走到我的书桌旁边，而桌面上洒满了墨水。简直一团糟。我吹着口哨，关上窗户。口哨声肯定惊动了达芙妮，她敲了敲我书房的门。门又没锁，敲什么敲啊……

“进来。”我说，一手拿起半只碎了的咖啡杯，一手拿起半张唱片，傻了吧唧地把它们凑到一起，看上去像只居家怪兽。达芙妮走进来，两手抱满了书，眼睛像两轮毒月亮一样闪闪发光。“你觉得这团糟怎么样，圣约翰？”她还不如放声尖叫呢。她语调呆板，说话间就朝我扔来一本德语版硬皮的《蛰伤蜜蜂》，这是我的第一本书。随之而来的是更多的书和单调的句子，全朝着我的脑袋袭来。我蒙了，伸出双手勉力抵挡，但根本无处可躲。达芙妮说她还没发泄完呢，她说她应该烧了这栋房子，等我睡着的时候她大概真会这么做。她说我就是个活死人。她说她要去里诺[①]。她说她根本，根本就不该跟我这种烂人结婚。最后，她用尽全力大喊道：“她是谁？这个和你一起羞辱我的女人是谁？”

她的书扔完了，站在那儿大哭，两只手在脸上抹来抹去。我刚才蹲在地上抵御这场风暴，现在等了一秒钟才站起身来。我的一只耳朵流了点血，她一看见这个就哭得更厉害了。我们看着被她砸裂的窗户——日文版《屠夫的靴子》可不是什么小部头。

“她是谁？”

“谁呀？”

达芙妮猛地转过身朝门走去。

“你去哪儿？”

“去里诺，你最好别在离婚文件上跟我耍花招。”

---

① 里诺：美国内华达州西部城市，在20世纪20—50年代被称为“世界离婚之都”。离婚在当时是一件不光彩的事，离婚政策也不像今天这样自由，但在里诺，离婚无须理由，只要住够规定的时间，交一定的费用就可离婚。——译者注

我穿过房间抓住她的手，那只小手就像世界上最冰冷、最脆弱的生物。我握住她的手，轻轻拍了拍。她眼睛看向别处，手任我握着，就好像这对她来说已经再也起不了作用了。我注意到我的妻子很漂亮，带有几分小妖精的气质，但外表很柔弱。一头细密的发卷围住了她心形的脸庞。

“别去里诺。”我说。她看都不看我。

“没了？你这是在努力求我留下来吗？‘别去里诺’？”

“我还没说完，达，我还想告诉你，你太疑神疑鬼了。我根本不知道你说的那个人是谁。我不过是在给咱们挣口饭吃。”我抓起她的手，在手腕上吻了一下——她喜欢这个。“给我一两周的时间，然后我们去个好地方，就咱俩。”

她缓和了下来，皱了皱眉。“当然就咱俩……谁还会跟咱们一起去啊，傻瓜。”

显而易见，她并没有什么确凿的证据。真有意思，我竟然娶了这样一个仅凭一丝直觉就把家里毁得一团糟的女人。这让我更喜欢她了。

“达……”我把她拥入怀中。她把脸埋在我的毛衣里，掏出手绢，紧贴在我的耳边：“格蕾塔说，你的话我一个字都不能相信，你就是个骗子。”

我拿过手绢。局面一时很尴尬，因为她死死抓着它，毫无必要地使着很大力气。“格蕾塔说的谎话比我多。”

“你怎么知道？”

“我不知道，但我得为自己辩护啊。”

“你就是个骗子，我砸坏了你的书房，要是你什么都没做，早就该怒不可遏了。你会用烫熨斗之类的东西砸我的头。”

“家里有烫熨斗可拿？”

她抽噎了一下。“有，我正在熨离婚时要穿的衣服呢。”

达芙妮竟然用我的钱买了一套离婚时要穿的衣服，这更有意思了。我真是小看她了，还以为她是个满脑子美梦的理想主义者，根本注意不到我的缺点。我得对她留点神了。

“你的心脏……在痉挛呢。”她嘟哝道。

“哦，原来你听得见？”我在她的秀发旁低语，“它在说‘达——芙妮，达——芙妮’，真丢人，别告诉别人你听见了。”

“她不停打电话过来，”达芙妮说，“然后又挂了，你又不知道去了什么鬼地方——”

“谁不停打电话又挂了？”

“你背着我交往的那个女孩。别不承认，圣约翰，我就是知道。”

“你就是知道。”

“对。”她抬头看着我，眼神如此犀利，我下意识地想要挪开目光——但那么做肯定是错的。

“但我不想离开你，我并不是真想离开你，所以和她断了吧，我们忘了这件事。”

“达芙妮，我没有背着你和哪个女孩交往。”

“随你怎么说吧，和她断了就行，求你了。”

“我做不到，”我说，“因为她在我的脑子里。”

我看到了她脸上的表情，加快了语速。“我是说，她并不是真实存在的，亲爱的，她只是个幻影，是我把她创造出来的。”

“什么？”

“我知道这听起来难以置信，但你一定要相信我，如果你不信，我就无话可说了。”

“说下去，圣约翰。”

“可以说的并不多。她叫玛丽，我觉得你会喜欢她的，她有些直率。不是胡思乱想，我是在打仗的时候创造出她的。最开始，她形象很模糊，除了有着很重的英国口音，‘高兴点，福克斯’‘拿出点勇气来’，她就这么说话。每次我处于为自己感到难过的危险边缘时，她能让我好过点，这就是她的作用。别这么看着我，达，我不需要去看医生。不管怎样——现在你明白了，对吧？她是不可能给咱们家打电话的。肯定只是别人拨错号了，或者是你哪个兄弟打电话来借钱，话到嘴边又打退堂鼓了。”

“少扯我兄弟的事，还是说回那位‘完全是想象’小姐，那位‘只是个幻影’小姐。你带她去看过电影吗？”

我听不出来她是否在开玩笑。“当然没有。”我信誓旦旦地说。

“你会告诉她小秘密吗？”

“不是那样的。”

“她漂亮吗？”

“呃……”

达芙妮心领神会地看了我一眼。

“比我漂亮？”

“达……”

“你说‘不是那样的’，那你告诉我是哪样的。我只想知道你到底有没有发疯。”

“我没疯。我一直都很清楚她只是个幻影。”

“也就是说，她就像你小说里的一个人物一样？”

“有点像。”我强忍着去拍她手的冲动，告诉她不用担心。

“所以我没什么可担心的？”

“没什么，夫人，完全没必要。”

达芙妮亲吻了我的脸颊，走到了门口。“好吧，亲爱的，抱歉我把这儿搞得一团糟。”

我点点头，挥了下手，好像真的不要紧似的。我为我自己骄傲。放在以前我肯定得失去理智，但如今发生了一些别的事情，我需要专注于它们，好像再也没有精力发火了。此外还有一点：她家里的所有男人，以及个别女人，都可以算是恶棍。

“我想，现在我要找格蕾塔看场电影。”

“玩得开心。”

她轻轻关上身后的门走了。我用达芙妮的手绢擦着耳朵，跨过倒下的书架，坐到书桌前，看着桌上的墨水滴在地毯上。玛丽·福克丝正在试图毁了我的人生。照理说我应该精神紧张，处于崩溃边缘，但我很开心。

“令人印象深刻的矛盾解决法。”玛丽在我的书桌下面评论道。她抱膝而坐，下巴抵在膝盖上。

“哦，你好啊。”我朝她伸出一只手，她拉着我钻了出来。她坐在我的膝盖上，搂着我的脖子。很好。我小心翼翼地转了下椅子，面朝着花园的景色，看着雨水落在老雪松树上。

“下一次你要是死了，会不会非常介意？”

“会啊，我介意。实话说，我一点也不喜欢那个声音。你为什么问这个？”

“我只想看看……”

“不行。”

“不行？”

“不行。”

“可是福克斯先生，”她说，“这只是些游戏而已……”

就像这样

他们会在我耳边唠叨说：
“你爱的这个女人，
与你不般配，
你为什么要爱她？
你应该找个更美丽，
更认真，更深刻，
或者更什么的女人……”
——聂鲁达[①]

从前有一个约鲁巴女人和一个英国男人，还有……

听上去像个笑话的开头，但这两个人真心相爱了。

他们尽可能地对彼此更好，但结果一点也不好。不知道你

① 引文出自聂鲁达诗歌《为爱争辩》。——译者注

是否听说过，有的时候约鲁巴女人会做出些什么事来。他们所住过的每一栋房子都被烧毁了。他们打架，武器是肥皂块、手提箱、拳头，还有硬皮的百科全书。他们受了伤。

这个男人喜欢做东西。他拿着一把凿子雕刻石头，带着友好和好奇，好像在询问石头它希望变成什么样。但这个女人不让他工作——所以他们很穷。他们纳闷，为什么别人不如他们相爱却能够和平共处？他们之间究竟出了什么问题？有时候她睁开眼睛，就一连六个小时变成了他：她知道他所有的秘密，他所做的一切在她看来都没什么不妥，她了解事情的前因后果，设身处地地理解他。有时候他会摸摸她的鼻头，这就够了，就是个巨大的奇迹。

但幸福有什么趣味可言？

有一天这个女人跺了跺脚，诅咒男人死去，然后他就死了。（现在你知道有的时候约鲁巴女人会做出些什么事来了。）

在此之后，她历尽艰辛，企图让他死而复生。用书，用蜡烛，用她所有的眼泪——还不够，她还得从朋友那里借眼泪，从晨曦的树上借露水。最后她不得不放弃了自己成为母亲的机会。在夜深人静之时，这些还未出生的孩子被一位嘴角带笑的女巫杀死了，她握刀的手平稳异常……

这是她所做过的代价最大的事情。当女人不育后，男人回到了她的身边。他并不感激。他一身疲惫，毕竟起死回生并非易事。他说，我们不要再这样了。她缓缓点头，说，我再也不敢了。她仍然很虚弱，虽然他也只比她强壮一点点，却仍然将她带上了车，坐在她旁边，在两人膝上摊开了一张地图，让她挑选一个分手的地方。她不肯选。那就巴黎吧，他说。他记得在认识她之前很久，自己曾经去过那里。他记得那里的河流如何令他着迷，河水好像在与太阳交谈，好像在与它流过的这座城市交谈，将它从大海那里带回的新闻在桥梁之下回旋。他记得那些厚重的门扉上方精雕细刻的狮子头颅，随着岁月的流逝，这些年老的狮子不再嘶吼，而是打着哈欠。他觉得她会愿意在那里分手，在那里她不会孤独。

他指给她看前往巴黎的路线，他们一致决定，在到达巴黎之前的任何时刻，她都可以喊“停车”，然后直接离开他。她没有收拾任何行李，只穿了一条棕色的裙子，一双棕色平底鞋，和一件破旧的棕色外套。外套是男人的，他以前在衣服的内袋里放了一点钱。一路上，女人一直紧扣十指，双手静静地放在膝上，一动不动。有时候她看着车窗外的景物，有时候她看着他，他们没怎么说话。有那么一刻他咳嗽了一声，说了句“不好意思”。

车开过敦刻尔克，又开过里尔、亚眠，她完全无法喊出“停车”二字。她并不十分担忧自己的去处、今后该如何生活，这些事情好像并不重要。静默之中，他的内心在激烈斗争着，但每当他想要改变主意时，她诅咒他死去的画面就重上心头。

在巴黎一条宽阔繁忙的大路旁的小街上，他让她下了车。

她倚在车窗上，告诉他自己从未想过真正伤害他，她穿着那身毫无生气的棕色衣服，活像一只蛾子。

他嘟囔着祝她一切顺利，就把车开走了，那些环绕着她的房屋将她裹得更紧了。她看着这些房屋，想象着自己爬上发黄变色的石雕，爬上那些涡纹和藻饰。她戴了一只戒指，那是他为了求得两人的第一千次接吻，送给她的礼物。她一圈圈地转着戒指，试着把它褪下手指。我竟然爱上了一个会计算接吻次数的傻瓜，她想。天空像玻璃一样流转。她坐在人行道旁看着过往的行人。正对面就是一家咖啡厅，人们成双入对地走入其中，窗户上的灰尘挡住了视线，看不见他们进门后的举动，看不清他们坐在哪里，喝了些什么。一个女人独自从咖啡厅里走出来，从头到脚都是海军蓝。她的指甲修剪得很整齐，一只手拿着十二支钢笔，另一只手上是一只白杯子。她也坐在了人行道旁。

“喝了这个。”这个穿着蓝衣服的女人说。

“这是什么？”穿棕衣服的女人问。

蓝衣服兴奋了：“它会让你振作起来的，快点喝。”

棕衣服无精打采，顺从地将白色小杯子里的东西一饮而尽。就是很苦的浓缩咖啡。

“现在拿着这些。”蓝衣服把那些钢笔递给棕衣服。“你得赶快走了，你有很多工作需要抓紧补上呢。”

棕衣服并没有觉得很振作，如果那杯东西真给她带来了什么的话，那就是迟钝。“去哪儿？补上什么？”

“写作啊，”蓝衣服答道，“你写东西。我从来就写不好，但你会写好的。你将在那里生活和工作。”她指了指几步之外的一栋房子的大门。门被漆成明亮的蓝色，所以你不会把它和其他房子弄混。

“呃……你说什么？”

蓝衣服笑了，笑声很欢快。“哦……你会明白的。”

“你是谁？”

“那个刚刚把你丢在这里扬长而去的男人……我就是他命中注定的人。”蓝衣服平静地说。“几十年前发生了一场糟糕的误会，有很多人都碰上了我们这样的倒霉事，被许配给了错的人。不过现在我们这些人都被揪出来了。从今以后，听我的就好，我会掌管一切，而你所要做的就是走进那扇门，去你应该去的地方。你会忘记他的，你会忘记今天的事，你会忘记一切。”

棕衣服瞠目结舌，什么也说不出来。

“这不令你高兴吗？”蓝衣服问。

“不，不令我高兴。”棕衣服说，“我也不想忘掉他，不想去我应该去的地方，不想走进那扇门，不想——”

“你的心都碎了，可怜的小傻瓜，”蓝衣服打断了她，“你根本不知道自己想做什么。”

“我的心没碎。”棕衣服固执地说。

蓝衣服摊了摊手："好吧……那你想做什么呢？"

四周人来人往，说着一种棕衣服听不懂的语言：就好像是静默中潜藏着锋利的刃口。这声音刺破她的耳膜，并不疼痛，但也没有什么快感可言。棕衣服仔细打量着蓝衣服。她们有着差不多深浅的棕色皮肤，但除此之外再无相似之处。蓝衣服比棕衣服好看多了，她个头比棕衣服娇小，看上去也更加整洁利落。蓝衣服的嘴角总带着一丝甜蜜的笑意，举止亲切可人。她会对他好的。棕衣服尽可能简短地向蓝衣服讲述了那个她命中注定的男人，她说的只是一些最先想到的、鸡毛蒜皮的小事，但多年共处的经历最终都可以浓缩为这几件小事。蓝衣服拿出了一个小本子和一支铅笔，边听边点头，做了笔记。

然后棕衣服走进了她新房子的大门，手里攥着满满一把钢笔。

她没回头，所以她没看见蓝衣服扔掉了笔记本，没看见那辆车又开回了之前她下车的那个地方，她的爱人一边缓缓开车前行，一边将头伸到窗外寻找着她。蓝衣服向他走去，男人说话时，她带着一副无比同情的神色，歪头倾听着……

棕衣服走进家中，头顶是一排水晶吊灯，它们伸展着章鱼触角似的手臂，灯心漆着一层年代久远的黄金。高高的天花板上画着一幅地图，看上去既很旧又很新——地图褪了色，出现了裂纹，但褪色处的图画依然鲜亮。地图上有几处空白，表示着地球上会让人跌得粉身碎骨的几处深渊。“此处……有……恶龙。”

楼上窗边的一张书桌上放着一支钢笔，看起来和她手中的那些钢笔一模一样。棕衣服拿起笔摇了摇，听上去，笔芯里没有墨水。如果她刚才买的是笔芯，而不是这些钢笔就好了，能省下不少钱。桌旁的垃圾桶里塞满了揉成一团的废纸，还有一些钢笔。她并不是很想坐在这张桌子前，这里似乎弥漫着紧张和不幸的气氛。但桌上摊开着一本崭新的便笺本，椅子也被拉开了，所以她还是坐了下来。她将手中的钢笔一支一支地放在桌上，看着它们，无所事事地拿起一支笔又重新放下，仔细看着便笺本。显而易见，她理应写点什么，但脑子里空空如也，什么想法也没有。应该写封信吗？还是写份报告？既然要求她手写，意味着这是一次私人化的写作，她的作品会被送给某个特定的人阅读。棕衣服用指尖推了推一支钢笔，它滚到了另一支钢笔那里，接着所有笔都滚下了桌子。如果不知道自己为谁而写，那该如何落笔呢？太荒唐了。

大约二十分钟后，门口传来一阵窸窣声，她站起身来。

不管来人是谁，反正他们没进屋，只是从门下方送进来一张纸条，上面写着：

写故事。

“故事？”棕衣服大叫起来，“什么故事？”

她在房子里跑来跑去，寻找着那些要求她写故事的人。她跑下楼去，望着大街，可能是任何人，任何人。怎么会有人在她毫无知觉的情况下，就这样溜进房里来又溜出去？也许他们是跟着她一起进来的……

棕衣服回到桌前，从地上捡起钢笔，写下“从前”这两个字就停住了。她环顾四周，有什么东西不见了，有什么东西不对劲。她找到了一面镜子，在镜子前伸直手臂转了个身。她全须全尾地站在那儿，完好无缺。那是什么呢？是什么东西不见了？

棕衣服把自己所有被偷走的东西列在了纸上，那些她丢失的东西，有的可以替代，有的无法替代。雨伞；手套；昂贵的睫毛膏；支票；耳环——每对耳环中总会丢失一只，直到她不得不停止戴耳环；几件夹克衫——落在咖啡厅和派对上了；一本日记——整整一年的思绪。还有什么呢……一台电视机和一只猫，那是她独居的时候，有一天忘记锁门失窃的。小偷留了字条要她拿钱赎回猫，她打算回复，但终究没有。

又一张字条从门下送进来：**写故事。**

这一次棕衣服不再费力去寻找来者的踪迹，她不会任凭别人捉弄，也不会乖乖从命。她走出房子，走入城市，寻找她失去的那些东西。就算找到了，她也无法保证自己会认出它们，但她只想让自己好受些，毕竟这总要好过坐在那张该死的奇怪书桌前。一切事物中都好像潜藏着玄机，陌生人的一瞥，她沿途经过的路标中街道名字的首字母——她将这些字母拼在一起，凑成了一条她永远无法抵达的街道的名字。她没有放弃，日复一日地寻找。

每一天，门下面都会送来一两张字条。**写故事**。有时送来的还有钱，让她得以填饱肚子。

人们开始称呼她为“疯狂夫人”。一天，她经过一个站在日耳曼大道街角处弹吉他的男人身旁，他背靠着教堂墓地的栏杆，她发觉这个男人唱的正是她——**疯狂夫人，你的钱从口袋里掉出，你的面包被自己踩在脚下，你落下了一大堆要寄出的信……你还丢失了什么？**

她列在便笺本上的失物清单越来越长。她一边读着清单，一边转动着手指上的戒指。戒指是廉价的黄铜制成的，有点变形，就好像是被她身体里的热量烤化了。她记不起这个戒指是怎么来的了，记不起自己第一次戴上它的情景。她将戒指褪下手指，一阵令她震惊的疼痛袭来。她看着天花板上的地图，透过手中的黄铜戒指圈巡视着那些大陆，国与国之间的边界抽动起来，变成了模糊一片。

“你在哪儿？”她低声说。“你在哪儿？”她希望这个问题能在那团白热化的烈焰中离开自己，只留下一个干干净净的缺口。然后，她大概就可以完成自己的任务了。她开始觉得，自己欠那个维持她生计的人一个交代。

有些时候棕衣服会忘记去寻找失物，一次她路过了一堆系在栏杆上的红气球，周围无人看管，于是她用锋利的指甲，将气球一个个地戳破。她喜欢不见天光地生活，这让她有种成功的喜悦感。夜里她前往圣心教堂，在沿岸船只照明灯散发的光线中疾走飞奔，来到教堂后，她蹑手蹑脚地爬上台阶，在最后一级台阶上跳起来，这级台阶就坐落在山上。她竭尽全力跳得更高，闭上眼睛，想象着自己落入了城市的怀抱。疯狂夫人。

*

男人努力想找回棕衣服，一直将蓝衣服晾在一边。他在巴黎的大街小巷贴满了印着棕衣服照片的寻人启事，四处询问有没有人见过她。但风把寻人启事吹到了塞纳河里，他也看到有人将寻人启事撕下来偷走——每次都是不同的人，每次他都追上前去，大喊着让对方给个解释。但没人解释，也没人过来帮他。他知道这不过是巧合——他告诉自己这是个巧合，如若不然，就是有人强行禁止他在做出决定后改变主意，想到这里他不禁毛骨悚然。蓝衣服始终陪在他身边，忠贞不渝，充满柔情。在他工作时，她从不用烦人的问题打扰他，而是去忙自己的事情。棕衣服开始变得像他做过的一个奇怪的梦。她永远也不会回来了，自己这样苦苦寻找她真是荒唐。而蓝衣服……蓝衣服没惹过一点麻烦。所以他选择了她。

没用。他坚持了几年，面对那些恭贺他脱离苦海的人，他总是回应说“对啊，我的确很幸运”。但他并未感觉到幸运，他感到身不由己，一切都被人安排好了。对他来说蓝衣服是个陌生人，从来不是朋友。一天傍晚男人站在他们客厅的炉火边，看着杂志上的一张照片。照片旁边是一篇关于他和蓝衣服的专访文章，还有一张他们两人的肖像照：一对手艺人夫妇。男人努力读着这篇文章，好像自己是个不相干的人，并不认识这对夫妇。照片中的夫妇彼此完美地互补，她将一头光泽的秀发倚在他的肩膀上，他的手臂环绕着她，袖口盖过手指，所以他其实是隔着袖子上的亚麻布抱她。对他来说她就是如此珍贵，珍贵到不能直接用手触摸。他制作娃娃屋，她则在其中放入娃娃，电影和体育明星们会为他们的孩子买下这些屋子。照片中的夫妇渴望尽快拥有自己的孩子。手艺人丈夫引用了一位诗人的话，说他们俩的爱情“穷尽今生，直至来世”。他又读了一遍文章。自己真的说了这话？他将那几句话一遍遍地大声朗读出来，然后把杂志扔进火里，在它燃烧之时转身离去。

蓝衣服正在工作室里为娃娃做眼睛，用吸液管将一滴颜料滴进玻璃珠里，直至颜料将珠子浸透。她没和他打招呼——她完全沉浸于精益求精的工作之中。他拿起一只棕色的眼球，就像往常一样，被深深地打动了。颜料悬浮在球体正中，周围是一片清澈澄明。

他将娃娃的眼球交还给妻子。这个女人，他的朋友们会对她投以敬畏而崇拜的目光；这个女人瑕不掩瑜。而他却对她说："离开我吧。"

她抬起头。"对不起，你说什么？"

"走吧，"他说，"离开我吧，求你了。"

"离开多久？"

他背过身去，这样就不用面对她震惊的神色了，这样就不会看到她摆出那副耐心的样子。他知道这是自寻死路。

"你胡说些什么啊，"她在他背后说道，"我们一起工作，配合得很好。我们一起生活。"

"我知道，"他说，"但是如果你不走，那我就走。"

"这是因为……她吗？"她的语气并不愤怒，而是很……好奇、向往。"都过了这么久了，还想着她？"

"不是。"他撒了谎。

"我真不懂你。她的爱给你带来伤害，你当初可是这么对我说的。"

当他回头看她时，发现她已经拿起吸液管继续干活了。一滴滴颜料精确无误。

"无论你现在作何感受，它们都会过去的。我不会离开你也不会。"她说。

"我明白了。"他说，然后点点头，回到了自己的工作室，在那儿，他陷入了无法清醒过来的恍惚之中。

*

棕衣服觉得她可能会为某个死去的人伤心。她徘徊在拉雪兹神父公墓，企图找到那个只对她来说意义非凡的名字。守墓人可怜她，在公墓关门之前，他们会有意背过头去，对偷偷藏匿其中的她视而不见。她不会构成什么威胁，再说多待几个小时，也许她就能最终找到她一直在寻觅的墓碑了。每晚的头几个小时，她都待在高大馥郁的绿树林中。当她走过山间的林荫道，读着刻在墓碑上的名字时，薰衣草花苞拂着她的胳膊和后背，弄得她发痒。她把双手裹在袖子里，以免碰到刺荨麻，因此手电筒的光芒也不停地摇晃。睡鼠的爪子和尾巴把薰衣草弄得颤动不停，它们黑亮的眼睛里反射出棕衣服的影像，带着她的影子一起溜走。开着白花的灌木丛将她层层包围，同时包围着她的还有睡意，它操纵着她的四肢。躺下吧，睡意对她甜甜地说道，躺下吧，这是一天中最神秘的时辰，夜枭和蝙蝠顾影自怜，星辰在夜空中流转，别管它们，躺下吧。

第四次看到艾蒂安·若弗鲁瓦的墓碑时，她停下了脚步。公墓比她以为的要小，抑或有些角落是无法照亮的，无法被她的手电筒照亮，甚至无法被月光照亮。她来到一个岔路口，用手电照向左边的路，又照向右边——那里有个男人。他站在路的另一边，在一株小树苗后面若隐若现。她只看了他千分之一秒——比那还要短，接着他就冲到了她的视线之外，树枝的咯吱声响吵得她什么也听不见。她说不出话来。她告诉自己，**别停在这儿，你不能就此停下。但是如果我走错了路——如果我陷进那些——**

她侧耳倾听着四周的响动，企图找到他在哪里，但墓地中有着如此之多的呼喊、喧哗、唠叨和回声。**我不能停下，我不能停下。**迈出了第一步剩下的就简单了，前路明确，左脚，右脚，左脚，右脚，接着她摔倒在地，被石头割伤了手，因为她听到他在叫着："疯狂夫人！疯狂夫人？如果你愿意的话，请让我跟你说一句，只占用你一点时间……"她的手电筒丢了，附近传来一声嘎吱巨响——是他吗？他在哪儿？无处不在。他的声音在她身后，在她前方，在她头顶，在她脚下。她躲在一条凸起的根茎旁边，缩成一团。然后她跪在地上，匍匐前进，爬得很慢，很慢，非常慢。**树叶，盖住我，大地，盖住我，不要让他找到我。**

一双手穿透树叶，抓住她的手腕，把她向上拉。她尖叫起来，不停地尖叫，先是朝着旋涡一般的夜空尖叫，后来在一只捂住她嘴巴的手中尖叫。她看着那双分得太开、不可能神志正常的眼睛。她一安静下来，他就立刻松开了她。这是一个有着乱蓬蓬白发的男人，脸画得像个小丑，两只眼眶上画着黑色方块，方框中间涂得惨白。他看上去力大无比，但瘦骨嶙峋。

"你为什么不能乖乖地写故事呢？"他说，"我们可是好言好语地求你写。”

恐惧将她的舌头压在牙龈上。

“别怕，夫人，”男人对她说，“我叫列那丁[1]，你心之所向，我都可以带你前往。”他坐在一块墓碑上，拍了拍身边空出来的位置。她能怎么样呢？她坐在了他身边。

“故事是为你写的？”

他摇摇头。“稍等片刻。”他清清嗓子，注视着她的眼神变得幽暗朦胧，好像他被某种黑暗物质侵入了。再次开口时，他带着一种她熟悉的口音，但他的嗓音对她来说并不熟悉，音色很深沉，与其说是嗓音，不如说是大地发出的震动。

“是谁？”她轻声问。

“你能看见我们吗？”霎时，她看到并且感受到了他们所有人，就在她四周。她认出了一些在家庭相薄中见过的面孔，还有一些她从未见过的、倚在拐杖上的老人。他们很相像。他们都认得她，而她也认得他们。然后他们渐渐淡出，消失不见了。

“我们在这儿。”他们用列那丁的嘴巴说道。

“你们想干吗？”

“你是约鲁巴人。”

“是吗？”

---

① 列那丁（Reynardine）是英国古代歌谣中经常出现的一个经典人物形象。他是一只狐狸精，常常勾引漂亮的女子，将她们带回自己的城堡。“列那丁”这一名字来源于法语单词“Reynard”，即“狐狸”。——译者注

“你以为你的口音能瞒过我们吗？”

“可是我都不会说约鲁巴语啊！”

“你也别想在这一点上瞒过我们。”

“好吧，”她说，“我承认，但是你们也清楚，我现在在巴黎啊。”

“别插嘴，”他们说，“你大概想甩开我们，大概觉得我们把你围得太紧了，觉得我们对你有太多企图。但是我们喜欢你。我们认为你精力充沛，而我们也在努力倾听。”

“听什么？”

“听那些你不会告诉我们的事。我们想要你的故事。”

“我没有故事。我不知道该写什么。”

“讲出你的故事吧，写给我们看。我们想知道所有仍然遗留在你身上的、与我们的相似之处，还有那些已经改变的、与我们不再相似之处。和我们说说吧。我们来自一个与你不同的地域和时代……”

“我不是在糊弄你们，”她摇摇头说，“是真的写不来。”

“你写得来，并且非写不可，”他们厉声说道，“那些故事属于我们。至于故事是用何种文字书写的、讲了些什么东西，统统不重要。重要的是故事属于我们。我们连看都没看就把这些故事送给了你，所以现在是时候看看我们的作品了。”

过了好一阵子，小丑又重新变回了他自己，说出来的话也变得合情合理了。他们要的并不多，对吧？他问。只需要在纸上写几句，写任何她喜欢的东西，任何她能想到的东西，除了他们以外没人会看，就算写得不好也没什么关系。

他真心实意地期盼她相信：她可能会写得很糟，但她的祖先们不会介意。

“那你又是谁？掺和到这件事里干吗？”棕衣服盘问道。

“我为人人，人人为我。”列那丁回答。

“这就是你为他们工作的原因？我为人人，人人为我？”

列那丁滑稽地打了个哈欠，揉了揉眼睛，指节上沾染了黑颜料。“我为自己工作，”他嘟囔道，“我是个自由职业者。”

棕衣服低头看着自己的双手。从来没有什么事情是她擅长的，从来没有什么工作是她能够完全掌控、如鱼得水的。她举起一只手对着月光，手上的黄铜戒指闪闪发亮。

“我想拿回自己失去的东西。”她说。

“他们要求你写故事，光是因为这一点你就应该写。你是他们的后代。你拥有的一切都属于他们。”列那丁指出。

她礼貌地拒绝了。她知道对方在人数上占有绝对优势，但这并不意味着她会让步。约鲁巴人以战士著称是有原因的。

列那丁被逗笑了。

“只要你写故事，我就会帮你找回你失去的东西。”他说。

棕衣服满腹狐疑。“怎么找？为什么帮我找？”

列那丁站在那里俯视着她，盯住她的目光狂野至极，好像没有焦点。她差一点就退缩了。

“怎么找？”她又问了一遍，“为什么帮我找？”

列那丁回答了些什么，但声音含糊，因为他此刻正在走入地下，泥土盖住了他的脑袋。

*

棕衣服日复一日地写着，她不知道自己写了多久——尽管日后回忆起来，这段时光就好像两次呼吸之间的停顿一样短暂。在这段日子里，她用光了十二支钢笔，更多的钢笔出现了；她用光了一沓沓纸，他们就给她送来更多。有时候她感觉到有一只手——不是她自己的手——在她的头顶上方移过，就好像在为她赐福。落笔并不容易，她在一些词语和句子之间留出了大片空白，担心它们会彼此纠缠攻击。

她以为自己是个没有故事的人，但实际上，她的故事太多了。

她写的故事，是她从未发觉自己竟然知晓的故事。她写了一个女孩的故事，当她的父母连日工作，以赚取微薄的收入时，她就自己照顾自己长大。别人敲门她不开，别人打电话来她也不接，一是因为她独自在家这事不能让外人知道，二是因为来者可能是内政部[1]的人，一经发现他们就会全部被驱逐出境。她是不会被吓到的。她想象自己是个间谍，在粉色的纸

① 内政部通常负责移民控制问题，确保本国居民的安全，将非法移民、难民驱逐出境。——译者注

上写着秘密情报。她将情报张贴在起居室的窗户上，将它们扔向路过的行人。情报从行人的头顶上方盘旋而下，有人捡起，却看不懂。他们抬头寻找着，但女孩早已从窗边躲开——谁也不能知道她在那里。

棕衣服又写了另一个女孩的故事，她住在一座禁止男人进入的城市里。女孩对这座城市，以及那条将城市牢牢包围其中的海岸线一无所知。她以为男人只是个笑话，也从未发觉自己错过了太多。

她写了一个男孩的故事，他生活在奥基蒂普帕的村子里，是个孤儿，靠照顾别人家的孩子来挣钱养活自己。她写道，一天下午，这个孤儿绝望地回到村子里，他帮忙看管的十个孩子中有四个不见了，他用一条长长的深红色绳子将剩下的六个男孩系在腰上，打了很多紧紧的结。他花了两个小时寻找那四个失踪的男孩，正当他出发前往第一个失踪男孩的家中，准备向孩子的父母供认一切时，噩梦般的事情发生了，那些失踪的男孩躺在浅坑中，他们从坑中跳起来，一个接一个地发出可怕的叫声，震动着大地。

还有更多，更多的故事，为了那些跟她说“写给我们看”的人，她把它们全都写下，尽管她不知道这能带来什么好处。

这就是你们的故事，还给你们。

列那丁来了，朝她微笑着，把她的故事都拿走了。

列那丁留下了什么？

一个她认识的男人。

他背靠着她房间的墙壁，跌坐在地上，双腿伸出。他睁着眼睛，但当她和他说话时，他目光涣散，毫无回应。他没有呼吸，没有心跳，嘴唇发紫。棕衣服躺在他身边，试图让他重新呼吸，她问列那丁他是不是已经死了。

“我不知道。”列那丁的声音从走廊里传来，“也许吧。”

棕衣服朝他转过身去，失声大喊：“列那丁！列那丁！你给我带来了什么？”

列那丁“嘘”了一声。“我带来了你失去的东西。”

“但他仍然不在我身边！你要我。”

“听我说，”列那丁说，“你有没有考虑过去陪他？”

棕衣服坐在那儿，听着，思考着。她抓起了男人的手，这一刻她觉得自己还不能撒手。

“我打赌，”列那丁说，“你不敢和他一起消失。”

她并没有像往常遇到这种事时那么忧虑。最近这段日子里，她可是被那些早已死去的人拜访过。他们看起来还挺好的，而且还敢对她发号施令。她接受了这个赌约。

列那丁打了个响指，她的呼吸停止了。

*

这对爱人僵硬地依偎在彼此的臂弯中，在夜深人静之时，他们被送到了拉雪兹神父公墓——没有被装在[1]棺材里。列那丁料理好了一切。之前他说过“我为人人”，所以他安排好了一切。传说列那丁像野兽一般残忍，但有时候，面对一个对他所说之话深信不疑的女人，他也会仁慈相待。

初入墓中的一刻恐怖至极。静穆，沉寂，黑暗。

接着，他们意识到了：他们在一起了，这里再没有别人了。她感觉到他的嘴唇贴着自己的额头颤抖。然后他逐渐有了勇气，将她抱在怀中。他亲吻她闭着的眼睑、她的嘴巴、她的一缕缕头发、她的手肘。她将黄铜戒指放在他的手心里，合上他的手掌。当他再张开手时，戒指不见了。它没有滑落，除非是穿透他的手掌滑落的——就算确实如此，也了无痕迹。他再也不计算亲吻的次数了。

离开前，列那丁将一支蜡烛和一盒火柴扔进了他们的墓中。他们不需要蜡烛……他们在黑暗中学会了华尔兹。但他们最后还是点了蜡烛——为什么不点？当他们在上锁的墓扉后翩然起舞时，蜡烛的火焰可以为石穴带来片刻的温暖。

① 原文为法语。——译者注

玛丽·福克丝曾经救过我的命。当然了，她这么做是出于实际利益的考虑——如果我死了，那她也就不复存在了。但她并没有表现出这一点，就好像救我的命是因为她真的在乎我。那是九年前，也许是十年前的事情了。那时我还不认识达芙妮。我工作到深夜，想写关于一个战场上的男孩的故事。他报名参战，渴望做个英雄，心心念念地想着要卓尔不凡，不与别的士兵和上级将领们搅和在一起。我尚且不能断定，这孩子的蠢念头是会令他惨死战场，还是会让他在被打压后，以一种不显山露水的方式变得强大和有用。这个故事的主人公不是我——在法国，我学会了完全听从指令，我是说马恩河[1]那次正面进攻：不眨眼，不过脑子，只管打。我环顾书房，发现周围的一切都太他妈的舒适了。那种不痛不痒的平静。炉火轻柔地舞蹈，噼啪作响。高高的书墙将我

① 第一次世界大战期间，马恩河谷地区发生过激烈的战斗，成为法国闻名的战场。——译者注

围绕其中，书脊朝外。在这里，我写不出炮弹炸裂的回音，闻不到那穿透稿纸的、战壕中传来的乌烟瘴气。我做不出那件事，那件我只要做了别人就都会明白的事。对于那些已经发生的事（一想到它们我就会嘲笑它们），你不能把它们憋在心里太久，否则你会发疯。死者不会让我烦恼——死了就是死了。是那些萦绕在我心头的、还活着的人折磨着我。乔·帕萨诺，弹片把他的左眼炸出来了，但他坚决不戴眼罩，一只玻璃眼球在脸上皱巴巴的小洞里慢慢游动；汤姆·富兰克林没了双手；艾弗·罗斯的右裤管里空空荡荡，半张嘴巴皱成一团，好像在永不停歇地、别别扭扭地亲吻着谁；而我呢，却是完完整整的。事已至此，我不得不用手枪抵着自己的头，在这间舒适的书房里，我甚至不太确定是我自己把手枪从抽屉里拿出来的。我肯定是握着手枪的，但是手指感觉不到一点重量，似乎手枪正悬浮在空中，是乔、汤姆，还有艾弗，是他们心怀叵测地举起它对准了我。枪口压进了我的皮肤里，像是在我的脑袋上寻找着适合安顿下来的位置。死亡像一只昆虫，威胁着树木……[①]

“嘘。”玛丽·福克丝说。她的手越过我的肩膀，将我的手指一根根掰开，拿走了枪。然后，她在我嘴里塞了只烟斗，我看着烟草一点一点地装满斗钵，我看着她的手将烟草压实。压实，压实，压实，烟嘴在我紧咬的牙齿间来回摇晃。她轻轻地敲了几下

① 这句话出自艾米莉·狄金森的诗歌《死亡像一只昆虫》。——译者注

烟斗，倒出烟渣，点燃火柴。我看到火焰将斗钵包围，一次，两次，三次，终于升起了一阵烟雾。

“我知道，你以为自己疯了。”她说，“可是你没疯。别折磨自己了，我们庆祝一下吧。”

她拿过我放在窗台上的玻璃酒瓶，倒了些威士忌，将酒杯推到我跟前。在香烟与美酒的作用下，我的神智渐渐清醒了。我拉开抽屉，发现枪就躺在那里，看起来清白无辜，好像今晚，或者从来就没被人拿出来过。

玛丽坐下来，把酒瓶放在脚边。“说点什么啊你。”她带着警告的语气说。

“玛丽，”我说，“我好像记起了一些事——希望是记错了，我记得你曾经做过我的妻子。”

玛丽在椅子上扭动了一下。“哦，是吗？”

“是啊，我亲爱的妻子，只要是我能做的，我都为你做了，但你还是不快活。你说我从不倾听你的心事，把你当个小孩子。你搬出了那所漂亮的房子，我没日没夜地辛苦工作攒下钱买给你的房子，我买下它只因为你说过你喜欢。我等了一周，人人都劝我别心急，假以时日你自然会想通。我总是按时回家，从来没找借口糊弄过你。周末我开车带你满城地逛，载你去见想见的朋友，就跟你的专职司机一样。你过生日的时候我带你去听歌剧，看在老天的份上，我从来没做过半件对不起你的事。可你没有回来。你的朋友们借了钱给你，你搬进了一个单间小公寓。我有个朋友和你的一位朋友结婚了，我拜访他后才得知你的住处。起先，他说他不想卷进这件事里，要是被他老婆知道他告了密，她非得闹翻天不可。我哭了起来，把他吓了一跳，这才告诉我你住在哪儿。他还说，希望我能把你找回来，也把我的男子气概找回来。”

我停下来，有一会儿没说话，因为我有一种很奇怪的感觉，好像我说得越多，这段记忆就越发清晰。我觉得自己一个字也说不下去了，只想看着故事会如何在我的脑子里逐一展开。玛丽又给我添了些威士忌。感觉好多了。

“那天黄昏时我徘徊不定。因为担心你也许正和另一个男人同住，我事先把自己灌得酩酊大醉。我用各种方式敲你公寓的门——用脑袋撞，用胳膊肘戳，就跟我想要同那扇门跳舞似的。出乎意料地，你开了门，脸上那副低眉顺眼的表情就好像在说‘终于等到你’。我说了句‘亲爱的’，还说了几句别的，诸如‘亲爱的，看看我，难道你还转不过弯儿来吗？回家吧’。听了我的话，你用一种怜悯的眼神看着我。但我转而发现，你门上有一条防盗链，即使你明白我那时不过是个可怜虫，不过是在乞求你，你仍然没放下门上的防盗链。看到这条链子，我明白我就要做出伤害你的事了。我要闯进屋去伤害你。这就好比你把一只动物关进笼子或其他如栏杆、藩篱等冰冷坚硬之物中时，它们会变得怒不可遏、面目全非——即使它之前只是条毛茸茸的小哈巴狗。我站直了身子，我已经醉得一塌糊涂，连舌头都捋不直了，可不知怎的，我还是压低了声音，像一个神志清醒、理智健全的人那样和你说话。

我的语气很温暖，善解人意，你一直顶住门不让我进屋，我就不停地嘟囔些劝慰你的话。你终于让我进去了，我差点没倒在地上，但我告诉自己要振作一点，别垮掉，你还爱着她。屋里没别人，就你一个人住。我太高兴了，太高兴了。我想抱住你，让你亲我一下，但是你说‘圣约翰，你把我弄伤了’。我只想让你亲我一下——这怎么会把你弄伤呢？但你不停地叫嚷，让我‘住手’。那时候我已经打了你好几个耳光了，我想让你安静点。”

她朝我露出了一个酒窝。“接着讲。”她说。

“嗯……咱俩当时就闹成了那样……”

“闹成了哪样？说具体点。”

“我不停地打你，我想是这样。我抓起了一把椅子，把你逼到墙角，后背抵在墙上，然后举起椅子朝你脑袋两侧狠狠敲击，一开始我只是想吓唬你。‘嘘，’我对你说，‘嘘。’可你太害怕了，也可能是还不够害怕。你一直高举双手，挡着脸自卫——我抓住你的胳膊，一顿拳打脚踢，直到你倒地不起，我还在你的手上猛跺了几脚。”

玛丽点点头，好像脑子里有个记账本，她正在一一核对。

“我踢了你的头。”

她又点点头。

“接着你一定是明白过来了：我不停地揍你，就是因为你一直在躲闪。于是你不动弹了。我走到房间的另一边看着你，想看看我给你空间后，你会做些什么。你什么也没做，就躺在那儿。我又朝你走去，你屏住了呼吸。我待在你旁边，你始终没有呼出气来，你想死。”

“接着说。”玛丽脸色苍白地说，嘴边的笑容不见了。

“我蹲下来跟你讲话，在你耳旁嘟囔着，我不知道自己在说些什么，大概是些毫无意义的废话。我只想让你平静下来。我一边说话，一边割断了你的喉咙。活儿干得很糙，因为我当时醉得连路都走不直了，更别提拿着小刀给人割喉。一团糟，简直一团糟。”

玛丽并没有发抖，看上去也并不吃惊。倘若说她确有什么反应的话，那就是她看上去很礼貌。介于礼貌与无聊之间。

“但这不可能啊，我要是想杀你，可以用椅子砸啊。”我并没有在和她说话，更像是自言自语。

“是啊，你可以，但对我来说一切都玩儿完了。你为什么要这么做？”

“我为什么——”

“对，你为什么要这么做？”

“你是在问我，在我虚假的记忆里，在我们这场并不存在的婚姻里，我为什么杀了你吗？”

“我是在帮助你思考。”

我大致猜测了几种简单的可能性——我当时就是想杀人；我惧怕时间流逝；我被一种莫名其妙的保证愚弄了，这种保证让我相信这场报复只发生在想象当中，为的是能让自己安然度过白天的清醒时光。我们之间的爱就在某处藏身，不知为何，我就是不相信它已经消逝了，我努力想将它唤回，制造出一场事故让爱无处可藏。

“你做这些事是因为爱？是因为你爱我爱得太深？”她愉快地问道。那欢快的样子让我毛骨悚然。整场谈话都让我毛骨悚然——我们竟然如此谈论着一件从未发生过的事。我就不该挑起话头。可她看上去是那么感兴趣，这倒少见。也许她只是想试着做个好姑娘，以她自己的方式。

玛丽拔下苏格兰威士忌的瓶塞，灌了一大口。“算了，别提爱了，”她说，擦了擦嘴，“你恨我，因为我不会回到你身边，因为我让你恨你自己，让你觉得自己有什么毛病。”

“不……我已经告诉过你了，这都是因为你门上的那条防盗链。”

“福克斯先生，”玛丽把玩着雕花玻璃酒瓶塞，“这是个笑话吗？”

“你觉得可笑吗？”

“你指的是，你刚刚把自己的一篇小说，当作一件你确实做过的事情讲给我听？”

“嗯，”我说，“你说的没错，我会把它写下来的。”

“你已经写了。”她皱起眉头说。

我茫然地等在一边。她在我的一堆笔记本中翻找着，最后拿起了6号本。她舔舔指尖，翻开了靠近末尾的一页。那里，在我的笔迹中，正是我刚才讲给她听的那个故事。一看见这个故事，我就想起自己写过它了，一阵轻松感将我包围。谢天谢地那不是我。谢天谢地我干不出来这种事。屋里很冷，但我在流汗。当我放下笔记本时，发现手指在纸上留下了潮湿的椭圆印迹。

“现在我开始担心了。”玛丽说。

静默夫人[1]的培训学校

静默夫人收留那些十六七岁的小流氓，训练他们，等到他们年满21岁时，就变成了世界顶级丈夫。如果你能答对入学考试中85%的题目，就会被静默夫人的学校录取，毕业时你将被授予一张证书，足以让你在上流社会中处处受到尊重。谁也想不起来静默夫人入学考试中的题目，反正我是想不起来——当时我绞尽脑汁想挂科。我不想接受教育，担心那不适合我。当然，现在我明白了。坦白说，我花了半年时间才转过弯儿来，但现在我明白自己有多么幸运，能有机会成为一个真正有价值的人，从一个男孩变成男人。

她的秘密武器是什么呢？你也许会问。静默夫人是如何跻身现代社会伟大教育者之列的？答案很简单。静默夫人知道什

① 原文为"Madame de Silentio"，"Madame"意为"夫人"，"de Silentio"为拉丁语，指"静默者"（the Silent）。——译者注

么对年轻人来说最好，什么对他们来说最合适。她不会往我们的脑子里塞满那些不需要知道的事情。我们使用的课本开门见山、直奔主题——欧洲历史被浓缩成一段文字，而非洲、亚洲和美洲的历史则各自简化为两个句子，大洋洲的历史根本不值一提。静默夫人学校里的小伙子们学习实用的技能，这使我们受益匪浅，得以胜任那些富有的、受过教育的女士们的丈夫。列举一些我们学习的课程：

强有力的握手课，沉默课，车辆机械学基础，草坪修剪学，权力集中展示课，用运动与营养对抗阳痿。

校方简介中说，静默夫人的学生吃有吃相，睡有睡相，连喘气的样子都像个好丈夫[①]。的确如此。学校教育我们，每天早上醒来时，以及每天晚上入睡前，都要问问自己：我怎么才能让她幸福？“她”，就是那位我们必须尊敬、服从，但同时又要支配驾驭的（我们学到，有时候她希望被我们支配驾驭）、既糟糕又美妙的女神——我们将来的妻子。在情话课上，我们用心研习巴勃罗·聂鲁达的每一首诗，还有艾拉·格什温和多萝西·菲尔茨的歌词[②]。“情书学习”是一门主课业外必修的研究课程，教学内容包括精读爱洛依丝和阿伯拉尔之间的往来书

① 原文为“good husbandry”，原意为“良好管理”，但“husbandry”（妥善管理）一词由“husband”（丈夫）演变而来，因此这句话是双关语，既指学生们训练有素，又指他们无时无刻不在被教育成为好丈夫。——译者注

② 艾拉·格什温：美国词作家，作曲家乔治·格什温的兄弟。多萝西·菲尔茨：美国词作家。两人都曾为多首流行歌曲填词。——译者注

信[1]。"决定性思维"课的考试形式，是在全班同学面前进行对话，最终成绩并不取决于你给出的回答，而在于你固执己见的程度。如果你不曾流露出半点紧张或愤怒，向人展示出你对任何外界的逻辑都无动于衷的品性，就能得到A。如果你除此之外还能装出一副温和的、令人愉快的举止风范，就能得A+。

我们八人住在一间宿舍。宿舍中的床架是铁制的，床头板上雕刻着世界末日的种种图景，扭曲交织在一起：狮子与羔羊并卧，孩童爱抚着毒蛇。有些男生夜里会从床上坐起来尖叫，但舍监会端来一杯热牛奶，滴上几滴又苦又甜的独家秘方。尖叫的男生将掺了药水的牛奶大口喝下，烦恼便不翼而飞，无影无踪。静默夫人明白，蜕变为一个真正有价值的男人的过程很艰难。而我们也明白，一旦被学校录取，那么在我们完成蜕变之前，就要一直待在这里。父母和监护人无权将我们领走，因为他们已经与静默夫人签订了合同，全赖我们自己是这么难以管教。学生年满18岁时，可以自由离开学校，但那时我们已经习惯这里了。请注意，这地方可不是慈

---

① 爱洛依丝是中世纪一位著名女性思想家，被认为是当时最有学问的女子。她年轻时进入修道院学习，叔父聘请当时的著名哲学家阿伯拉尔当她的老师。阿伯拉尔与爱洛依丝相爱，后私奔，生下一子。他们的关系惹怒了圣母院主教，他雇用一帮恶棍阉割了阿伯拉尔。爱洛依丝被送进修道院成为修女，阿伯拉尔当了修士，两人分手，最终合葬于拉雪兹神父公墓。他们的情书被保存了下来，成为文学史上的经典。卢梭曾借用这个故事创作了小说《新爱洛依丝》。——译者注

善机构，那些女贵族的家属付给静默夫人大笔款子（至于总额有多少，我们这些学生只能暗自猜测，窃窃私语），以确保他们的小宝贝伊莱恩能找到完美的丈夫，他们任性的凯瑟琳能与如意郎君永结同心。从很多方面讲，学校其实是个生意场，但这也无可指责。静默夫人看到了商机，世道如此，要是她不为自己的付出索取回报，就终将一无所获。所以，静默夫人做得很不错。

我刚刚当选了学生领袖，而我的职责之一，就是为新生入学手册写下新的一章。手册将在新生入校时发放——对于新生来说，那是一个可怕的日子，你第一次有了撑不下去的念头。就这一点而言，这本手册可以为你提供一些陪伴和慰藉。我一如既往地认真履行这份职责，就像我看管低年级学生、在围捕逃跑者的行动中担任校代表时一样认真。我查阅了校史，发现25年前，我校发生了一起违纪行为，参与者是两名当时前途还算不错的学生，事情的后果很严重。我对静默夫人进行了专访，同时还采访了那些记得当年之事的老师，整合拼凑了各种信息，下面我就试着将这个故事讲给你们听。我认为，这个故事对于那些试图反抗我们校长夫人的新生而言，可以起到非常宝贵的警示作用。

*

查尔斯·乌尔夫和查理·沃尔夫[1]都是静默夫人的学生，他们二年级时被分到了同一间宿舍，睡在对床，就此相识。查理当时 17 岁，比查尔斯大一岁。据说，两人注意到，他们其实可以算是同名同姓。在日记，以及被校职工查收的信件中，两个人都曾写到，他们姓名的相似一定蕴含着某种深意。他们觉得彼此是兄弟。这很有趣，因为这两个男生实际上非常不同。从当时的照片来看，查理·沃尔夫可以算是个漂亮的男孩，眼睛很大，像两湾池水，一头拜伦一样的卷发，拜长期毒瘾所赐，他身材瘦长——正式入学以前，校方将他关在一间隔音的音乐教室中，粗暴地强迫他戒掉了鸦片，有三个星期，音乐教室因此成了禁地。看起来，是偏袒[2]让查理得以进入这所学校。在这里我将引用静默夫人收到的一封来信，信是查理入学的一年以前寄来的。信中，查理的父母都写下了同一个词，心照不宣地说明天下所有的父母，都有各自偏袒的孩子。而拿沃尔夫夫妇来说，他们偏袒的孩子是同一个，这让他们另外的九个孩子忌妒有加，大为光火。兄弟姐妹之间总能嗅出这些细微的迹

① 这两个学生的姓氏分别是“Wolfe”和“Wulf”，都是从“Wolf”（狼）这个单词演变而来。可以看作是对“福克斯”及“福克丝”这两个姓氏的互文。——译者注

② 此处一语双关，原文的“favouritism”一词意指“偏爱”“偏袒”。这句话可以直译为：是（上天的）偏袒让查理来到学校。但结合下文，查理得到的“偏袒”不是来自上天，而是来自他的父母。——译者注

象，但如果没有确凿的证据，他们也做不了什么。查理似乎生来就是个逃避者：7 岁时，在抱怨了一番自己无聊得“胃里恶心”后，他砸开了父亲的酒柜，醉到全身僵硬；15 岁时，他在大烟馆里逃避现实，有钱的父母给他开小灶，给他的零花钱是其他兄弟姐妹的两倍多，因此查理几乎想买多少鸦片就能买多少，不到一周就把一个月的零花钱用完了，然后愉快地饿着肚子，直到下一笔零花钱发下来。沃尔夫夫妇还在信中罗列了查理已经感染及曾经接受过治疗的一些疾病，接着极度惶恐地写道，这里恐怕是他们所能抓住的最后一根稻草了。他们曾把查理送去康复诊所、训练营，每一次他都在追捕者的帮助下逃跑了。沃尔夫夫妇相信，静默夫人的学校是唯一一所绝对不会放纵、溺爱学生的机构，所以只有在这里，他们的儿子才能洗心革面，重新做人。只要能挽救查理，他们愿意将儿子全权交由静默夫人代管。“我们会挽救查理的，”静默夫人向他们保证，“不只挽救——我们还会将他教育成一个有用的人。”查理·沃尔夫性格软弱，在“决定性思维”课上，他总是拿 D 或者更低的分数。他还在考试时作弊，在写论文时抄袭——因为这两件事，他在来这儿的第一年里就被处罚了 27 次。但撇开这些毛病，他在学校里人缘不错，因为他个性随和，不会打别人的小报告，就算是别人犯下的错显而易见，或者告状对他更有利时也不会。

查尔斯·乌尔夫一头金发，总是神神秘秘的。他面目扭曲，长得不好看。关于他的介绍很少，更多是来自猜测。查尔斯的父亲是驻印度的政府官员，家庭成员包括几个保镖和一位品毒师，这几位每顿饭都与他同吃。在那封乌尔夫少校寄给静默夫人的简短信笺中，他提到查尔斯时只是简单称呼儿子为“那小子”，流露出对查尔斯偷窃成瘾的厌恶之情。“蓝色的东西——总是蓝色的东西，那小子应该被好好教训一顿，让他知道这世界上蓝色的东西都快要被偷没了。您看着管管他吧。”我校一位科学课老师，居里先生，回忆他曾在课间休息时见到查尔斯·乌尔夫倚在校园栏杆上，用一根蓝色的吸管喝着可口可乐，眼中透出一种粗暴之色，以至于没人敢嘲笑他那“高雅”的休闲方式。恩格斯太太，我校的文学课老师，讲述了她当年的怀疑：尽管没有任何材料佐证，但她相信查尔斯·乌尔夫学会说话的时间要比正常人晚得多。似乎在学会说话很久以前，他就已经认字了。恩格斯太太说，她有时会对查尔斯·乌尔夫奇怪的造句方式加以批评，每当这时，他便陷入沉默，看上去很羞愧。其实，查尔斯·乌尔夫怀恨在心，他在日记中写道，他想杀了恩格斯太太。查尔斯·乌尔夫似乎能够专心地憎恨某人，有时这会让他陷入出神的状态。“克制一下”，好几次他曾在日记中写道，“克制一下。”查尔斯·乌尔夫逢奖必得，场场考试都名列前茅。他即将成为顶级丈夫。但老师们还是拿不准他，总是对他多加留意。在他上一年级时，学校里出了件事——没有证据证明此事与他相关，但真相究竟如何谁也说不清。我们不能责怪老师们过于警惕。

学校的占地面积很大，其中有个地方，我们曾经引以为豪，现在却是禁地，就是那座湖。在一份30年前的校方宣传册上，一群优等生正泛舟湖上，这是他们得到的奖励，但湖水黑暗，某些角度令人生畏，学生们看起来也并不开心。那时候，男生偶尔可以划船，但不准游泳。查尔斯和查理似乎被这座湖吸引了。“湖水碧绿，尝起来带点甜味。”两个男生在不同时间，都曾在日记中这样写道。在不同时间写下了相同的句子，毫不夸张，确实如此。查尔斯·乌尔夫接着开始猜测，舍监们在半夜让学生喝下去的热牛奶里滴的就是这些湖水。他在喝了几口湖水后写下：“感觉很好，就像当上了皇帝。”他也写道，查理·沃尔夫痛饮湖水的样子让他有点担心。你也许会对日记的事情奇怪，是这样的，静默夫人坚持让我们写日记，我们得不厌其详地记录下我们的思想和生活，而她会花上整个星期天的时间来读。写日记是个棘手活儿，静默夫人不希望我们在日记里与她互动，所以我们写日记时要装作不知道有人会读它。这有点像祈祷。她从未评论，或者对我们日记里提到的事情采取行动，不管我们写了些什么——这么一来和祈祷更像了。

查理不太会游泳，他在日记里写道，一天下午他向那泊甜美的绿色湖水靠得太近，跌落湖中：“我跌入水中，张着嘴，湖水涌入身体，好像一只强壮、冰冷、没有尽头的手臂塞进我的喉咙。我不知道人是可以这样掉进一泊水里的，而当你掉入水中时，就像在空中坠落那样沉重和绝望。”查尔斯·乌尔夫潜入水下，抓住了他不幸的朋友，这时，他们都看到了一个不可思议的东西。我用了“不可思议”这个词，尽管当我采访静默夫人时，她提到这东西时耸耸肩，就好像在说一件再平常不过的事。两个男生在水下睁着眼睛，往岸边游去，他们看到身下由淤泥和岩石组成的河床上，有一个身影凹陷其中。这东西的肢体在水中清晰地划动着，甚至能看见两条瘦弱的大腿间的缝隙。这是一个人。他被困在湖底，被一条粗大生锈、上了锁的铁链缠了一圈又一圈。乍一看，他的脸显得苍白僵硬，但两个男生转而意识到，这只是因为他被迫戴上了一个面具——是那种即兴歌舞喜剧艺人戴的面具，面具很厚，用象牙雕出一副痛苦的怪相。尽管他在水底承受着很大压力，但这个人还活着，而他也看到了他们在看他，开始奋力挣扎。“不错，我的确在这里囚禁了一个人，”静默夫人承认，“我以为囚禁他的地方很安全，可惜并非如此。他叫列那丁。不过，还是别费脑子琢磨这件事了，对你没有半点好处。”

接下来的七天里，两个男生只在日记上潦草地写下了那句应付差事的话：今天什么也没有发生——静默夫人要求我们每天都要写点什么，至少要写上这句话。西戈尔舍监（她在这件事发生后就退休了）非常友善地回答了我写给她的问题，并回忆道，当时一连三夜，查理·沃尔夫都在睡梦中又踢又叫，她不得不接连喂了他十次牛奶；查尔斯·乌尔夫则没合过眼，但他没有抱怨过一句，只说自己没事。两个男生开始互相传递纸条，用一种我无法破解的暗号交流。我无法确定在这“什么也没有发生”的七天，他们俩到底在琢磨些什么。查理的成绩一落千丈，而查尔斯仍然名列前茅。

到了第八天，两人都在日记中细致地记录了“与一位囚徒的对话”。他们知道了囚徒的名字，还知道他被囚禁了很久，久到他自己都记不得了。他们得知此人是被静默夫人囚禁的，他渴望自由。他们希望能放他走。

“静默夫人，”查尔斯在那天的日记后面用红笔写道，“为什么您要这样对待列那丁？”静默夫人坚守自己订下的规则，对日记内容不予回应。

老师们建议对两人密切监视，但静默夫人坚持说，他们只是两个聪明孩子，现在经历了一些思想斗争，并没有真的谋划任何事情。

但老师们还是对他俩严加提防。

查尔斯和查理有好一阵子没再去过湖边，要不是他俩知道囚徒名叫列那丁，我肯定会以为日记中“与一位囚徒的对话”纯属凭空捏造，是个蠢得让人难以置信的白日梦。这些段落读起来就很不真实，对话的语气做作得令人难受。但这件事情很奇怪。如果对话确属虚构，很难解释他们是怎么知道“列那丁”这个名字的。

他俩一定是发明了一套自以为安全的交流方式——也许找

到了一处秘密碰头点，不管怎样，他们不再用暗号沟通了。大量现存的纸条上，充斥着关于列那丁和静默夫人之间关系的猜想，另外，他们还很奇怪地就列那丁面具之下的真容展开了一场半开玩笑半认真的争论。"他肯定长得很怪——就像条鱼，"查尔斯向查理写道，"他能在水下呼吸，还能说话。"查尔斯告诉查理，他曾咬着一盏潜水灯游到湖底，面对面地和囚徒交流过；他抓起拷住列那丁双手的锁链，勘察其中的机关结构，而列那丁就在一边，对着他的耳朵呼出气泡。这是发生在夜里三点钟的事，那时学校里的其他人都在打鼾——查理·沃尔夫也不例外，睡得正香……我真是想象不来这个情景。

"我觉得他长得像你，或者我，"查理在回信中说，"问题是，到底是像你还是像我？""你这话什么意思？"查尔斯写道，字迹又黑又清晰，是充满敌意的笔迹。

看到两个男生开始为这点美学上的小事争执，老师们松了一口气。他们错了，教务人员一旦放松，两个男生就发起了进攻。他们贿赂了三个一年级的学生，让他们报告一楼装扫把的柜子里有老鼠，并在静默夫人和副校长福斯科小姐前来视察时，将这两位了不起的女士锁进了柜子里。然后，查理在静默夫人的办公室外站岗放哨，查尔斯——这个总偷小玩意儿的惯犯，则需要在办公室里花上几分钟，小心翼翼地仔细搜查静默夫人的物品，拿走了两把钥匙。他知道囚徒锁扣的样子，但是时间太紧，无法合理展开"决定性思维"——他只知道这两把钥匙中的一把可以将列那丁释放。

当你想象这种囚徒和狱卒之间的关系时，你会认为，对于赋予其权力的那把钥匙，狱卒肯定时刻都知道它在哪里。你，不如说我吧，会想象狱卒轻抚着那把钥匙，沾沾自喜地看着它，夜深人静时拿出它来欣赏一番。其实并非如此。静默夫人说，她只是随便把钥匙扔进了某只抽屉里，好多年没再找出来。她并不想念它。办公室还保持着她离开时的原样，当她被关在那只清洁柜中时，那段烦人的折磨其实很快就熬过去了。而发动这场恶作剧的一年级学生们，都被她严加处分，即使他们罪不至此。“对这些事不能睁一只眼闭一只眼。必须让他们知道什么是错的。”

于是，列那丁就这样被释放了，这么简单，这么容易。静默夫人不相信有人会不服从她的规定，而释放列那丁的那个男孩，老是在夜里要药水，但等舍监走到宿舍另一头时，他就吐出牛奶，浸湿枕头。

列那丁在松开的铁链中站起身，双腿抽搐，好像已经忘了该怎么走路——这不是两个男生记录的，而是我自己想象的——初获自由的那一刻应该是这个样子。他告诉查尔斯，在早晨到来之前他就会离开。他活动双手的样子让查尔斯很担心，但他“咯”地笑了一声，说道：“你用不着害怕我，孩子。”

“他说永远不会忘记我为他所做的事。”乌尔夫向沃尔夫写道。

第二天中午，静默夫人得知列那丁被放走了，不是因为什么心灵感应，她是从当地新闻中知道的。静默夫人解释道："列那丁的罪过在于，他是一个专杀女人的罪犯。杀人时他并不开心，而是悲愤交加。女人让他生气。有一次他告诉我他讨厌她们的作风，他说自从遇到一个女人后，他就被迫扮演着一个他无法胜任的角色。胡思乱想，胡说八道。"那天夜里被释放后，他穿过格林威治，一路大开杀戒。在凌晨2点半到4点之间，他就杀了四十个女人，并继续在全国范围内迅速逃窜，犯下了更多的案子。更糟的是，在接下来的几天里，其他的罪犯——专杀孩子的、专杀年迈双亲的、专杀情敌的、专杀丈夫的——也都突然大开杀戒，好像受到了列那丁的鼓舞。那是糟糕的一周，充满血腥战栗的可怕的一周，街上一个居民也见不到，全都是警察。

静默夫人把两个男生叫去办公室，从查尔斯那里拿回了钥匙。虽已于事无补，但钥匙仍然属于她。男孩们并不知道自己做了什么，也没有把这血腥的一周和列那丁联系到一起，直到静默夫人向他们说明了一切。

他俩在学校度过的余下几年宛如地狱，尽管她没动过他们一根手指、没责备过他们一句。他们总是形影不离，但并不和对方说话。他们的头发软塌塌的，双眼凸出，一脸溺水者的样子。新闻每天都在报道列那丁在世上犯下的新罪行。"他的样子跟以前不一样了。"查理·沃尔夫在日记中写道，这是他在离校上交日记本前写下的最后一篇日记。查尔斯·乌尔夫则再没提过那件事。

毕业典礼时，静默夫人将查尔斯卖给了一个名叫海琳的美丽女人。她有一双蓝色的眼睛，当他凝视它们时，会感到一阵过电般的震颤。他觉得自己童年时代对蓝色物品的小偷小摸，只是在渴求一双这样的蓝色眼睛。但海琳却被过去的生活所困扰。她小时候很胖，连脚踝都胖。在寄给静默夫人的一封信中，查尔斯写道，当海琳看到他在为她做晚饭时，会突然陷入歇斯底里的情绪中——他做的是炸鱼条。她无法将一顿热气腾腾的饭视作爱的表示，而是认定查尔斯想重新把她变回个胖子。他成功地安抚了她——学校会训练我们应对一切突发情况，但他宁愿自己用不着将之实践。海琳也不愿意将查尔斯介绍给她的朋友们，因为嫌他丑。她把他留在家里，如果她在家会朋友，就让他躲在厨房里。查尔斯想试探海琳对自己的感情，于是从家中消失了两周，游荡在伦敦街头，盖着报纸睡在公园长凳上面。回家后，海琳说起她近来参加的一次聚会，语速极快地罗列着一大堆他不认识之人的趣闻逸事，而当查尔斯请她说慢一点，告诉自己这些人都是谁的时候，海琳看上去很生气。“我已经告诉过你了。”她说，完全忘了他之前不在家这回事。大概她每晚酒宴笙歌回家后，就对着空气喋喋不休，相信他就躲在家里的某个角落，聚精会神地倾听着。他失踪了整整两周，其间她一点也没担心过，从来没去找过他。

“我怎么才能成为一个更好的丈夫呢？”他低声下气地问她。

海琳给了查尔斯一副戴在脸上的面具，一副白色的面具。不是单调的白色，而是一种让人联想到大地的白色，明亮，又可以隐隐看到其中的纤维，好像覆盖了一层梨子的果皮。面具上的表情既不喜悦，也不悲伤，嘴部线条平直，像几何图案，不可能出现在真人的的脸上。面具很沉，压着查尔斯的脑袋，改变了他的姿态，或者说得夸张点，他走路的样子都变了。只要查尔斯戴着面具，海琳便允许他陪护自己外出就餐，参加朋友们的婚礼，等等。关于她给丈夫戴面具这件事，海琳的朋友装出一副无所谓的样子，但其实他们快烦死他了。我想，成天见到那样一张从不会朝你微笑的脸，大概谁也不会觉得它友善。

至于查理·沃尔夫……他被卖给了一个长相平平的女人。平庸，但四肢健全，心地也不错。她叫萝瑞尔，她不屑于她那个阶层中的人那些轻浮幼稚的追求，她接受了专业培训，成为一名幼儿园老师。她穿着长裙，就算面对在她脚边玩耍的、最让人讨厌的孩子，也会温言软语，和善拥抱。查理接受的训练比任何人想象的都多，他可以毫不费力地对妻子说情话。但萝瑞尔不想听到这些情话，觉得它们并非出自真心。她担心自己配不上他——在街上，在家里。她把家中所有的镜子都扣上了。她听到别人在拿她开玩笑，即使查理声称那只是她的臆想。每当他兴致勃勃地与她的女性朋友们聊天时，她就会心生忌妒。萝瑞尔给查理写了浸满泪痕的信，一次又一次地将他赶出家门，又在早上出其不意地来到他住的宾馆房间，看看那里是否还有别人。她没办法信任他。

他终于无计可施，问她究竟要怎么做才能让她相信他。

于是萝瑞尔给了查理一副面具……

列那丁也许会来解救他俩（对于乌尔夫夫人和沃尔夫夫人来说，那将是很不幸的事情），但不是所有人都会投桃报李。毕业以后，查尔斯和查理似乎就没再联系了。他们没有再说过一个字，甚至没有试图再说过一个字。他们不再需要彼此了。

或者——

我明白，我大概是有点过度诠释了，但也许他俩彼此相爱，不想让对方忍受有话不能明说的焦灼，不想让对方只能去猜测自己到底想要什么。一个是性格软弱的男孩，一个是他那意志坚强的朋友，谁也不愿意先挑明自己的心意。我说的并非全属无稽之谈，对吗？谨慎比什么都重要。一开始，他们可能就从全校的男生中选中了彼此，吐露秘密——当时这样做比现在安全，而且他们只在日记里吐露秘密。一连数月，两人每天都有话说。接着他们各自结婚，故事到此结束。这件事中包含着某种情感，即使我并不知道是哪些情感。湖水比他俩想象的更深，查尔斯抱着查理，蹬着水向岸边游去，那几秒钟没有光亮，屏住呼吸，接着两颗脑袋浮出水面，是他们——

我真是被自己惊到了，我可不是个浪漫主义者。

无论如何，在调查我父亲学校生活的过程中，我生出了一些兴趣。在这之前，我一直在寻找答案。我思忖着，姓名簿上点到我的名字时，升起的那一团迷雾背后是什么；为什么现今谋杀率如此之高；还有那副面具，我爸爸透过它看着我、和我说话是一件多么困难的事。我妈妈也不和我说话——她总是很忙，她是各种委员会的成员，还要做其他的工作。直到上了几年学后，我才学会了像别人一样说话。甚至现在，当我主动在课上回答问题时，恩格斯夫人还会流露出意味深长的神情。我在想，当然在想，为什么我从没做过任何错事却被送来了这里？一定是因为决定性思维。

福克斯夫妇正在举办一场晚餐派对。楼下，一个顶着一脑袋灰色卷发夹子、慈眉善目的女人铺好桌子，查看厨房中烹煮着的各种食物。楼上，福克斯夫妇正陷入一场争论之中。福克斯太太没有放下她更衣室的帘子，于是玛丽·福克丝浮在半空中，从门口饶有兴致地观看着这一幕。福克斯太太有不少好东西，却粗心大意地对待它们——绣花枕套里露出一堆带着华丽喷嘴的香水瓶；丝绸袜子和象牙梳纠缠在一起，每只梳子都像座小城堡一样奢华；一张波浪般的紫貂皮在灯光下闪闪发光，福克斯太太把它扔在地上，似乎想防止地毯被她那一罐罐面霜弄脏。她自己则坐在梳妆台边，头发绾成高高的髻，双眼下垂。她说着什么，然后她丈夫说了些什么，然后又是她说，固执地强调着，手上则一直在把玩着一枚胸针——一只粉色与白金色相间的狐狸，配有一条金银丝线做成的毛刷尾巴，双眼是两颗石榴石。福克斯太太将胸针别在连衣裙的领子上，起身向门口走去。福克斯先生却猛地关上门，双手插在口袋里，斜靠在门上。福克斯太太说了些讥讽的话。她丈夫盯着她的眼睛，什么也没说。福克斯太太紧张地大笑起来，直到他将目光移开。接着，福克斯先生看见了玛丽，他略微做了个鬼脸，眨眨眼。玛丽也朝他这样做。

“你干吗这么关心我戴不戴它？没人会注意到的。”

“你了解咱们那帮朋友，达，人人都会注意到的。所以闭上嘴，戴上它。”

“你刚刚对我说了什么，圣约翰·福克斯？”

“闭上嘴，戴上它。”

“你不能这么和我——”

“闭上嘴，戴上它，否则我就给所有人打电话取消聚会。”

“做个样子，”福克斯太太说，“我们得做个样子，是吧？”

“你想让我干吗？给你一耳光？”他以一种单调的务实口吻说道，好像股市里的一位专家交易员：面对事实吧，能得到一个耳光你是撞大运了。

“哈哈！”福克斯太太充满讽刺的声音响起，“来打啊！”

他向她迈了一步，她躲到一面立镜后面，他搬开镜子，双手抓住她举了起来。转眼间，福克斯先生在屋子里来回急速踱步，他的好太太则被他扛在肩膀上，徒劳地又踢又踹。

“我不能戴上它，”福克斯太太上气不接下气地说，“我告诉过你了。”

“没错，你说它会让你起皮疹。”福克斯先生和玛丽交换了一个难以置信的眼色。

“是真的。”

“为什么现在会起皮疹？你戴了它很久了。”

“我不知道，也许是因为你不爱我了。”

“这话很荒谬。”福克斯先生说，声音既热忱又空洞。

“你这样欺负我才真的荒谬。放我下来，求你了，我会戴上这只愚蠢的戒指的，我会戴的，我告诉你了，即使它让我的手指肿得像脑袋一样大，然后你就会对我感到抱歉。”

刚被放下，福克斯太太就注意到了她乱七八糟的头发，号啕大哭起来。福克斯先生下了楼，用了几分钟时间，风度翩翩地阻止了侍者继续准备聚会。玛丽则在一边看着福克斯太太拿起结婚戒指，将它套在手指上。她看着福克斯太太在重新绾起发髻时揉搓着无名指，先把那金色的圆环往上推，然后又把它拉到了指节处，直到她终于拽下戒指，走到隔壁房间的洗手池旁，将手插进水流之中。冰冷的自来水让她如此放松，她跪倒在地，任由水花溅落在脸上、裙子上。玛丽很想和这个女人说话，试着向她保证，以后的某一天她会幸福的。这种冲动变得无法抑制，于是她离开了。福克斯先生正在外面的花园里抽烟斗，他低声寒暄了几句，玛丽没理他。

“福克斯先生，你是不会改变的，对吗？”

“我觉得不会，不会改。”他声音很小，但语气很慎重。

“打个比方吧，你现在正写一个故事，对不对？”

“当然。”

“给我讲讲吧。”

他看着她，沉吟着。“你真想听？”

“我真想听。”

“嗯，故事的主人公是一个男人，他白天是个努力工作的会计，喜欢在深夜开车出门，以此……以此缓解压力。有一天晚上，他开得太快了，没看见一个在路边试图搭便车的女人，把她撞了。但他接着往前开，因为他害怕自己把她撞死了，会被抓去坐大牢，那日子可就不好过了。第二天晚上他待在家里，但第三天晚上他又去开车了，而且，他有意无意地去撞别人。之后的六个月里，他已经以此为业了。他去撞行人，大多数都是妓女……这真的缓解了他的压力——”

“别说了。”玛丽突然开口。

“但是我还没说到最精彩的部分呢。”

“你总是拒绝去面对，或者说拒绝去承认，你正在构建一个世界，其中——”

他微微一笑。她斟酌着用词，改口说道：“你正在构建一种可怕的逻辑。别人读了你写的故事，就会说‘是的，他写的是真实发生的事情’，然后继续读下去，觉得你的故事合情合理。你在解释那些不可能为之辩护的事情，给出的解释本身很疯狂，特别荒谬——但你解释时充满自信：因为她没有放下门上的防盗链；因为辛苦工作、点头哈腰一整天后，他需要发发牢骚宣泄压力；因为她当时激起了他的怒火，很愚蠢；因为她对他说了谎，愚弄了他；因为她必须死，非死不可，这样才能造就戏剧化的情节；因为‘没有什么比一个美女的死更诗情画意了’；因为这个，因为那个。把这些事情写得合情合理真是龌龊。”

他耸耸肩。“这些是我们遇到的事情，我只想试着让它们合乎情理。”他说。

玛丽沉默着。

“人人都会死，”他不自然地微笑着，“我怀疑死亡本身不会是什么愉快的体验。所以它是如何发生的，真有那么重要吗？”

“重要！”她把一只手放在他的胳膊上，想将她的惊愕穿透皮肤，传递给他，“非常重要。”

“对不起，我耽误你的时间了。”福克斯先生温和地说。他浓密的深黑色头发融进了花园里的夜色中，好像两鬓和头顶都被削去了。

他问她：“你想停止这场游戏吗？”

玛丽刚想回答，宾客们就成双成对地到达了。共有三对夫妻，每一对都带着葡萄酒，尽管主人早已备好了充足的酒水。一个名叫格蕾塔的金发女人在生福克斯先生的气，当他行贴面礼时，她拒绝把面颊凑过去，又莫名其妙地一笑了之。她的丈夫，一个打扮时髦的金发方脸男人，在福克斯先生亲吻格蕾塔时，将手放在了他的胳膊上。这个金发男人有极其轻微的外国口音，人人都以姓氏称呼他：彼扎斯基。连他妻子都这么叫他。彼扎斯基……玛丽记得这个名字，她睁大了双眼。

整个晚上，彼扎斯基总是看着福克斯太太，每一次注视她的时间都有点不同寻常地长。他的目光有些迟疑，近乎温顺。

除了玛丽，没人注意到这件事。她站在窗外，看到了一切，脚后跟使劲儿踩着花坛。福克斯先生应当将这个彼扎斯基视作情敌吗？这人太安静了，不好断定。其他几位丈夫没完没了地聊着天，说出的话一句比一句让人难以忍受，他们详细地计划着不久后一起外出钓鱼，并连连夸奖福克斯太太的饭菜做得好吃。福克斯太太面色苍白，她接受了客人们的赞美，没有一丝脸红愧疚。她向客人们展示了婚戒，大概有五分钟，然后就把手放在桌子下面。她和另一个女人聊着裙摆忽低忽高的流行趋势，说想穿对长度合适的裙子真是难上加难。她们的眼神中跳动着满足，仿佛两个秘密社团的成员正在用暗号交流。她们不时打断对方。“你记得吗……”她们说，“你记得那阵子吗……”

晚餐过后，他们六人移步会客厅。福克斯先生嘴角上沾了一点酱汁，福克斯太太拿着一张雪白的纸巾，迅速而亲昵地将它擦去了。福克斯先生亲吻了福克斯太太的手。当客人开始打趣起哄时，他和善地说道，他觉得一个男人是可以在周日晚上，在自己的会客厅里亲吻太太的——只要他乐意。其他人歇斯底里地大笑起来。接着他们端起酒杯文雅地小口啜饮着，但随着喝下的酒越来越多，他们喝得也越来越大口，好像要直接拿着酒瓶一饮而尽。他们玩着做手势猜词语的游戏，玩得很烂，没法判定谁是赢家。

在玛丽看来，这似乎有趣极了。

以后发生的事

在回伦敦的飞机上，有个人死了，就是那个坐在我旁边的女人。我不知道会发生这种事，我是说，我知道它发生了，但难以置信。

我们同时将座椅后靠，四目对视，笑了起来。我们都点了素食套餐。“我讨厌这些食物，”她说，“但是我喜欢在别人之前拿到它。”她叫叶莲娜。她告诉我，她是乌克兰人，我让她想起了她的小女儿。我猜她大概五十多岁，快六十了吧，一头柔软卷曲的棕发，眼睛又圆又亮。她让我联想到一只小鸭子，羽毛灰白的小鸭子。我不过刚刚认识她，却很喜欢她，不知为什么。我们聊起了纽约。她是来看望大女儿的，一本时尚刊物的记者。“你不知道她有多出息。”她说。还有什么来着……她向我展示了一张合影，上面有她的大女儿、她的女婿、她的孙子。他们看起来生活富裕、幸福，穿着冬装，皮肤晒成古铜色。我告诉她，我刚刚去看望了我妈。“好闺女。”她夸奖道。

我则摇摇头："只是个没长大的孩子。"她问我我妈是做什么工作的，我说她是个瑜伽老师。关于我妈的事，我几乎总是撒谎。这个叫叶莲娜的女人开始看一部情景喜剧，不时咯咯笑着，因此我戴上了隔音耳机，喝了大半瓶止咳糖浆。我喜欢止咳糖浆，因为它的药力比安眠药的消退得快。我舔舔嘴唇，感觉胃里满满当当的，好像在叹气。我朝窗外看去时，睡意席卷而来，它渐渐制造着黑暗，放松我的颈部，让我的脑袋耷拉下来。它用蒸汽托举着我，使我得以从狭窄的小座椅中解脱，悬浮于空中。有那么一刻，邻座开始用拳头捶打我的胳膊，然后她呻吟起来，紧握住我的手腕。我躲开了她，把脸埋进座椅靠垫更深处。我在做梦。

我依稀记得听到了"嘟"的一声，然后又响起另一个声音，像是一件发声玩具在沙沙作响。但这些声音可能都来自梦中。我喜欢睡觉。年纪越大，醒来就变得越发讨厌——这么说好像显得我有多大年纪似的，我 22 岁。

我醒过来的时候，他们正在把她移走。人人都在议论——每一个座位上的每一个人。我感觉到他们的声音经过我的脊背，穿过我的发丝。机舱中有日光透入，但我头顶的照明灯也开着。两个男乘务员将叶莲娜移过通道，她被包裹在毯子里。还有一个谢了顶的男人，戴着听诊器，走在他们后面。我坐在那儿，脑袋一动不动，只是观察和聆听着，一句话也没说。伊莲娜的一只胳膊一路拖在地上，手掌贴着地板，抱着她上半身的乘务员不停抓起她的胳膊，但没一会儿又掉在地上。没关系的，乘务员们说。那个戴着听诊器的男人也说了差不多的话，每走一步就说一句。他们将她移至头等舱，那里几乎没有乘客——刚上飞机时，叶莲娜还和我一起抱怨过这件事。有人问叶莲娜是不是死了，空乘员说了些“她生病了”一类的话。但是你们盖住了她的脸，另一个人说。一条米黄色的丝绸围巾盖在她的眼睛、鼻子和嘴巴上，形成一个松松垮垮的三角形。我后面的一个人开始用拉丁文祷告，念珠嘎嘎作响。人们一直盯着我，还有我旁边那个空空荡荡的座位。叶莲娜的手提包还放在我俩前排的座椅下方。她的餐盘中还有没吃完的饭，匆忙中被叠到了我的餐盘上面。她的座位还是温热的。小屏幕上还在播放着那部情景喜剧。我一直倾听着别人的话，我听到了“心脏停搏”这个词。我应该将叶莲娜的手提包保管好。他们什么时候会回来拿走它？我是不是应该把它拿到前面……

其他乘客盯着我，目光静止在我身上不再移开。我发现自己的嘴唇在动，于是让它们停了下来。有人问我还好吗。是啊，我觉得还好，谢谢。她看上去挺好的，也许她不舒服，但是并不想告诉别人……

我不该喝那么多止咳糖浆，四分之一的量就足够了，最多喝半瓶。

周围的人不停问我是否还好。他们的声音很友善，充满关心，好像我是一个需要他们关心的人。看不到具体是哪个人在跟我讲话——好像有很多声音从四面八方同时传来。我开始流鼻涕，掉眼泪，它们像冰雹一样痛击着我。对不起，我说，对不起。终于有人过来把我领走了，我抱着自己和叶莲娜的所有东西，跟在空姐后面，怀里的书、水瓶、护照掉了一路。别管它们了，没关系，福克丝小姐，空姐说，我马上就把它们送过去给你。一瞬间我精神恍惚——福克丝小姐是谁？但接着就顺其自然走去了头等舱。乘务组想让我坐在那儿，因为这样一来机舱里的乘客就不会看到我发抖了，我不会吓到他们，在这之后我也不会因为他们对待我的态度而抱怨投诉。叶莲娜和我之间隔着六个座位。她前面和后面的一排座椅都是空的。乘务组把她放在椅子上，好像她正在睡觉——她的脸仍然被围巾盖着，但现在身体被放直了，看上去就没那么可怕，似乎她只是自己把脸给盖上了，以便能睡个好觉。她的双手交叠在大腿上。我知道这听起来很奇怪，但看到她后，我的确平静了一点。她看上去孤零零的，但我不想坐在她旁边。空姐把叶莲娜的手提包放在她身旁，并递给了我一杯杜松子酒。我蜷缩在毯子下面，把大拇指伸进杯子里，吮吸着酒精。是的，就像这样……

我闭上眼睛，努力地做着愚蠢的深呼吸练习。

“只要两个小时就落地了。”一个男人说道。貌似他这话是说给我听的，于是我睁开了眼。他坐在我右边，整个身子向我倾斜着，一只拳头抵住下巴，审视着我。刚才我完全没有觉察到他靠过来的动静。他年纪比我大，但猜不出大我多少。他长得很英俊，这就够让我感到不舒服的了，他还十分高大，皮肤黝黑。他两眼之间的空距刚好能放下第三只眼睛——我曾经听人说过，这是古典美的标志。他穿着一套黑西服，但好像已经和衣睡了一个星期了——衣服上到处都是褶皱。“那太好了。”我回答道。

“那边的那个女人死了。”他说。

“我知道。我——我坐在她旁边。”

“出什么事了？”

“我觉得她应该是严重的心脏病发作了。”

他说：“我明白了。”然后思考了一两秒钟。“你认识她吗？”

“不认识。”

“你的眼睛像猫一样。”他告诉我。他的嗓音沙哑，仿佛其中有沙砾，有海浪。我脸红了，因为当他和我说话、听我回答时，都无比坚定地看着我的眼睛。那样亲近，那样直接，就好像我们亲吻后相对而立时对彼此的凝视，或者是大吵大闹，在战争高潮时气急败坏地看着对方。实际上比这更糟，比这更亲密。

他拨开我脸上的一缕头发：“这里为什么是白的？”

“我很小的时候被闪电击中过。”这不是真的，但我对每个人都这么说。他听后微笑了，他不相信我，我喜欢他这样。我喜欢他并没有去质疑这个故事，只是置之不理。我们又聊了几句。他叫圣约翰·福克斯。（圣约翰……我还以为这个名字几百年以前就没人再用了。很优雅，他绝对来自上流社会。）我俩的姓氏几乎一模一样，为此我们漫不经心地大惊小怪了一番，猜想我们会不会是远方表亲。他刚刚在曼哈顿的精神病学研讨会上做了演讲。我开玩笑说原来他是福克斯医生，他却严肃地说他更喜欢“先生”这个头衔。我问他演讲的主题是什么，但他说演讲没什么意思——这说明他觉得我很愚蠢。我真后悔告诉了他我是个模特。为了弥补这一点，我说我曾经拿到过心理学学位。他说：“我也曾拿过一个。”我们一直聊着，直到飞机落地。当经济舱的乘客们朝这边走过来，塞满了整个舱位，嘀嘀咕咕、指指点点时，我止住了话，站起身来。我不想让他们看到，我在头等舱里像个没事人似的，正和一位英俊的医生聊大天。我在一边等待着处理叶莲娜的事——乘务组告诉我，他们必须等所有人离开机舱后再采取措施。圣约翰陪我一起等着，尽管我没要求他这样做。那个医生，还有一位航班代表过来和我说话。我回答了他们的问题，告诉他们我能想起来的一切，直到他们请我们离开。这让我有种感觉：他们要做什么不好的事了，比如把叶莲娜和其他行李一起绑在手推车上。我没看到轮椅，这让我很忧虑。

圣约翰下了飞机，我没跟上去。他停下脚步，带着略微惊奇的神色回头看着我。“没事的，玛丽，把事情留给他们处理吧。她已经走了，而我们也该走了。”

我们经过了护照检查通道，取了行李，一路都在聊天。他手上没有婚戒，但这也说明不了什么。我有些已婚的朋友，就不会戴戒指。我父母也不戴婚戒。终于，他对我说了他的演讲内容。他的研究方向是神游症。神游是由一种备受折磨的意识引发的，他说。处于神游状态的人，介于清醒与睡梦之间，只是在外人看来还行事正常。比如说，一个精神本就很脆弱的人，在某天晚上九点钟时遭遇了一些不平常的事，让他饱受压力折磨，第二天他在早上七点醒来，一声不吭就离家出走，离开他的房子、家庭和生活。他可能会乘坐巴士，或是坐长途火车，或是坐飞机，当他来到一个新地方时，他就变成了别人。他改了名字，忘记了自己从前叫什么。他的笔迹也有可能改变。他说话行事的方式也会有变化——变化很微妙，但很显著、意义重大。他完全想不起来从前的事情，直到神游症突然消退，留下他一个人惊慌失措、心力交瘁，离家万里，记不起在那天晚上的致命打击后，这些年里自己看见了什么，说了什么，做了什么。

“你刚才还说演讲没什么意思。”

“这些病例大多数发生在历史上，有人认为神游症是19世纪的社会痼疾，它可以为欧洲中部的人去别国工作提供便利，是个体经济移民的一种借口之类的东西。”

“但你不这么认为。”

“不。”他的眼睛非常明亮，在说起演讲主题后，他的眼睛就一直闪闪发光。他看上去就像一个坠入爱河的人，嗯，像那些老电影里坠入爱河的人。

“你现在还在治疗处理神游症病人吗？”

“如果我还在治疗他们，那我是不允许讨论这种病症的。”他帮我把箱子推到机场外的出租车队处。他自己只拿着一只看起来很轻的手提箱。“我的车就停在那边，我很想载你一程，但是……”

“但是什么？”

“但是你不该让飞机上初次见面的陌生人搭载你。”

“当然了。”

（我会和他走。）

“真高兴认识你，圣约翰，谢谢——”我不知道为什么要谢谢他。他又开始盯着我，眼神里流露出强烈的关心。他好像对我很感兴趣——类似于对一件工艺品感兴趣。他从钱包里掏出一张名片，从上衣口袋里拿出一支钢笔，把名片放在我的行李箱上。“看——你今天受了一点刺激，我有点担心。”他说，在名片背面写了一个电话号码。“因为你的眼睛像猫一样，还因为，你懂的，你曾经被闪电击中过。如果你没给我打电话，我会往最坏处想的。”

“真大胆。”我说，接过了名片。

他碰到了我的手腕，动作很轻，只用一根手指，但我打了个寒战。我觉得这并非因为他的手特别冰凉，而是因为他动作的微妙。若不是因为我看到了，我根本就不会感觉到他刚刚做了什么。他握住了我的脉搏，我想，他偷走了它。

“我太大胆了[①]？”

他从我身边后退了几步。

我不知道该怎么回答。我记得自己当时只是尴尬地耸耸肩，转过身去。

*

我不做任何我不想做的事情，哪怕是出于好奇。

举个例子：有一次我去柏林，和一个我很喜欢的男人见面。他是一个登台表演的魔术师，我曾和他为了推广某个东西一起进行过一次拍摄。那次见面很不愉快。我突如其来地出现在他家门外，想给他一个惊喜，然而他并不喜欢惊喜。如果我事先好好琢磨一下，是能够发现这一点的——魔术师势必要掌管好自己的道具，还有他精心策划、施展把戏的那一方空间。魔术看似漫不经心，但魔术师的思路必须像铁架子一样拼接得严谨精确。我们出门散了步，他告诉我，除了那次拍摄，我对他并没有多大意义。他好像在试着和我说我是个一团糟的人。我说：“好吧，今天我就回去。”

---

① 这两句对话，英语原文为“Bold”“Too Bold？”，和前文的一个标题《别怕，别怕，但是别太胆大》文字相同。——译者注

魔术师说："谢谢你的理解。"他转身回家，而我继续站在原地。

"你不和我一起走吗？"

"不，我要回家。"

"但是你的东西——"

"把它们扔了吧，我会买新的。反正它们到处都有得卖，数都数不清。"

"你生气了。"

"我没有，绝对没有。"我真的没生气，但我的确希望他快点离开，这样我就可以尽快开始将他忘记。于是我微笑了，给了他一个拥抱，以显示我根本没有生气。他走了，在我背后说，如果我改了主意，想去拿东西，就给他打电话。我没停下脚步。在普伦茨劳贝格区的一座桥下，我遇到了一个拉小提琴的男人。他戴着一顶礼帽，穿着无尾礼服，奏出的音符好像苹果酥。他的琴拉得太好了，我不由得朝他投去目光。一开始，我以为自己是被阳光晃了眼，但当我适应了桥下隧道中的光线，我发现那些疤痕的确存在——刺眼的疤痕让他的半张脸扭曲在一起。它们挤在他的左眼周围，将他的眼角往下拽。我止住了脚步。

"拉得真棒。"我说，"你是在哪里学的小提琴[①]？"

他继续拉着琴，没有慢下来一丝一毫，也没抬头看我。

① 原文为德语。——译者注

“你睡在这儿[①]？”

没有回答。斜阳穿过桥下，把我们的影子在膝盖处切断。我找出钱包，拿出一张钞票，让它飘飘荡荡地落进琴盒里。我喜欢他冷冰冰的样子，我尊敬这种冷漠。他拉完曲子，将小提琴收起来，第一件事就是把琴盒里的零钱抖出。钱被风吹走了，但我一脚踩住了钞票。我没抬脚，盯着他，大概是好奇他会不会在离开之前感谢我一句。“要是你想和我聊聊，那就聊吧，”他一边说着，一边将琴盒猛地扣上，“不过别在这儿聊。”他一跃而起，飞速跑过桥下的隧道、公园中平整的草地，穿过公园大门一侧那扇爬满玫瑰的栅门。他跨过一堆混凝土，然后铤而走险，发了疯一样，一口气穿过大马路上飞速行驶的车辆。我跟在他后面，那张10欧元钞票飘在我身后，追随着我，我不停与行人撞在一起，弄掉他们肩上的包、手中的报纸。礼帽从小提琴手的头上掉下来，我捡起它，跑得更快了，大喊：“对不起！”一边兴奋地挥舞着帽子。在一条灯火昏黄的小巷尽头，我的“猎物”以一套复杂的程序敲着门——又是用指节敲，又是用手掌拍。门突然开了，他一头栽了进去。这我可绝对做不出来。我走到那扇门前，它看起来和别的门没什么两样，我把礼帽放在了门口左边的地上。然后我走开了，想去找点东西吃，刚才那一通跑让我感觉很饿。但愿他能发现那顶礼帽——它毕

① 原文为德语。——译者注

竟不便宜。

我反反复复地琢磨着，刚才那场追逐到底意味着什么？但我并不后悔自己半途放弃。我不想跟着他去找什么我不认识的人，所以我就此打住了。

我决定不给S.J.福克斯打电话，他一定已经结婚了。于是我把他的名片扔在了出租车后座上。我曾经把钱包、相机和手机落在了出租车后座上，司机从没提醒过我忘了东西，只是径直把车开走。但是这一次司机提醒我了，他朝我喊道："你落下东西了，小姐。"于是我只好回到车上，拿走了那张名片。

*

我喜欢回家。我努力经营着这一方小天地，每个月重新粉刷家里的一个房间，在犄角旮旯贴上明亮的蝴蝶图案，用水晶灯罩搭起一道小小的银河，在玻璃窗前挂上瀑布般的薄纱。我的住所里没有黑暗。

我走进家门，从门垫上捡起信件，穿过在过去两周里聚积的静谧。脚下的地板很柔软，我一路走着，来到没铺的床边。床上乱作一团，保持着我离开时的样子——我喜欢的样子。我躺下来拆信，同时听着电话里的留言，几乎什么也没有，除了几条来自我经纪人的、有关工作的留言。

我一边听留言，一边端详着一张时尚派对的邀请函——仔仔细细地端详着，把它举到眼前看。除了文字，邀请函上还印了一张我的照片，傻到难以形容。摄影师给我梳了一头维多利亚卷发，让我穿上一套大灰狼的人偶装，披着一条红斗篷。狰狞咆哮的狼头挂在我的脖子上，露出尖利的牙齿和亮晃晃的牙龈。照片的背景里打着柔和多彩的光线，试图暗示一种充满梦幻与想象的氛围。它是为慈善机构拍摄的。派对将在一小时后开场，会场离我的公寓不远——即使不搭出租车。我还可以参加。不抓住机会多见见人，似乎是一件不太正确的事。

我卫生间的门边倚着一根牧羊人手杖——几个月前我在波托贝洛路[①]买下了它。我考虑打扮成一个乡村牧羊女参加时装派对，或者扮成耶稣。又或者，我可以穿成乡村牧羊女的样子，当别人问我是否在扮牧羊女时，我回答："其实我是耶稣。"

我拿起最后一封信，那是唯一一封寄给"蜜儿·肖"的。它装在鸽子灰的信封里，上面印着细细的深紫色字迹。这说明，信是我爸寄来的。我已经收到127个同样的信封了，很多都没有拆开，因为收到它们时我无力应付。这些信都放在我床下的一个鞋盒子里——那是我的储藏室。我拆开这封新来的信，一点一点地拆，指甲在封口下面滑过，从一头滑到另一头。拆了很长时间。

信很让人心烦，所以我得试着去解读它。这封信是我爸找

① 波托贝洛路：伦敦的一个古董市场。——译者注

人代写的——应该是口述的，只字未改就寄给了我。我爸为写信给我的事道歉——他说他知道我不喜欢他写信。但他最近被医生叫到一边，说他的身体出了严重的问题。他被确诊患有结肠癌，快死了。他做了化疗，但仍然活不了多久。他说空气中有一种味道——一种挥之不去的甜味，这让他很害怕。他觉得那是自己的肠胃散发出的气味。他请求我去监狱的医务所看看他。“你肯定没见过这种地方，”他说，“你不会想到世界上还存在着这种地方。来看看我吧，就看一眼，就看一次。”或者给他回个电话，回封信——告诉他我还住在这个地址，家里还有人。他说曾在一本杂志上见过我，但我浓妆艳抹，很憔悴。“你真的收到这封信了吗？到底收没收到？”

我把信折起来放回信封中，和鞋盒中的其他信件放在一起。我不在乎，我不在乎。他没在信上写我的名字，这让我回绝起来容易多了——根本就不是写给我的嘛。

我好像听到隔壁房间里传来的声响。

是一只足球。

我在公寓里走来走去，检查有没有开着的窗户。我手里拿着那根牧羊人手杖，它的重量让我安心。窗户都关着，家里只有我一人。独自一人，很安全。因为我爸，我老是提心吊胆的。夜里我需要开着灯睡，而且，如果不能从床上清楚地看到房间四壁，我就没法睡觉——还有那些梦，噩梦，宛如他派来的信使。他总是让我提心吊胆。去死吧，我想，去死。我好奇他何时才会消失不见。

我给我的律师打了电话，接着又给我爸的律师打了电话，留了言，是很长很长的留言。我改了名字，或多或少是因为不想让我爸联系到我。可是他总能想方设法地找到我。他的秘书曾经每年给我寄两次支票，她受我爸委托，将他投资赚到的一部分钱寄给我。但我从未兑现过它们，不管我境况如何。搬家前，我会申请一个邮政信箱[①]，这样我搬走后收到的信件都会被转寄到这里，但我从未去那里取过信。如果生活里有我爸这样的人，你只能这么做。离开一个地方时，你绝对不能回头，否则就会发现他在那里。

“S.J. 福克斯，精神病医生，”我嘟囔着，“S.J. 福克斯，精神病医生。”一边看着他的名片一边琢磨着。刚才我把名片放在了床头柜上。名片很朴素，白底黑字，干净平整，它让周围的一切——照亮它的磨砂玻璃台灯、我和表哥乔纳斯的镶框合影——都显得虚无缥缈、不堪一击。这个圣约翰·福克斯，我对他的工作很感兴趣。当神游症来临之时，他能否有所察觉，做出定论？他工作的诊所位于康沃尔，这可离我很远。我把信件放在名片上面，这么点小事不至于惊动精神病医生。我神志清醒，而且根据详实的医疗记录，我爸的神志也很清醒。他似

① 邮政信箱（post-office box）：在一些国家，邮局中会设立一些带锁的私人邮政信箱，不方便直接寄到住所的信件会被寄存在这里，可以申请租用。——译者注

乎很清楚自己的所作所为，并且对此非常、非常歉疚。他能言善辩，性格敏感，一头金发，皮肤白皙。各种表情在他脸上变化时，带着一种迷人的透明、悲伤、愤怒、讥讽。“他这么激动不安。”我妈过去常说，语气中带着爱意。后来说这句话时，她变得困惑不解，再后来就成了轻蔑。

我们一家三口在一起时，气氛总会有些奇怪。有些小事，本来可能会很有趣，但不知为何毫无意思。一天早晨阳光明媚，我爸让我妈躺在地上，当时她哈哈大笑，同意了他的要求，可她是个演员啊，你怎么能够相信女演员，以及这种阳光明媚的日子呢？我爸的要求是，让我妈穿着比基尼躺在花园里，让他在她身上写满文字。我不记得他写了什么，也许是一首很长的诗，用蓝色墨水写在她身上，一首他自己创作的诗。我当时还不到11岁，不知为什么，我不喜欢眼前发生的事。他先在她背上写字，跪在她旁边，然后让她翻过身来，在她的正面写字，从头到脚。他下笔很用力，字母又大又难看，但事后她神气十足地走来走去，伸出两只胳膊，说着“我是在一首诗里吗？还是诗在我的身体里？”之类的话。而他就坐在帆布躺椅中看着她，好像已经为刚才的创作筋疲力尽了。我当时觉得，这件事非常疯狂，她并不喜欢这样，可她永远也不会说出自己的感受。

12岁生日那天，他带我去剧场看午场演出，这事本来也应该很有趣。我们在空位中选了最好的位置，和我爸出去就是这样。那天我妈扮演朱丽叶，最开始的两幕戏很拖沓：一个男演员（我想是罗密欧吧）叽哩哇啦地说了些什么，然后另一个男演员——罗密欧的某个亲戚，也叽哩哇啦地询问他某些事情，既快活又有些忧虑。"叽哩哇啦叽哩哇啦。"罗密欧说，低垂眼帘几秒后，他开始跳来跳去，爬上什么东西。我爸两眼放空，目光呆滞，而我则感觉眼皮打架。直到朱丽叶出现在舞台上空，温柔又纤弱。"什么事？谁叫我？"她说。突然之间，我爸和我开始专心聆听，用心观看。我们的脑袋向她脑袋的方向倾斜，好像从来没见过她一样。舞台化妆师把她的双眼画得很大，不过还是没有她的嘴大，比嘴小多了。这是祖先——一位来自非洲的曾祖父遗传给她的。对于这一点她很有自知之明，说自己的嘴像一株笨拙的捕蝇草。可是我婶婶莫莉告诉我，我妈的长相很正常——如果一个女人的嘴巴比眼睛大，就意味着她心地善良。那天我妈梳着一头明亮细碎的卷发，好像狮子的鬃毛。罗密欧拥抱了她，而她则沉溺其中，热情洋溢，欢喜得发抖。戏里有好几次拥抱，我爸明显安静下来，一动不动，带着惊吓和痛楚观看着。我很不自在，因为从未见过她这个样子，但我爸曾看她表演过很多次。**这只是演戏，我想，他看她演戏时总是这个样子吗？**

演出结束后，爸妈带我去吃午饭，一种奇怪的氛围弥漫在我们中间。它弥漫在餐厅座椅的天鹅绒布面发出的布满灰尘的气味中，弥漫在搔痒我脑袋的棕榈叶子中间。我妈和我爸礼貌地谈论着报纸上读到的新闻，一旦意见不合，就马上转变话题。和往常一样，我爸点了菜单上没有的东西，就是这么任性。他让我尽管点自己爱吃的东西，我照做了。我妈喝着马天尼，突然开口说道："整整三道主菜！你是猪啊，蜜儿？"我吃了一惊，几乎要哭出来了。这可是我的生日，而且她以前从未说过这种话。这顿饭接下来的过程中，我和我爸都沉默地对抗着她，尽管她什么都没吃就准备离开了，我们还是严格执行计划，点了餐后冰激凌。

真希望我对我妈没这么糟糕。那天中午的事情一次又一次地在我眼前重现，她表现得很完美，她就是朱丽叶，演出结束后我们在剧院门口和她碰面，对待她的态度就好像她做了什么错事。我们甚至没祝贺她一句"演得好"，我们什么也没说。我爸只是把一束鲜花塞进她的双臂之间。

仅仅两年后，我爸就杀了我妈。她当时正从他身边逃开，跑下楼梯，他抓住她脖子后面的头发——他一定把她悬空提了起来，然后将一把刀插进她的胸膛——从背后插进她的胸膛。接着他报了警，在家里等待着。那时我上的是寄宿学校，那里的每个人都知道这件事，因为它上了报纸，我的一些朋友还在学校礼堂里点了蜡烛。我觉得这种行为非常惺惺作态。学校不让我看任何报纸，这样我就不会读到报纸上写了什么。我用不着通过报纸读我妈的事——我很了解她，我俩天天都说话，直到他杀了她。她从家里搬走了，和她的新男友萨姆一起住。那天她回去取些东西，已经征得了我爸的同意——他只要不看见她就行。于是他们把取东西的时间定在一个周末下午，那时他本该在办公室的，但他没有。

他指责她挑拨我俩的关系。（这不是真的。我爸总是把我吓得够呛，如果当时法庭允许我作证，我会这么说的。）他辩解了一大堆，当时我根本听不进去。他说自己再也受不了这个了。

“这个”。

“这个”是什么？有时候我觉得他杀了她，只是为了向我们展示一件事，向我们展示“这个”是什么。她是我最好的朋友，我的事她几乎全知道——如果她不知道，就会胡乱猜测，逗得我哈哈大笑。她总能让我笑，我也总能让她笑。和我妈说话时，我会变成这个世界上最搞笑、最聪明、最有趣的女孩。别人的妈妈总是对他们说“做个好孩子”，或者“照顾好自己”。但我妈对我说，要做个坏女孩、做个邪恶的女孩，万事不用担心。在学校里，每当我等她打电话来时，我会感觉等待的每一秒钟都在我身体里炸裂，升起一团烟雾。这种感觉不会再有了——无法再有了。我再也不会对别人产生这种感觉，我甚至没法再和任何人亲近。

所以，当我告诉别人我去看望我妈时，我指的是去看望她的坟墓。我会带给她毛地黄。她娘家的姓是福克丝。葬礼上，她被藏在一口合起来的棺材里，因为她已经不再美丽。刺死她之前，他还对她做了别的事——谁都不告诉我他做了些什么。

我觉得我应该执意要求看看她的样子，如果我真的想看。

我接受了心理咨询，这很有用。我发现止咳糖浆有助睡眠，这更好。

*

那晚我没去慈善舞会，我办不到。那晚我给乔纳斯打了电话——他是最像我哥的人了。那件事后，他爸妈成了我的监护人，为我付了剩下几年的学费，还供我吃穿。因为我成绩优异过人，他们也觉得不该阻碍我进步，于是让我和乔纳斯同一年上了大学——对他们而言，我的开销可不少。我尽量记下每月的花费，等找到一份工资足够多的工作时，就把钱还给了他们。他们很生气，因为他们是真心爱我，汤姆叔叔把支票撕了，我们再没提过这事。他们人真好，我欠他们的太多了，这让我几乎不敢看他们任何一个人的眼睛。乔纳斯的妈妈莫莉是我妈的妹妹，她俩常常嘲笑对方是“亲英派”——两个美国姑娘，都嫁了个英国丈夫，而且很喜欢前去观看英国皇家赛马会、温布尔登网球赛和皇家赛艇会。她俩的姐姐简如今还住在美国，是她叫人把我妈的遗体送往家乡下葬。简婶婶是姐妹中比较古怪的那个，我觉得我不喜欢她，乔纳斯也和她不亲。她和乔纳斯说话时，总是不停叫着他的名字，这让他很生气——好像她正在努力让自己记住他究竟是谁。她对谁都这样。她叫我“玛丽”

的时候总是小心翼翼的，我注意到她常常阴险地一再呼唤我的名字，似乎在提醒着我，我并不是自己所说的那个人。

乔纳斯就读于神学院，再过四五年他就会成为一位牧师。我从没去过他们学校，只是路过时匆匆一瞥。那是伦敦市中心的一片寂静之地。主校门是镶在灰色柱子之间的玻璃门，有一次周五下午我等乔纳斯下课，看到来自各个国家的、穿着朴素的性感男人涌到大街上。说他们性感，是因为他们属于上帝，并且将永远不再被凡人之手爱抚。这很奇怪，因为我记得过去我常和乔纳斯舌吻。当他爸妈出门去听音乐会，参加盛大的舞会和晚餐会时，我俩就在家中的每个角落舌吻。这是我的主意。乔纳斯说他从未亲吻过女孩，我很同情他，于是就向他展示亲吻一个女孩是什么样子的，展示了一次又一次。"这可不行，"他结结巴巴地说，"我们有血缘关系啊。"但他很喜欢这样，也很擅长于此，说实话，非常擅长。他的姿态很温柔，但也巧妙地索取着——他的手穿过我的头发，他的嘴唇在我的嘴唇上移动，缓缓移动，细细品味。那个年纪的男生都是些拙劣的吻者，又糟糕又敷衍，但他技艺高超，才华过人。那时我14岁，他16岁。乔纳斯接电话后，我问他还记不记得我们接吻的事。"记得，"他直截了当地说，"你给我打电话是为了这个？"

我本打算和他说说我爸的来信，问他该怎么办。但是我已经预感到，他会告诉我，我必须去监狱的医务所——那个"神奇之地"，我爸这样向我保证过。所以我最终告诉乔纳斯飞机上有个人死了，死者名叫叶莲娜。他没问我是不是还好。他倾听着，任由我一遍又一遍地向他讲述发生了什么，随着越来越多的细节涌入脑海，我每一遍讲述的细节也越来越多。

“你笑什么？”他突然问道。没错，我是在笑——而且声音不小。我尽力控制住自己，告诉他我必须得离开了，然后挂了电话。这么说我爸快死了！我越笑声音越高，几乎与尖叫无异。

也许那封信是个圈套，就好像我爸躲在房子里，等待着我妈毫无防备地走进家门。是与不是，等明天律师回我电话时就知道了。

晚餐是伏特加，很多很多的伏特加。电视里正播着《摇摆乐时代》①，我看了。

“听着，”金吉·罗杰斯对弗雷德·阿斯泰尔说，“就算花上一百万年，也没人能教会你跳舞！”

这话立刻让我笑意全无。我关掉电视，上了床，进入我所热爱的睡眠。

*

第二天一早我谷歌了S.J.福克斯，读到了一个悲伤的故

① 《摇摆乐时代》（*Swing Time*）：拍摄于1936年的美国歌舞喜剧片。后文提到的弗雷德·阿斯泰尔和金吉·罗杰斯是这部电影的女主角，两人合作过很多次，都是当时著名的舞蹈演员。——译者注

事——4年前他给妻子写了一首挽歌。挽歌写得很温柔，非常温柔，读到一半我就停了下来：我没有权利读它。挽歌从始至终都没有提到“自杀”两个字，但是在我看来，很明显，他是在暗示这个。他妻子的娘家人贴出了一份完整的葬礼流程单，包括圣歌演唱，以及朗读赞美诗和《圣经》选段。它们也暗示了自杀，好像在说，哦，你这遍布疮痍的破碎灵魂，在基列有乳香[①]，等等。我仔细研究了他妻子的照片。达芙妮·福克斯。照片中，她坐在一块布满苔藓的大石头上，全身沐浴着阳光。她戴着一顶阔边帽，用手按住帽顶，不让风把帽子吹走。她曾在当地的一所综合学校[②]教体育，嫁给他后就辞去了工作。她很像某个人，不过年龄不对。她有点胖，羞怯地微笑着。和我想的完全不一样。在我的预想中，S.J.这种人的伴侣完全应该是另一种模样。她好像很喜欢蝴蝶，戴着一对蝴蝶耳环、一只蝴蝶吊坠。我辨认出，她还戴着一只蝴蝶手镯，蝴蝶的双翼包围着她的手腕。蝴蝶的生命何其短暂。在德语中，“蝴蝶”叫作“Schmetterling”。我一边想着这些事，一边尽量无视达芙妮与我长得很像的事实。和我一样，她也有一头红发，但我们并不是在这一点上相像。一定是因为我盯着她的照片太久了，仅

① “在基列有乳香”是一首著名圣歌中的歌词。基列是古代巴勒斯坦的一个地区，在《旧约》中，“基列的乳香”是医治以色列人的良药，比喻能够减轻痛苦的东西。——译者注

② 综合学校：即普通中学，是英国中等教育的主要形式，招收所有适龄学生。——译者注

此而已。

*

查明事实后，我的律师和我爸的律师都给我回了电话。他们的语气都很严肃低沉。那封信不是圈套。我爸的确病得很重。

乔纳斯说，去看看他。

莫莉婶婶说，去看看他。汤姆叔叔也这么说。

简婶婶说，去看看他，玛丽。

他们的坚持中带着某种变态的东西。他就快要死了，所以他的话变得很有分量，意义重大。他们就是想让我相信这个。

真叫人恶心……

我假装我妈在和我说话，假装她在和我说：别去看他，他坏透了。“别忘了，”她说，“他有满满一抽屉的剪报。别忘了他是怎么叫你一张一张地读着剪报。别忘了有的时候，他晚上不准你睡觉，除非你将所有的剪报重新再读一遍。他会出题考你，看着你萎靡不振的样子。”

> “为什么法蒂玛·耶尔马兹会被活埋在鸡舍底下？”
>
> “为了惩罚她和男孩子们说话。她不被允许这么做。”
>
> “谁惩罚了她？”
>
> “她爸爸和爷爷。”

“他们挖的坑有多深？”

“三米深。”

“三米？你确定？”

“不，不确定。是两米。”

“回答正确。为什么梅丁·加尼斯被淹死在浴缸里？”

“因为她不听话。”

“说具体点，蜜儿，具体一点。”

“她爸爸为她选了一位丈夫，她却说她不会嫁给他。”

“她被淹死时谁在一旁？”

“她爸爸在，两个哥哥也在，一起把她按进水里。她妈妈也在，但与此无关。”

“报上哪里写着她妈妈与此无关的？别夸大其词，她没说话就代表默许。”

“但报上没写她妈妈没说话——”

“别说了。为什么夏洛特·罗姆被人用枪打死在她自己的床上？”

“因为她丈夫不想让她知道他花了她父母的救命钱，可是爸爸——”

“怎么了，蜜儿？”

“他也用枪打死了他们的孩子，还有她父母。”

“我知道，但我没问你这个，别所答非所问。”

我妈让他别再这么做了——我添油加醋，把这些故事说得毛骨悚然，讲给学校里的其他孩子听，让他们的父母抱怨连连。可是我爸说，世界就是这么恶心，我应该知道身处其中并不安全。我妈叫我别听他的，但是这根本不可能。我在踹开公厕隔间的门时，总是万分期待着发现一具被遗弃的尸体，以至于有那么一瞬间我真的看见了一具，她倒在抽水马桶上，长长的头发浸在水里。我在黑暗中看到了她们——那些还没有被发现的女孩和女人。我数着她们的脸，给她们起了名字，叫着她们，好像在念着一本花名册。从剪报上我学到了一件事：每个故事都是有规则可循的。那些女人曾寻求过帮助，她们告诉别人：有人在盯着我，有人在跟踪我，有人打过我，有人发誓要杀了我。她们点明了自己即将遭遇的谋杀，却被告知“那不会发生”，或者因为种种原因，什么也做不了。那时候我总是提心吊胆的，时时刻刻害怕会有什么糟糕的事发生在我身上，但又不知道究竟会发生些什么、为什么会发生、谁是施暴者。

我爸把剪报从监狱寄到我的学校，好像在宣布，你妈不是第一个受害者，也不会是最后一个。也许我该把所有这些剪报给谁看看，这样他们就会重新测评他的精神状况，治治他的病。但这么一来可能会减轻他的刑罚，或者会直接送他住院治疗。我爸被放了出来——这个情形我不敢想象，永远不敢。

*

我收到了一个包裹，是代理公司转寄给我的。我签收了，拿着它坐在沙发上，害怕这是我爸寄来的什么东西。但我转念想到，他的信都是直接寄给我的，说明他知道我的住址。可我还是双手颤抖地拆开了包裹，里面是一面黄铜把手的放大镜，还有一本小小的、只有我半根拇指大的书。我翻开了书，一共只有三页，每一页上都写着一个词，字迹优美灵巧。我喘着粗气，用放大镜对准了每一页上的字：

你

没有

打电话……

他在包裹中附上了另一张名片，以防我找借口说弄丢了第一张。电话响了三声后他接了，好像正在等待着。

"是我。"我傻乎乎地说。

我以为他没听清，准备加上一句"我是玛丽·福克丝"，但他抢在我前一秒钟开口了。"你正在和谁见面吗？"

"没有。"

"那你会和我见面吗？"

他的声音钻进我的耳朵，发生了最有意思的事。它弄弯我的腰，启开我的唇，我感到自己像猫一样懒洋洋的，而他甚至不在房间里。“会。什么时候？”

“下周我在城里，每周有几天我在私人诊所工作。”

“那下周给我打电话吧。”

“我会的。”他停下来。我也停下来。

“关于你母亲的事我很抱歉。”他说。与此同时我也说道：“关于你妻子的事我很抱歉。”

我率先恢复了常态。“谢谢你这么说。”我说，并没有加重声音。他肯定是读到了那几篇愚蠢又多余的文章——“作为一个母亲被杀害的女孩，她表现得其实还不太糟糕”，读到了其中的某一篇。他肯定深挖了一番，毕竟这是很多年以前的事了。

“彼此彼此。”他说。

“对不起我偷偷调查你了。”

他没说话，他已经挂断了电话。

“那么，很快就见面了。”我对话筒中传来的“嘟嘟”声说。

*

我不再同乔纳斯、莫莉婶婶、汤姆叔叔和简婶婶说话。这并不容易。我很想念他们，尤其是乔纳斯。我参加了泡泡派对[1]、性爱派对，各种各机样的派对。我做了经纪人为我找到的每一份工作。人家看了我的照片小样[2]后，说我的状态从没像现在这么好过。我不知道他们是什么意思——照片看上去和从前没什么两样。

在一场慈善募捐活动上，我记起了自己是在哪里见过达芙妮·福克斯。水晶吊灯之间影影绰绰，乔纳斯，作为一个堕落腐化的天主教徒，一定会喜欢这场派对。男士们身穿无尾礼服，露出挺括的白衬衫领子，喉咙中跳动出阵阵笑声。到处是浅灰色丝绸、钻石，珠光宝气。有个老头的拐杖顶部镶着一颗鸡蛋大小的祖母绿。我和几个从前工作时认识的女孩站在角落里，尽力稳住自己。我们听着四周的高谈阔论，喝着酒，透过墨镜观察着周围的一切，期待着会有什么事情发生。室内光线昏暗，一只聚光灯来回摇移，扫来扫去。时不时地，某个人形会突然变成一根戴着璀璨珠宝的光柱。我压根没想到要戴任何珠宝，当聚光灯终于打到我们这几个人身上时，我从灯光下走开了。没一会儿我就头晕目眩了——突然从晃眼的灯光下走进黑暗之中，让我的双手又冷又黏。灯光，止咳糖浆，鸡尾酒，还有红酒。我告了辞，穿过舞厅朝卫生间走去。一群女人出现了，顷

---

① 在这种派对中，人们会在几十厘米深的肥皂泡或泡泡中跳舞，这些泡泡由机器吹出。——译者注

② 胶片不经放大机直接把影像曝光到相纸上，可以冲洗出 1 ： 1 的小照片，摄影师冲洗了胶片后，就把胶片剪成短短几格一条，英文称为“Contact Sheet”，中文通常译作“照片小样”。可以方便摄影师挑选照片。——译者注

刻间将我围住又离去。“回来，”我想告诉她们，“别把我一个人扔在这儿。”

但她们走开了，我走向一排厕所隔间，踢开门，看着镜子里反射出来的图景。与此同时，一只水龙头凄凉地滴答作响，扬声器中飘出音乐。我踢开最后一扇门，紧紧咬住牙关不去尖叫——一个死去的女人突然闪现，正如我 11 岁时看到的那样，一模一样。

每次出现在我眼前的都是同一个女人，四肢张开地瘫在厕所隔间里，湿嗒嗒的头发在水里漂荡。她带着一种羞怯、近乎于歉疚的表情，好像在说：不好意思，让你看到这些。那是达芙妮·福克斯的脸。这是我陷入恍惚前最后的意识。

*

又过了一段时间。那是一个晚上，我想是深夜。街灯刺穿黑暗，街上空无一人。我不知道自己在干吗，不知道这是哪里，唯一清晰的是两排牙齿间传来的战栗——那种声音，那种感觉。那种柔和的打战声安慰了我。

最开始我孤身一人，后来我和 S.J. 福克斯一起待在饭店里。那里的盆栽高得像大树，面包卷精致极了，还有橄榄酱，透过一扇窗户，我看到克娄巴特拉石碑[1]正划开天空。我非常紧张。近看下，他的皮肤饱经风霜，皱眉时，额头上自然地显现出深深的纹路，就好像他这个人都是由皱纹组成的。我还是猜不出他的年纪。我漫不经心地听他说话，他的表情总是在突然之间完全改变——话说到一半，孩子气的笑容会突然变成眉头紧锁。就连我爸也不能将脸上的面具转换得如此之快。不错，他所有的表情都让我觉得好似面具，让我无法信任。它们太精确严谨，太细致入微，永远和他的情绪保持一致。大概是工作让他不得不如此吧——他必须让人看到，一个正常的、心情平和的人是什么样子的。可是在现实生活中，没有人会这样。乐极生悲的人嘴边还会残存一丝笑意，自然流露的表情不会那么快消失。在S.J.的面具背后藏着另一张脸，它讥讽地盯着我，挑衅我，问我敢不敢将它藏身的秘密公之于众。我真正想看到的是这张脸，这张不那么职业化的脸。

我花了好大力气，才忍住没提起他的妻子。**我从没见过达芙妮，她却出现在我的脑海里……**

我们离开餐厅，沿着马路走去他所住的酒店，他的手臂揽着我的腰。在他查收诊所前台的留言时，我把身子挤进他的臂弯深处。电梯里，他轻轻地把我推开，让我面朝着他站好。“你牙上有条缝。”他低声说，将舌头伸进我的嘴里堵住了它。他

① 克娄巴特拉石碑：伦敦的一座石碑，又高又细，顶部很尖。——译者注

一边这样做，一边看着我，我也看着他。这可不是电影里的吻，我们倒映在彼此睁大的眼睛里，我不敢退缩。上楼的路真长——电梯不时停下，人们出来进去。我看不到他们，只能感觉到他们像云一样，在我们周围流转。

他房间的主色调是淡黄色和紫红色。他拉下百叶窗，坐在梳妆台边的椅子上，我坐在床上。

"我以前很爱达芙妮。"他说着，观察着我的反应——我张开了嘴，却什么也没说。他继续说道："我的确很爱她，可是最后的那几个月，她的情况比小孩子还糟。她在地毯上点火，用咖啡桌砸上了锁的窗户。得一直有人看着她才行。"

我不能再看他的脸了，于是盯着他那双修长的手，他把玩着房间的钥匙，手掌一张一合，指关节也随之猛地一动。

"我明白。她太麻烦了——"

"我不是这个意思——"

"所以你杀了她？"

好了，说出来了。

"你总是和人这么说话吗？"他平静地问。

"是你杀了她吗？"

他笑了。那是我见过的最阴暗、最邪恶的笑，它过于坚定，不可能是无意间流露的。门呢，我想，门在哪里？但是我不敢转过身去，害怕房门并不在那里。笑容仍然停留在他的脸上，一直没有消散，直到它变得毫无意义。这让我镇定下来，我头晕得厉害，坐都坐不直了。我滑到地板上，他看着我一点点地跪着向前爬。我一直爬着，直到我直勾勾地盯着他的眼睛，盯着他空洞的双眸，才停了下来。他的脸绷紧了，几乎没有喘气。

“哦，你啊，”我说，“你就是我一直在等待的人。”

我握住他的手，让它们绕住我的喉咙，又把我自己的双手紧紧压在其上，好像一条锁喉链[①]。“你杀了她，却逍遥法外？你是怎么逃脱法律制裁的？”

“她是自杀的。”

我动了一下，于是四只手一起攥紧了我的脖子。我松开手，又用力攥紧，呼吸时断时续，像个风箱似的。这感觉很好，仿佛我在遗忘。

“别这样。”他说，但并没有把手拿开。

“是你杀了她吗？是你杀了她吗？”

“我说你别这样。”

“那我呢？你也想杀了我吗？所以你才用那种眼神看着我？”

“你想干吗，玛丽？”

我撅起嘴唇，等待着被亲吻。他没有挪动他的头，尽管他离我很近。

“吻我。”我说。

---

① 锁喉链（Chocker）：一种配饰，指紧贴脖颈的项圈。——译者注

他深深地吸了口气，紧张地喘息着。“你真是个……奇怪的女孩。”

“吻我。”

他照做了。我解开他衬衫的扣子，动作很慢，很仔细。他掀起我的连衣裙，把它从我的头顶拽下来。接着我们一起倒在地板上。一开始，我被他紧紧压在身下，我们张嘴呼吸，浑身炙热。我用双腿缠绕着他的下肢，亲吻着他的肌肤，汗水汇成小河。我的头发扫过他赤裸的胸膛，跨坐在他身上，每次只让他进入一寸。(“等一下，”我说，“等一下。”每当他过于急切时，我就抽身后退。)他每用一下力，就带来一种延迟降临的疼痛。当他终于平稳地将我托起，双手放在我酥软的腰上时，当他完完全全地占据了我的身体时，那感觉是如此愉悦。

“对不起，我不该说那些话。”稍后当我们并排躺在地板上时，我说道。他轻轻吻了一下我的额头。

“我能理解，”他说，“没关系的。毕竟你被闪电……”

我讨厌他嗓音里的善意，这种善意是从哪儿来的？我渴求着他，不是因为他的善意，而是当我问他“是你杀了她吗”时，他眼中流露的神色——他憎恨着我那一刻的神色。

“你不该加班的。”我说。

他温和地笑了。“那就别让我加班。”

我睡着后他离开了——醒来时，我朝他伸出胳膊，却什么也没摸到。他连张字条也没留。

接着，我记得又过了一天一夜，他没回来。然后来了一大堆人，我一个都不认识。人太多了，来这么多人干吗？我发现自己正在公共场所。我不得不待在那儿，待在公共场所，因为我不知道该怎么回家。四下环顾，每条路都长得一模一样。

有人拿走了我的手机，另外一个人拿走了我的钱包。严格来说，这不是抢劫——我一定是天黑后就一直坐在公园长椅上，两只手好像天平托盘般举着，上面放着我的钱包和手机，接着它们空空如也。我并不担心。我以为这是夏天。“现在是夏天。”我对自己说，接着看到一队蚂蚁从我的脚上爬过。我琢磨着这些蚂蚁，琢磨着为什么每一只蚂蚁中间都有另一只蚂蚁，而另一只蚂蚁中间又有一只蚂蚁，循环往复，直到触及宇宙终极那一片小小的、冰冷的碎片，它坚不可摧，让人厌烦。

然后乔纳斯来了，不知道他是怎么找到我的。我们去了麦当劳，因为我快冻死了，麦当劳离我们最近。哈，原来根本不是夏天。我说我想要洋葱圈，他买给了我，但我没吃。我没吃，只是把它们一个又一个地套在无名指上。结婚戒指。没有一个合适，但它们也没散架。乔纳斯看着我，用手反复揉着脑袋，好像在搜寻着思路，然后把头发从眼睛上拨开抚平。他给我买了洋葱圈，而且并不打算从我这里拿走什么作为回报，不过其实除了一支睫毛膏和门钥匙，我也已经一无所有了。他抱住我的时候我很高兴，我把脸埋在他的夹克翻领里，皮囊之下，我瘫软下来，像岩浆一样炙热沸腾，不知怎的竟没有烫伤他。乔纳斯的心脏平稳地跳动着，不快也不慢，那整齐的心率让我缓了过来。他后退了一步。

“你去哪儿了？”他问道。他现在像《旧约》一样愤怒[1]，既冷静又狂野，好似一位刚刚走出深山老林的先知，怀揣着惊天动地的大秘密，只待时机合适时吐露。

“什么时候去的？”

他盯着我，我赶快回答：“我去参加派对了。”

“你确定吗？”

“确定，那是个很大的派对，报纸上大概有照片吧，场地是……嗯……是……”

“雅典娜神庙？”

“没错。”

“那时三天前的事。”

“三……真的……？”

“是啊，真的。”

“哦……”

他伸出手指数着日子，面无表情。“昨天晚上，前天晚上，大前天晚上，我们一直都在找你。”

“你有没有……”

① 不同于《新约》中上帝善良可亲的形象，《旧约》中的上帝显得残暴易怒，非常爱生气，故有此说法。——编者注

“罗杰周五去世了，前天他们要把他火化，但我们一直在恳求能不能等找到你之后再说。”

“找到我？为什么？”

“这样你就能见他一面了。”乔纳斯直截了当地说，“如果你想不再害怕，蜜儿，就这么做吧。”他把我从座位上拉起来，我反抗着，但他的两条胳膊紧紧锁住了我，让我动弹不得。我狠狠地跺了他一脚，他没松手，但他的触碰变得轻柔了，他用鼻头蹭着我的脸颊：“嘘，嘘……”

“不行，”我说，“我做不到。”

“我会陪着你的。”

我希望有谁能站出来说句话，但周围的每个人都只是盯着面前餐盒里的薯条。他们肯定以为，这不过是一对小情侣在闹别扭罢了。

*

乔纳斯一边拿着我的钥匙打开了公寓大门，一边打着电话，向我询问信息——他帮我注销了信用卡。乔纳斯是个好男孩，我配不上他。我裙子的正面满是酒渍，他帮我解开拉链，把脏衣服往下拽，褪到我的腰上、我的臀间。如果他不是带着一副公事公办的态度，这大概是很色情的一幕。他找出一条新裙子，套在我的头上，让我自己扭动身体，努力从其中伸出四肢。乔纳斯从来不怕我，天知道我一直都在吓他：冷不丁从门后跳出来尖声大叫；得知他一个人在家时，恶作剧似的朝他大喊；在他最爱的《诗篇》中夹进一张塔罗牌书签——“倒吊者”[①]。他从没被我吓到，所以永远也不会逃跑，我对此非常非常高兴。我想对乔纳斯表达谢意，可是我能为他做些什么呢？去年夏天，我朝他吹了将近一个小时的蒲公英，这样他就有时间许下所有的愿望了。对此，他表现得彬彬有礼，却并不怎么在意。在他看来，在永恒与其他事物的映衬下，许愿显得既渺小又愚蠢。

*

入殓师把我爸的遗体打理得很好，他看上去甚至不怎么僵硬。他的皮肤有一种蜡的质地，但更像是新娃娃身上的那种蜡。上次和他共处一室，几乎是八年前的事了，他甚至比我记忆中的样子要年轻。病痛让他瘦骨嶙峋，身上的西服显得空空荡荡，没想到我能见到他饱受折磨的模样。现在他看起来很友善，无法想象他会做出可怕的事，就连去感觉、去想、去计划都是不可能的……如果不了解他的所作所为，你可能会相信，这个人终其一生只是躺在这里，耐心地等待着即将到来的命运。他的

① 倒吊者在塔罗牌里寓意为牺牲奉献。——编者注

脸颊如此红润，我几乎想把手放在上面取暖。我遗传了我爸的鼻子，耳朵也和他的一样。我摸着自己的鼻子和耳朵，它们很快就会化成灰了。

乔纳斯开始在我旁边祈祷。我是怎么知道他在祈祷的？他没说话，连嘴唇都没动一下。但他就是在祈祷。有那么一刻，我试图以乔纳斯的角度看待眼前的这一幕，却完全无法换位。我永远没法像你一样思考，乔纳斯，你瞧，我爸是个凶手，而你爸不是。

> “父亲，在我的生命里。”
> （“父亲，在我的生命里。”）
> “你是上帝与我同行。”
> （“你是上帝与我同行。”）

我回头看着我的父亲，想看看他对乔纳斯的祈祷作何感想。我的父亲看起来挺开心，我决定追随他的步伐。

*

我觉得我必须得走——

我觉得我必须得走了。

“去哪儿？”S.J. 问，他在电话的另一边。凌晨 4 点，我在家里给他打电话，他接了。

“你觉得你必须得去哪儿？”S.J. 又问了一遍。

到底去哪儿……

我的家庭是个错误，我想，我们的三口之家。

如今只剩我一个。

我觉得我必须得走了。

“你能过来找我吗？”我问他，“求你了。”

“现在吗？”我们讨论着一段七个小时的车程，从黑夜开到黎明，开到早高峰时期。如果他现在出发，中午就会到达，到时候什么都有可能发生。明早 9 点我爸就要被火化了。我知道这听起来蠢得可以，但是我确信，我会和他一起走进烈焰。我和他紧密相连。为什么会这样呢？一直以来，我都想从他身边逃走啊。

“我过来。”S.J. 说。

“不。”他说得那么心甘情愿，把我吓坏了。我知道是我求他来的，但他的那句“行”无法破译，那到底意味着什么呢？

“我想让你来我这儿，留院察看。”

“哈哈，我坐火车去。”我说。

“好的。我会请几天假。”

“不行，别人需要你。”

“你也需要，”他说，“上火车后给我打电话。”

我点点头，一笔一画地记下他告诉我的地址。

上床之前，我在电脑上查收电子邮件，发现自己打开了十二个一模一样的窗口，每个窗口中，达芙妮·福克斯都羞怯地朝我微笑着。

*

我不擅长乘坐火车，前半个小时是风景（我努力去欣赏），后半个小时是火车在铁轨上碾过的声音，我听够了，也看够了，两条腿开始不听使唤地抖个不停。我打起了瞌睡，但身边的空座位让我保持警觉。我不想睡醒后发现有谁坐在那里看着我——叶莲娜，达芙妮，任何人。当你不注意时，死者就可以悄悄靠近，如同生者一样。

我不停打着电话，不让自己睡着。我打给我的经纪人，告诉他我要离开一段时间。

“什么？你要离开多久？具体时间？

“我不知道，我爸去世了。”

“哦……”他没说“很抱歉”，我的经纪人很诚实。“你需要多长时间都行，亲爱的，如果有什么需要就给我打电话。”

他很快挂断了电话。我接着打给了乔纳斯，告诉他我要去哪儿，以备他感兴趣。乔纳斯可疑地兴趣十足。

“听上去很棒，蜜儿。”他说。

“是吗？”

他叹了口气。

“另外，我叫玛丽，顺便说一句。”我说。不是我爸一走，别人就可以喊我蜜儿了，好像我是个躲着妖怪的小女孩，现在妖怪离开了，他们走来走去，喊我快点出来。太晚了。

乘火车去野蔷薇苔藓镇几乎和坐车去那里一样久，六个半小时后，我下了出租车，向一栋孤零零的房子走去，它坐落在一座旋涡形花园后面，从马路上几乎看不到。我敲了敲大门，蚂蚱啾啾地叫着。S.J. 出现了，他穿着睡衣光着脚，手拿一条毛巾。他唇边有些水滴，流到了下巴上。我跟着他进屋时，他把脑袋埋进毛巾里，头发被揉得凌乱翘起。走廊里有浓重的光泽剂和油漆的味道，两侧的墙壁白得刺眼，毫无瑕疵。没有挂外套和帽子的衣架，没有跺掉脚上泥土的垫子，连地毯也没有。楼下的另外几间屋子里没有家具，刷着和走廊颜色一样的白漆，直到我们走进书房。四面墙上都是密密麻麻的书架，一直顶到天花板。一架梯子，用一只木钩拴在书架上，我只在书店里见过这种梯子，你可以爬到上面，移动所有书籍，触碰所有书籍，亲手抽出你想要的那一本。他的书看上去都是和医学相关的——妇科、精神病学、神经病学。

他看着我。“你觉得怎么样？”

我把手包放在门边，进屋转了一圈，四下张望。

“很舒服。”

书房里只有一把椅子，放在书桌后面。书桌正对着一扇玻璃推拉门，门外黄昏已至。我可以理解，为什么有人情愿永远待在这间屋子里，其他的房间一概不管。但现实生活中，没人会这么做。你至少得在其他房间里摆上点能看能坐的东西，哪怕完全是为了装修布局。我对自己说，可以先等一会儿，再向他指出这点。书桌上有一只盘子，里面放着三块冷冻蛋糕。每一块都被结结实实地咬了一大口，然后就丢在那里不管。这种举止似乎挑剔异常。

“在这儿等我。”他说完消失不见了。

我透过玻璃门向外张望，心里不禁冒出一句“什么……”。眼前是一座如此荒芜的花园，一朵花也没种，四下望去，只有一片低矮的青草。他竟然花费了全部的力气去维持这一切，这让我震惊极了。因为土地是会长出东西的。只要有空气，有光，有空间，就会长出东西来。想让一个地方如此荒芜，他得花了多少工夫去剪、去拔啊。

口袋里的手机响了，是S.J.。

“你离开屋子了？”我的声音尖细得令自己讨厌。我没听到他离开，我不想一个人待在这栋房子里。“嘘……”他说，安抚着我。

“我在屋顶上，上来见我吧。”

“我怎么——”

“绕到房子的另一边——不是有雪松的那边，是另外一边。那里有架梯子，爬上来。”

我挂了电话，照他说的做了。我把深棕色帆布鞋脱在草地上，迈开步子，快速地往天空爬去——我没有跑，我的脚底沾着露水，身下的梯架咯吱作响得厉害。但我爬得很轻松，这段路程很容易，我一眼也没朝下看。

他在屋顶上等我，如他所说。他抓住我的手，把我从梯子的最高阶拉过去，走到平坦的瓦片上。这儿已经摆上了两把椅子，中间放着一只灯笼。椅子面向北方，从屋顶上可以远眺山峦，以及深嵌其中的道路。眼前的景象让我头晕目眩：一切都一模一样，只是无尽地重复着，好像是一面巨大的镜子折射出的重影。暮色刚刚降临，我听见飞蛾扑打着灯笼，被弹开时用力摆动着翅膀。S.J. 将一壶威士忌倒在酒杯里，向我举杯。"敬美景。"他说。我喝了酒，才发现这不是威士忌，刚入口时像融化的姜味饼干，萦绕在舌尖，浓烈，带着木头香气，我一直以为大树的汁液就是这种味道。

"这是什么？"

"不是酒，里面基本上是肉豆蔻。"

"肉豆蔻？也就是说这是春药？挺好喝的。"

"是啊，而且剂量不小，这是精神药物。"

我把饮料吐回杯子里，我可不想产生幻觉，那一点也不好玩。

"玛丽。"他突然说。

"怎么了？"

"我没对达芙妮做过任何事。"

"好吧。"

"我想照顾她——帮助她，但是我做不到。"他在哭，可是声音没有一点波澜起伏，"每次我都捉不住她。"

我伸手擦拭着他脸上的泪水。

"好的，"我说，"没事。"

"找到她后，我整整三天没和任何人说话。我的意思是，我没有和任何不是非得跟我说话的人说过话。没人给我打电话。他们知道发生了什么，但没人打电话。我盯着电话机。我明白这是为什么——以前我也做过这样的事。如果一个人失去了亲人，你会认为他不想被打扰、不想和人说话，或者只想和亲密的人说话——比你亲密的人，所以你不会给他打电话。你觉得，那个可怜虫难以应付他人的来电，所以你不会给他打电话。"他变得结结巴巴，"那时候，每一天都很长。我想和人说话，和谁说都行。我不想一个人待着。我想和别人一起，但大部分时间我都待在这里。我尽量不走出家门太远，因为我觉得，如果走得太远，我也许就会决定离开。但如果不再回来，那就太可惜了。房子没有错，它什么也没做错——"

"他们应该打电话的。"我说。我很生气，为什么他不生气呢？"就算占线也应该接着打。他们连试都不试一下。如果是我，我会打电话的。"

"真的吗？"

"真的。而且想到什么我就会说什么。我会给你读天气预报。

我们要是那时认识就好了。”

他听着我的话微笑了，他的笑容有点孩子气，有一种胆怯的喜悦，就好像有人向他许诺了一件事情，一件好到他不敢相信的事情。他必须要压抑自己的期望，直到亲眼所见。

*

之后他带我去了睡觉的地方。房间被一张四柱大床占得满满当当，床上挂着紫红色的天鹅绒帐子，我一边绕着床走，一边抓着它。我听到一把摇椅咯吱作响，但一时间并没有找到摇椅在哪儿——屋里到处都是屏风、空花瓶和各种小玩意儿，像个迷宫。我数着各式各样的花瓶，忘了自己数到几，就从头开始。从前，这间屋子里一定开满了鲜花。有一只花瓶中插着五朵毛地黄，好像五根张开的手指。屋里有一张梳妆台、一把椅子，还有一件家具，类似于一个镶着镜子的衣柜——准确来说，那是一个镜子拼成的盒状物，带一个门闩，门闩被拉开后，你可以站在里面，穿衣时在镜中看到自己的每一个角度。

这是达芙妮的房间。达芙妮已经离开四年了。情况就是这样，他只活在两间屋子里——一间书房，一间卧室，卧室就在这个房间的楼上。这令我很伤心，但我尽量不显露出来。

我们脱下衣服。他关掉灯，躺在我旁边。他吻了我，轻抚着我的双腿，分开了它们。一开始他的动作很轻柔，慢慢地摇晃着，接着一点一点地把我体内的呼吸挤出。这种感觉起先很好，后来就不好了。我们浑身冰冷，他进入我身体的时候非常疼痛。我没有皱眉，没有大喊大叫。我始终紧紧地闭着眼睛。

（一旦他发现我很疼，就会停下来了。）

但他没有，完事之后他才停下来。

“我不能待在这儿。”他说完离开了，不停被东西绊倒——影子，拖鞋，地上的一切。每一分钟都浅浅地戳痛着我，像一根根刺。我穿着内衣，瑟瑟发抖。我从没在四柱床上睡过觉，紫红色的天鹅绒帷幔装点着我的梦。我不时醒来，或者只是以为自己醒了，我分不清。这是达芙妮的床。达芙妮·福克斯曾经躺在这儿，看着头顶的帷幔。她是什么姿势？她在看什么？他是在这儿发现她的吗？我想象着他摔开房门的巨响，他冲到床边的脚步声，以及发现她已逝去时他闹出的动静；我想象他摇晃着她，抽打着她的脸，试图唤醒她，他拖着她的身体，跪在她身边，绝望地亲吻着她的嘴唇。我现在躺在她的床上，试着寻找她的踪迹。我趴着，但感觉太憋屈了，于是翻了个身，无精打采地侧卧着，脑袋枕在胳膊上，假装自己是个一心求死的女人。然后我平躺着，突然感到寒冷涌入了我的身体。我的双手随着寒流移动，我的胸脯是多么丰满，腹部是多么柔软，但死亡让一切寒冷僵硬。不过我的大腿还很温暖，背后的床单也很柔软，空气中传来了毛地黄的气息……我挺起屁股，一下一下地撞击着手指，感觉到皮肤之下的骨骼变得柔软，来回游动……这几乎太过火了。谁在碰我？是我，只是我自己。我的手指湿滑滑的，好像涂着一层厚厚的蜂蜜。结束后，鸡皮疙瘩从我每一寸赤裸的肌肤上冒出来，难以抑制。

卧室的门把手被人从外面扭动了一下，咔嗒一声，门被打开了。

我猛地坐起身来，把床单拉在身上。但走廊里没人出现，我走到门口，仍然谁也没看见。我一遍又一遍地看着空荡荡的走廊，以极小的声音说道："S.J.？"

他卧室的门关着。

我也关上了房门，回到床上，直到门又一次被打开，才从睡梦中惊醒。这不是梦，不是幻觉。看着门被第二次打开，这带给我一种非常可怕的感觉。它被一种强大的力量推动着，一直开到尽头，不知道为什么竟没有撞到墙上。

我没喊没叫，只是重新把门关上。一定是门框有什么毛病，或者是建房子时这扇门装得不对。有时候门会自行弹开，都怪差劲的装修工。门第三次打开时，似乎是在严厉地警告我：马上离开。可我能去哪儿呢？离开，滚出去。

我半睡半醒地站着顶住门，待了大概两个小时。渐渐地，我感觉自己正握着一只又小又冷、光溜溜的假手。握够了门把手，我坐在地上，然后又躺在蓝色的地毯上，几乎不知道自己在做什么、身在何处。我刚一松手，门就又开了。那就让它开着吧，让它开着吧。我站起来走回床边，浑身好像散架了一样。

*

再睁眼时已是清晨。我穿上床边放着的一双拖鞋，正合脚，这让我猛地一惊。但它们很暖和，所以我就继续穿着了。我去了S.J.的书房。那盘蛋糕还放在桌上，真想把它们丢掉，这幅景象让我不舒服，感觉女里女气的。于是我打开玻璃门，来到室外，几只鸟雀和松鼠已经在啃食青草，我和它们一起沐浴着薄薄的晨雾。蛋糕上有水果籽，闻起来有朗姆酒的味道，希望小鸟不会喝醉。我用裙子擦了擦手，站在歪歪曲曲的雪松旁边，注视着四周。天还没有大亮，刚好照得树叶闪闪发光。我想象自己触摸着一根树枝，看着它越长越高，生出越来越多的枝干，茂盛的树叶从中间分开，让我可以踏入被这棵树所守护着的空间，那是它弯下树干营造出的一方清凉秘境。

S.J.从房中走来，站在我旁边。

“早啊。”

他试探性地伸出手来，没有看我。我握住他的手，把它贴在胸口。我也没有看他。我们看着雪松。

“早。”

“今天我们做点什么？”他问。

我们出门散步，裹着围巾和夹克。我们踏过小径，脚下的土地似乎被谁使劲儿挖过，直到露出岩层，又扔在那里不管。路标上写着“麦瑞米特”“特里马”以及“圣克里尔”之类的名字。一座低矮的石桥架在溪底的鹅卵石间，溪水清浅，我们走到桥上，目光所及之处有一大半都是蓝色。尽管我能看到周身的土地都十分坚实，但我还是走得小心翼翼。天空太广阔了，我们仿佛正身处峭壁边缘，相较之下，脚下的草地是那么稀疏，小草短短的，稍有不慎就会失足。我们绕过一座古老的墓碑，它就像一只突然从地底冒出来的、肌肉紧绷的肩膀。鸟儿不时从头顶飞过，扑打着翅膀投下影子。我不安地躲闪着，总觉得它们是冲我们而来，因为方圆几里之内一马平川，除了岩石以外再无他物。远处有一座山，山是那么大，以至于一眼望去，它显得既粗糙又光滑——眼睛总想把所有的风光一网打尽。一片坑坑洼洼的土地漫无边际，坑中残存着上个星期的雨水，把我的靴子全毁了。我在最后一个泥坑中挣扎着，觉得自己正在下沉。S.J. 站在一个安全的地方，弯曲着手臂，让我能够抓住他的胳膊肘走出来。

我们在一片湖泊前停下了脚步，尽管天气晴朗，湖中却似乎有云彩的倒影。湖水在连绵的沼泽中流过，我看着对岸，感觉世界一分为二，不用回头就能看到身后的景象。S.J. 向我讲述了这座湖的故事。他讲得很好，有根有据，令人信服。他说湖底曾经埋藏着亚瑟王的宝剑，我找不出怀疑的理由。我看着风筝在天上越飞越高，山坡上有小小的人影跑来跑去，线从他们的手腕、拳头中生出来，与空中鲜艳的生物连在一起。我想待在这儿，我想留下。

S.J.说他不会工作，但傍晚他又坐在了书房里，埋首于一堆摊开的大书中，在一些病例下面画上线，做着笔记。我看了一会儿食谱，然后一个人走上楼梯，去了那个蓝色的房间。我鼓足勇气，打开了屋子里所有的灯，翻找着达芙妮的东西，放肆地把它们挪来挪去，挑衅着她。如果我担心有什么不好的事情即将发生，干吗要傻等着？干吗不让它们马上发生？

梳妆台的抽屉里有几张纸，被折成小方块，推到了最里面。纸上的铅笔字迹已经褪色，每一笔都很粗糙。必须把它们拿到台灯下才能看清。到处都是涂涂抹抹的痕迹，同样的几句话被写了一遍又一遍。最后一张纸上写着：

我喝了很多漂白剂，肯定会死，我是故意的。

达芙妮

我把头靠在书桌上，脑袋下面有个支撑，会让我觉得勇敢一点。最后一张纸的角落里有一行小小的字，下笔很轻：L11：24–26。我连头都没抬一下，径直拉开梳妆台上的另一个抽屉，从中拽出一本白皮包裹的、詹姆士王译本[1]的口袋版《圣经》。我把它举到眼前，一页一页地翻阅着。

利未记……耶利米哀歌……路加福音……嗯，不可能是耶利米哀歌，因为那一卷只有五章[2]。

利未记的相应段落并不能独立成章，第一句话与前文相关，最后一句话是禁止吃猪肉和羊肉。

而路加福音中写道：

“污鬼离了人身，就在无水之地过来过去，寻求安歇之处；既寻不着，便说‘我要回到我所出来的屋里去’。到了，就看见里面打扫干净，修饰好了，便去另带了七个比自己更恶的鬼来，都进去住在那里。那人末后的景况比先前更不好了。”

我盯着其中的两句话，读了一遍又一遍：

> 我要回到我所出来的屋里去。
>
> 七个比自己更恶的鬼。

我不禁读出了声来，这比只在心里想要好一些。

说完最后一个字，摇椅在我身后嘎吱一响。

---

① 詹姆士王译本（King James Version of the Bible）：又称“钦定版《圣经》”，是英国国王詹姆士一世钦定的《圣经》版本，也是《圣经》诸多的英文译本之一，于1611 年出版，影响深远。——译者注

② “利未记”“耶利米哀歌”和“路加福音”是《圣经》中的卷名，英文名都以“L”开头。上文中达芙妮写下的文字是“L11：24-26”，意味着她援引了《圣经》首字母为 L 的某一卷中第 11 章 24-26 节的话。——译者注

就好像谁坐在了上面。

接着，它开始摇晃。

我改主意了：我不想待在这儿，不想留下。我跑出门去，三步并作一步跳下楼梯，差点扭到脚踝。

我上气不接下气地跑进书房，S.J.抬起了头。

“出什么事了？”他问道，带着一种特别的语气——好像他早已知道。

“没事。”

我趴在他脚边，胸口贴着地毯。我翻看着一本食谱，假装自己在阅读，实际上却在想象着他踏过我的身体，第一步用脚跟碾碎我的尾椎骨，第二步把我的脊椎一根根踢断，等他踩到我的脖子时，我就会支离破碎。他是不会这么做的，但是他可以——他有这个能力。他用亲吻和拥抱重塑了我，引诱我迎合着他的节奏，合二为一，以至于双双消失，只留下身后的一串叹息。不仅仅是在床上，抵墙而立时，横躺在桌面上时，在地板上时，我都像他一样，用脚跟在他的肩胛骨上“舞动”起同样的两步。但我们没再进过那个蓝房间。

“楼下的家具都去哪儿了？”早上我问他。

他看上去很警觉。“在地下室。”他回答。

地下室刚进门处有一个小平台，旁边是一架陡峭的楼梯。关上门后，室内立即陷入昏暗之中。

“你先走。”S.J.在我耳旁低语。

于是我先下了楼梯，一手举着一支火把，另一只手四下摸索着。S.J.的手不时与我的相撞，我听到他在我背后的呼吸声。狭小的空间中塞了一大堆桌椅，仿佛是爬入了一片锦缎和天鹅绒衬垫的海洋。虫子在扶手椅上爬来爬去，我挪开椅子，椅腿随之散架，捡起来看时，发现上面早已布满了虫洞，是木蛀虫。我们一直待在那里，直到找出了几件可以勉强使用的家具，轮流坐在椅子上、靠在桌子上，确定它们是否牢靠。那是漫长又令人窒息的一小时，充满了窸窸窣窣的声音，好像有人透过布料向你低语。我不时将火把对准S.J.，他始终先看着我，然后看向别处，最后又转回目光，惊讶地发现我还在看着他。

我们把那些完好的家具拖上楼梯，摆放在相应的房间里。这里看起来不再那么朴素、那么令人困惑了。他放好沙发、扶手椅、小桌子和花瓶后，我又重新挪动了它们的位置，他对我的布置也动了一样的手脚。我们装作没看见彼此的举动。这就是过家家的规则。

*

第二天下午，我们沿着与上次前往荒野时相反的方向，来到了一个峡谷中。这只是一座很小很小的峡谷，与海面之间有一道平缓的斜坡。S.J.好像在带领我探索他心底的秘密，很严肃地指给我看他一路捡来的石头上的斑纹。暮色降临，我们脱下衣服，只剩穿在最里面的潜水服，朝海里走去。畅游一番后，我一动不动地漂浮在闪闪发光的水面上，他在我旁边踩着水，上下浮动。我俩朝不同方向躺着，头对着脚。他抓住我的脚踝，不让我漂得太远。

我给乔纳斯发短信：高兴。

他回复了我同一个词：高兴。

我没接经纪人打来的电话，删掉了他那些充满威胁的留言——我从来没有这样微笑过，感觉如此新鲜，仿佛我换了一张脸，我不想停下来。甚至在拍摄那组人们倍加赞誉的照片时，我也没有这样笑过。照片中那个眼神空洞、单脚站立、回头张望的女孩，只是一个杂技演员，无关紧要。

*

S.J. 出门工作后，我在野蔷薇苔藓镇上四处溜达，为晚上的聚会买了一些东西。他想带我见几个朋友，两男两女，都是单身，因此他也希望能撮合他们。我买了蜡烛、鲜花、洋蓟、牛排，做好了面对他女性朋友们冷淡态度的准备。有可能，她们始终未婚正是希望得到他的突然垂青。从镇上回来后，我走进S.J. 的书房去拿一本食谱。他没关玻璃门，我走过去关门时，差点踩到了一只小鸟。它仰面躺在门缝处，看我走得如此之近也没有惊慌失措。它的鸟喙和爪子指向天空，浑身漆黑，好像被火烧过。它睁着双眼，眼中凝结着一些液体。门外还有更多鸟雀的尸体，数到第十只时我就放弃了。它们的死状一模一样。不知从什么地方传来了叽叽喳喳声，还有一些鸟，还在歌唱，只是我看不到。它们一定在很高的地方。有那么一刹那，我觉得自己要吐了，但我没有。大部分尸体聚集在雪松下，围成一个不均匀的半圆。哦……我猛地闭上眼——突然之间，我看到自己站在草地上，蛋糕像沙子一样从我手中流出——我又睁开了眼睛。我卷起一本杂志，把鸟雀的尸体推到一起，堆成一座小山。我想挖个坑把它们埋葬，但找不到工具。我徒手挖了几下，费了很大力气却连个小坑也挖不出。我必须去做饭了，得做好迎接宾客的准备。我不希望客人来时，发现我一个人在这儿挖坑。我不能再管这些小鸟了。

我进厨房，站在烤炉旁边，盯着墙壁。炉子开着，开了一上午。刚看到这只智能烤炉时，我狠狠嘲笑了它一番。但它发出了巨大的热量。晚餐应该好了，没准都快烤糊了。接下来我就无事可做了。

我觉得我必须得走了。

我揪住这个念头不放，感到很宽慰。我忙了起来，切了牛排，调好了酱汁准备腌洋蓟。我关上厨房的门，在门下铺了一条茶巾。我打开烤箱，跪在地上呼吸着，蓝色的煤气火焰摇曳起舞。我咳嗽起来，心里却很平静。我感到头晕目眩，四周的酷热并不让人难受。这种感觉就像：你在雾中迷了路，但你本来就漫无目的——所以没什么大不了的。我倒了下去，趴在地上，头扭向一边，那里除了一堆灰蒙蒙的金属外什么也没有。

我喘不上气了，我动不了了。我想挪动身体，但大脑不听使唤，雾气已经侵入其中。

一个声音从远处传来，那是拨电话的声音。

烤炉不再运转，蓝色的火焰不见了，黑暗席卷而来。

有人在我身边蹲下，把手放在我腿上。我的皮肤缩紧了，说不清这是一种什么感觉。她所碰到的地方像通了电一样。

“你是个傻瓜。”她说，声音和我想象的完全不同。清晰而坚定。

“这里什么问题也没有，知道吗？什么事也没有。只是下次别拿蛋糕喂鸟了，里面涂了药，是做实验用的。听我说，玛丽·福克丝——不管你到底叫什么名字——留在这儿吧。他是个正人君子，只要你别把一切搞砸，他就是你的。他会照顾你，而你也将照顾他。再死一个人毫无意义。”

我妈，我爸。我说不出话来。

“是啊，”她说，“我明白。但以后发生的事完全取决于你。在楼上我想和你说的就是这个，可你跑了，像条巴斯克维尔的猎犬[①]。”

---

① 巴斯克维尔的猎犬：柯南·道尔代表作《福尔摩斯探案集》中的一个故事，讲述的是在巴斯克维尔家族中，一直流传着一个传说：家族的祖先为非作歹，最后命丧凶恶的巴斯克维尔猎犬的利齿之下。此后家族的继承人们也都以蹊跷的方式死去。——译者注

“谢谢你，达芙妮。”我低声说。

“嗯，不错，你欠我个人情。所以你告诉他了吗？”

“告诉他什么？

“告诉他，我的死不是他的错，因为确实不是。”

“我会告诉他的。”

“不要说完就完了，你要让他相信这一点。”

“我要怎么——”

“让他相信这一点。”她握住了我的脚踝。

“我会的！

“我累了，”她说，“现在要走了。做个坏女孩，做个邪恶的女孩，你应该担心，但是用不着。”

玛丽·福克丝已经好几个星期没来找我了。我为达芙妮忙得不可开交，努力让她回心转意。她那帮朋友扬言要杀了我，我得让她劝劝他们。我教达芙妮开车。她胆子很大——有点太大了，不符合我的口味——也学得很快。她专门买了双开车用的手套，该转弯时，双手就平静地搁在方向盘上。我们一路开到了那个养鸡场，以前路过这儿时，我常在农场里用枪打鸡——15 分钟的路程，达芙妮却开了 35 分钟。她带走了一只鸡，用它做了晚饭，那是我吃过的最难吃的东西，但我强忍着把它咽了下去，装作很喜欢的样子。她尽力了，我也尽力了。如果说我妻子没有努力过一丝一毫，那是很不公平的。我们度蜜月时，大好晨光，她却在一座假山上爬来爬去，像个疯子似的从这块石头跳到那块石头，唱着些近乎令人反感的甜歌。她滑下来扭到了脚腕，但并没有大喊大叫。她咬着嘴唇，哭了一小会儿，因为——据她所说，她不想假装不疼。她一瘸一拐地走来走去，和颜悦色地拍着照，研究着街边售卖的恶俗小画，神态是那么严肃认真，仿佛身处美术馆中。想到她刚才因疼痛哭泣，回酒店后我找了个医生帮她检查脚腕的伤势。是扭伤。要是她喊了我会理解的。

还有一天我们开车去了州立公园“魔鬼庭院”[①]。那天下午风和日丽，瀑布旁边的每一棵树都摇晃着，似乎正努力让自己从噩梦中清醒过来，又不想吵到其他树。周围所有的石头都是空心的——我们一块一块地看着，几乎看了一个小时。绝对是空心的，就好像是谁拿着一把铲子把它们都掏空了。

“这就是为什么这里叫‘魔鬼庭院’，”我告诉达芙妮，“附近的人说，这些印记是魔鬼走过这些石头时，用他的蹄子[②]踩出的……”

“只能这么解释了。”达芙妮严肃地说。我发现自己正在把玩着她的头发——揉乱，又把它们梳拢理顺。

“玛丽怎么样了？”她问我，几乎面无表情，几乎。

“哪个玛丽？”我说。

那一晚做爱后，她翻身离开我，坐在了自己那半边床上。我就快睡着了，但她的姿势引人注目。她把手放在头顶，好像正努力不让什么东西跑出来。

“你干吗？”我问，伸出一只胳膊，“回来！”

---

① 魔鬼庭院州立公园是美国康涅狄格州的一座著名公园。——译者注

② 在西方传说中，魔鬼长着蹄子，两腿直立行走。山羊通常是恶魔的化身。——译者注

她待在那儿不动。

“我刚才必须得走，你明白的。”她低声说道，好像周围有谁在偷听，尽管屋里只有我们俩。

“哦，当然，亲爱的，还好你记得。”达芙妮一直在身上擦“来苏尔”[①]避孕，这很有效。我们结婚时她就不想要孩子，我没反对。

我闭上眼睛，达芙妮没动窝，我能在十几厘米以外感受到她温暖静止的身体。我又睁开了眼。

她正看着我，脸上的笑容不自然起来。

“怎么了？我们用完了吗？

“没有。”

“到底怎么了，达？”

“你不想让我要孩子？你想让我走，然后……你明白吗？”

“是你不想要的。”我很慌张，我的声音很慌张。确切地说，不是因为要不要孩子的事，而是她突如其来的转变。

她笑了，一个虚伪又欢快的微笑，然后快速爬下了床。

“好的，谢谢你坦陈了你的感受。”

“达，等一下，就等一秒钟——”

她消失在卫生间里。我走到关上的门前，什么也没听见。没有水声，她可能打开了储物柜，拿出了放在我的剃须刀和她那套

① 20世纪初，很多妇女误把来苏尔消毒剂当作避孕洗剂使用。因为在当时的美国，节育是违法的，而来苏尔消毒剂刊登了一则诱导性的广告，声称消毒剂很安全，可以当作女性卫生用品，结果造成了很多女性身体灼伤。——译者注

卷发夹之间的黄瓶子，但如果她真的这么做了，一定会带着一种无耻的坦然而不会鬼鬼祟祟。又过了几分钟，我开始确信她已经爬出窗户逃走了。我敲了敲门。“达。”

“怎么了，亲爱的？”

“你还出不出来了？”

“马上就出来。”

有几句话我当时应该告诉她，但我一句也没说。我想等她出来以后再说，但她没有出来。我睡着前她一直在卫生间里。天亮之前我醒了，她睡在我身边，后背紧紧依偎着我，拉过我的一只胳膊环绕着身体。我很感激，一种可悲的感激。下次，我会跟她说那些话的。

第二天清晨，我们步行前往云谷，穿过沙滩向海岛走去。当潮水退去后，走路就可以到达那里，我想带达芙妮看看灯塔。灯塔是我的——我是说，是我继承的。父亲从祖父那里继承了它，我又从父亲那里继承了它。我不知道该拿它怎么办，只能确保它每年都会被彻底打扫三次，并在那儿存放了一些书。我的太祖父在玩牌时赢下了它。我一直打算搬到塔中写作，但从未成行。

一路上达芙妮和我没怎么说话。我们捡起几根浮木、几只贝壳和小石子，等走了很远，再把它们放在地上。风穿透衣衫吹在我们身上，刺骨地痛。

“哦，天哪。”灯塔映入眼帘时，达芙妮发出了惊叹。我们每走一步，她就重复一句“哦，天哪”。“它看起来很邪恶。”

它不邪恶，它只是一座白塔，上面嵌着狭长的窗户，甚至算不上特别高。她更喜欢灯塔里面的样子，觉得它整洁又富有现代气息。我带她进入灯楼，她透过玻璃板望着那盏灯，它足有一个人那么高，布满灰尘。我指着灯具四周的透镜，向她解释它们是如何折射灯光，并将光线散布到四面八方的——就像她在电影里看过的那样。我又带她走进瞭望台，她执意要转动手柄，旋转灯具四周的透镜。我们听到头顶的透镜呼呼作响——声音不怎么令人舒服，好像巨大的翅膀在那里呼扇。不过，就算灯具中曾经有过煤油，如今也没有了，加上现在又是早晨，她的举动毫无意义，白费力气。

“你小时候肯定很喜欢这里吧？”我们走下旋转楼梯时，她问道，“这儿就跟四层游乐场似的。”她拿了几本值班日记，紧紧抱在胸前，尽管我提醒过她，其中不过是些年月日期，以及对于风向的观察记录。

“并不喜欢。”我告诉她，“我不明白谁会喜欢这里。”

“哦，好吧——正常孩子都会喜欢的……”

她带来了满满一瓶咖啡以及一些面包卷，我们坐在厨房桌边用餐。她翻看着值班日记，没看四五页就失去了兴趣，跟我预料的一样。但她还是坚持读了下去。我起身离开，准备拿几本我想看的书装进包里。我把几只板条箱拖到后门边，这样我就可以一边找书，一边看着大海了：潮水高涨，波浪起伏，但我还能看到对岸的山谷。我不时从书中抬起头，眺望着海水——阳光在海浪上闪烁了一次，两次，三次。第四次时我发现那不是阳光，而是一只手，下面是一只高高举起的胳膊，正在朝我挥舞。玛丽·福克丝一步一步地浮出海面，穿过沙滩，向我走来。她没有笑，双手放在背后，似乎心中有千言万语。刚一走到我对面，她就屈膝行了个礼。

“玛丽。”

“怎么了，福克斯先生？”

“我想我明白了在这场游戏中，我们正试图做什么。”

“说来听听。”

“我们正试图坠入爱河——”

她抬起了一只眉毛。“爱上对方？”她冷冷地问道。

“你能先让我说完吗？”

“乐意之至。”

“我们正试图坠入爱河——不错，试图爱上对方，但我们也在努力躲避着其中的危险，所以没人受伤，没人死亡。我们正试图做一些很正常、很不错的事。”

玛丽把手臂抱在胸口。“这不是我们正试图做的事。”

“哦。那什么才是呢？”

“你妻子爱你，回到她身边吧。做你该做的事，别再搪塞她了，别再貌合神离。经历了所有这一切，要是你能写个故事，里面的人物最终结局圆满，而不是生离死别，那真的很好。证明给我看你能写出这样的故事，我就永远离开你。”

“可我不想让你永远离开。”

她转身面向大海，头发在风中飞舞。她的头发呈现出一种奇妙的发色，好像秋叶抖落在肩膀上。她看上去狂野而可爱。

“玛丽，假如你是真的，我会跟着你走，不再回来。”

我走到她身边，四目相对。她说：“你真残忍，福克斯先生。”她的声音，她的眼睛。她很疲惫。

曾经，当我以为达芙妮可能会离开我时，心脏猝然一跳。现在同样的情况又发生了，只是情况更糟糕，远比那一次糟糕。几乎无法忍受。我像一颗炮弹，或者类似炮弹的什么东西，马上就要爆炸了。

（请不要让我跪倒在沙滩上，请别让我跪倒在这个女人的脚下。）

“我想和你共进早餐，”玛丽·福克丝说，“我希望你能对我的兴趣和爱好多一点尊重——目前我没有任何兴趣爱好，因为你没赋予过我。我想和你一起参加晚餐会，玩猜词游戏。我想拥有能与我交换书籍和秘密的朋友。我想一连几个小时对你置之不理，然后又回头找你，带着我自己思考和发掘的事情——是通过我自己，不是通过你。我希望当你不在想着我时，我也不会就此消失不见。”

她一字一顿地慢慢说着，斟酌着词句。我意识到自己刚才的提议根本不可能实现。

“所以，如果你真的有办法把我变成真的，让我们能在一起，我不会介意的。我一点都不会介意。”

“亲爱的，”达芙妮在叫我，“我们是不是该在天黑前离开？”

玛丽不见了，她以前从未如此突然地从我眼前消失过。

我在发抖，达芙妮一定看不出我在发抖。我曾经告诉过她，用不着担心那些和玛丽相关的事。我说事情不是她想的那样。我在说谎吗？欺骗了达芙妮？或者刚刚欺骗了玛丽？如果能从这个烂摊子里脱身，我什么都愿意说。我数到10，同时像个傻瓜似的捂住胸口，就好像少年维特在守护着他的烦恼。然后，我走向达芙妮。她坐在门口的台阶上，拿着一本书。那么厚，一定是《战争与和平》。书名是用西里尔字母[①]写的，目录也是。

“这是……俄语吗？”我问她。

她用某种语言回答了我，让我如坠冰窟。

应该是俄语吧，我猜。

“达芙妮！”我喊了一声。我看着她的眼神把她逗笑了。

她眨了眨眼。“别担心，我没发疯。我刚刚说的是：我才复习过俄语。我参加了一个函授课程。关于我，你不知道的事情还多着呢，我的朋友。”

她似乎有点冷，于是我脱下外套披在她肩上，我们慢慢走下楼去，在港口等渡船时，她依偎在我身上，而这没什么大不了的。

---

① 西里尔字母：源于希腊字母，普遍认为是由基督教传教士西里尔在9世纪为了方便在斯拉夫民族传播东正教所创立的，被斯拉夫人广泛采用，因此有时也称为斯拉夫字母。——译者注

捉迷藏[①]

从前，在开罗以东艾斯尤特市的一户经商人家中，一个男孩出生了。他出生时已家道中落，家人没法再多养一个孩子，除非他一出生就已发育完毕，能马上去干活挣钱。在此之前，男孩娇小的母亲已经生下了五个健壮又吵闹的大块头儿子。可这个男孩出娘胎后所做的第一件事却是轻轻地咳嗽，目光空洞又充满困惑地死死盯着五个哥哥。哥哥们互相用胳膊肘推挤着对方，凑上前去仔细看他。若说这个孩子个头小，那是太抬举他了——扇了他六巴掌才哭，向产婆证明了自己的确有肺，但即便如此，他的哭声也十分微弱；他浑身没有一点力气，就算把一根手指塞到掌心里他也握不住；他拒绝母亲的怀抱，面对母亲乳头上那只棕色的疙里疙瘩的花骨朵，他皱着鼻子，神情慢慢地困惑起来。

① 原文为“Hide，Seek”。在英文中“Hide and Seek”意为“捉迷藏”，但结合故事情节，本章标题也可译为“躲藏，寻觅”或“躲藏，索取”。——译者注

但他的眼睛透出了某种渴望。

母亲预见了未来，她的思绪委顿在疲劳之中，绕着她的神经了无生气地打着转儿，直到与她的下一世、与她的下一场疲劳重合在一起。她知道自己没法逗弄这个孩子，没法疼爱他，没法默默地呵护他，没法让他摔倒而不去扶他，没法做所有那些能让儿子长大成人的事。

（她看着他的眼睛，那双眼睛像个女孩子的。他眼里的痛苦和光芒穿透了她，他一直在不停地乞求着，索取着。她知道，试图去爱这个孩子可能会让人失去生命。）

若说之前还未确定，如今抛弃这个孩子已经是板上钉钉的事了。

“他长不壮的。”父亲在小货摊上听到儿子出世的消息后，皱着眉头说，“他什么也做不了。”货摊上被风吹得满是沙土。他没把这件事告诉集市上那些衣着破烂，与他擦肩而过的人，因为送走一个孩子终究不是什么光彩的事情。

“他长不壮的。”产婆说，不敢去看孩子的眼睛。她尽快离开了这一家人，答应他们，她会将孩子的情况告知所有医生，或许他们刚好认识某些不能生育的夫妻。

斜阳落在艾斯尤特的郊外，城里的天色清朗起来。

即使在最为肮脏泥泞的狭窄小巷中，关于天地之初的传说也是尽人皆知的。他们会告诉你，为什么世界最初是由一对兄妹创造的，他们的身体构成了一个美丽的圆环。[1] 埃及人和其他国度的人一样，都认为是先有了天空，神才创造了大地与之对应，而这里尤其如此。你可以指着大地说“这是大地”，指着天空说“这是天空”，但肉眼无法观察到天地之间的界限。努特蓝色的身体轻盈狭长，她探着脖子，亲吻着盖布，盖布小心翼翼地托举着她，因为尽管她空无一物，比虚无还要轻，但万一他失手了，天地间的一切也都将终结。夕阳给了孩子的母亲一些安慰，她关上百叶窗，开始为儿子铺好小床。

第二天中午，天空像一只炽热的铁环，太阳从其中呼呼地吐着刀片似的光芒。人人尽己所能，避免中暑。瘦女人们蹒跚而行，胖女人们一步一停，矮着身子，几乎迈不开腿。人群之中走来一位高个女人，她站得笔直，穿了一身黑紫色的袍子。她猛地拨开拥挤的人群，好像某种黑暗的思想一般侵入其间。产婆跟在她身边。

这个女人带走了生意人妻子的儿子，因为，据她所说，她需要一个寻觅者[2]，而他刚好是这样的人。

女人的声音很轻柔，如果没有竖起耳朵努力去听，你会觉得她只是在用眼神和人交流。她散发着一种气场，让人联想到书籍和精美的地毯。女人抱走男孩时，孩子的母亲哭了，她尽

---

① 在埃及神话中，天空女神努特和大地之神盖布是一对兄妹。古埃及人把宇宙描绘成盖布托举着努特的样子。——译者注

② 原文为“Seeker”，也可翻译为“索取者”。——译者注

力控制着自己，抓住自己还在流着奶水的乳房，但没有反悔。

*

在奥索伯的一家小医院里，一个女婴出生了。距医院几米远的地方，是一座爱神的神龛。女婴很重，长得让人喜欢，五官线条流畅，给人一种简简单单的感觉，好像整个人是一块石头雕成的。她很快就学会了走路，能说英语和约鲁巴语，不需要再吃流食，能自己用便壶，微笑时流露出的成熟之色，就好像是斧头在脸上刻出来的一样。6 岁那年，她主动跪在长辈面前行礼。她带着一种无懈可击、公事公办的冷静，成功翻越了成长过程中的一座座里程碑。从来没有逗人喜欢的口齿不清，也没有任何稀奇的习惯爱好。女孩的父母很久以后才明白，女儿的温顺和乖巧其实只是源于空虚——源于困倦和一种便利他人的天性，而她身体的每一丝每一寸，都在体现着这种天性：女孩的头发又轻又软，梳子穿过其中，不会有一点缠结，编成辫子后没有一点毛糙；只用清水和肥皂简单清洗，她的肌肤就一尘不染、毫无瑕疵；同一个问题连续问她两次，她会根据提问者的身份语气做出不一样的回答。有一天女孩的父亲终于受够了。那天他开车将一位满头大汗，蓄着胡子的石油高管拉去机场。有那么一刻，他把目光从后视镜中挪开，没去看乘客那张饱食终日的脸、那张坚实自信的嘴，却发现女儿正跟着一个街头小贩回家。大街两侧种着灌木，她站在阴凉处，朝小贩点头微笑，以一种精力充沛又令人不安的优雅姿态，将小贩的一袋大米扛在肩上。父亲没有向乘客请示或道歉，直接把女儿拽上了车。回家后，他用手杖抽了她一顿，一只手打她，一只手把她的脑袋按在厨房的桌子上，手指陷进了她的头皮里，但没感觉到她有一丝抬头反抗的意思，她也没发出一点声音。他不确定她到底有没有感受到疼痛，所以只能不停打她。邻居们一窝蜂地赶了过来，有的还揪着山羊的脖子，一起劝他住手。女人们扯下面纱，绞着双手。“你要打死她了！”他们大喊。直到骨头打疼了，父亲才停手。他看到她在喘气，她扭过头去，又倒在桌子上，肩膀上的伤口一起一伏。当她抬起头时，她声音颤抖地说：“对不起，爸爸。”鲜血从双唇之间涌出。

*

男孩长大了，他脸上总是带着沉重的微笑，让人难以捉摸，给人一种屈尊纡贵、热情洋溢的感觉。他走路的样子显得有些目中无人。这些都是为了掩饰他那双眼睛，以及其中那贪婪发问的神情。他算不上英俊，也不健谈，但养母总是尽力确保他衣冠楚楚，穿着英国定制的衣服、美国的牛仔裤。而他忧郁的姿态也颇具吸引力。同龄的女孩与他接吻、牵手——尽管别的男孩都不想和他握手。年长一些的女人则送给他蜜饯点心、信心和关怀。他穿过市场，到街角的茶馆里抽大烟，在一群散发着麝香味的男人里吞云吐雾，对于他们的建议，也只回之以一句轻飘飘的“谢谢”。

收养他的女人是位寡妇，有可能正是丧夫之痛让她陷入了疯狂。这个新家让男孩胆战心惊，因为楼下明亮、色彩柔和、装有空调，但楼上却被封死了。如果他瞪大眼睛仔细去看，会发现几扇门和光溜溜的地板，但这就是全部了。晚上，他睡在养母身边的一张沙发上。养母的床是一张船形躺椅，它将她的身体以一种绝无仅有的方式呈现出来，尽管四肢挤作一团，双脚悬在沙发边缘，躺椅上她的睡姿仍然优雅。至于他长大了，女人却没有变老这件事，似乎也不是什么大问题，尽管他怀疑她身上有某种东西使他行动迟缓，将他的思绪沉浸在香气中，让他的梦境漂浮不定，以至于他脑子里嗡嗡作响的念头比她的年龄、她的孤独，还有静悄悄的楼上房间更加诡异。

女人坚持要他叫她妈妈。

（男孩照做了，但有一种神秘的嘶嘶声在他内心的某个地方响起，他无法理解这种声音——在他的头脑里，她的名字变成了“妈药药药药”，让人窒息的没药树①。）

她是个艺术品收藏家，但她只收藏那些与肢体有关的艺术

① 没药树（myrrh）：非洲、阿拉伯半岛等地的一种植物。原文中男孩把“母亲”（mother）一词变成了“motherhhhhhhh”，发音与“myrrh”相似。——译者注

品，每次收藏一个身体部位，过程很辛苦，因为她希望将自己的收藏置于一室后，会让人联想到一个女人——一面墙接一面墙地把房间塞满。男孩会接听打给他新妈妈的电话，还有语音留言，它们来自世界各地。他跟她去了埃及，随她一起端详着陵墓中的涂鸦，她贴得如此之近，几乎要把涂鸦呼吸进去了。在几百家香料铺中，他们看着吹玻璃的人用双手扭曲着空气，使之凝固。

在旅途中，她总是会指着某样东西问他："你喜欢这个吗？你从中看到了什么？"

他如实相告，而她总是倾听着。她说他眼光不错。

可是回家后，男孩看着那些匀称的脚踝、光滑的小腿肚、放在玻璃罩中的胳膊和肩膀，还有那些肢体的动作，却从中看不到任何东西。它们是藏品，不是女人。

接着，男孩和母亲为他们的藏品找到了一张脸。那是一张照片，照片中的女孩死了：一天夜里，破门而入的邻居们用斧头砍死了她全家人，没留一个活口。是收音机里的广播让邻居们这么做的。广播里说，不要等到隔壁的魔鬼长大来祸害他们。于是他们就去杀人了。杀完人，女孩家的东西他们一件也没碰，所以男孩和新妈妈在一大堆废弃的房间里挑中了尽头的这一间，从中找到了女孩的照片。起初，男孩觉得拿走照片是不对的。但这张照片与众不同，照片是在房子的后院中拍摄的，那是夕阳西下与月华初上之间的某个时刻。女孩脸上的微笑并不像是在相机前摆出来的，甚至不像是被镜头外的某个人逗笑的。她的笑容令人紧张不安，因为她笑得毫无缘由。他们把照片带回家，尽管新妈妈抱怨这不是艺术品。然后新妈妈问他，他对于他们即将完满的收藏作何感想。她挥手指着所有精致的藏品，问道："你想得到一个人，她在这儿吗？"

他回答："不在。"

"我们需要一颗心。"新妈妈说。四目相交的那一刻，她看起来是那么高。仿佛她的双脚悬在地面上空，是影子支撑着她的身体。那一刻，男孩觉得这个女人很美——她当然很美：漂亮的眼睛，宽宽的、弯曲的嘴唇，斜钩一样的颧骨。但与此同时，他也觉得这位新妈妈一定是只蜘蛛。

*

关于那个温顺的奥索博女孩，有一件事是谁也不知道的，那就是她的心非常重。几乎从降临人世开始，她就感受到了这种重量，那是一种将她拽入坟墓的重力。她的心脏很重，因为它是敞开的，事物涌进来，又冲出去，但心始终在坚强地跳动着，它的力量让人害怕，想要挣脱她的身体，自己跳下去。人们很快学会了利用她的同情，而女孩担心自己与生俱来的良心终有一天可能会要她的命，于是不但把自己挣来的钱给了别人，还把要吃的面包也送了出去。好几次她试着把爱也送给别人，但她的爱心不肯待在接受者的身上，一声不响地又偷偷溜回了她的心脏里。人们不知道的是，他们死去的祖先们总是陪在她身边，会在她洗澡时出现，每一次都有四位祖先和她一起坐在洗澡水中。他们满怀眷恋地对她柔声咕哝着，用瘦骨嶙峋、虚无缥缈的手指为她洗头。女孩极力劝说他们去照顾自己的后代，但他们拒绝了。在这些时刻，她低垂着头，心中充满感激。上床后，逝者们将她带走，她在睡梦中拜访了他们的坟墓。

起先，为了减轻体重，女孩觉得她必须得变瘦，她开始在一家书报摊上赊账购买国外原版的女性杂志。那些杂志大谈卡路里，要女性减少热量摄取，预留出一点空间，以便随时能小酌一杯。一天吃晚饭时，女孩问她母亲，自己碗底那些咝咝冒着热气，上面盖了一层木薯粉的炒炖菜大概有多少卡路里。约鲁巴语里没有“卡路里”这个词，所以她母亲只是看着她，若有所思地微笑着，用英语重复着这个词，“卡路里”，就好像在努力领会着一个笑话的精髓。女孩没再问别的，她盯着眼前的饭菜，它们在锅碗瓢盆里堆得高高的，都是些很能顶饱的食物。

女孩打定主意，她必须先把心脏藏起来，等她长大了，能承担它的重量了，再把它装回去。一天夜里，那些死去的人过来帮忙，有几个人抚摸着她的头发，安抚着她，另一些人则趁机把手指伸进她的身体里，小心翼翼地在她胸前升起一股白烟。女孩拿着自己的心脏朝神龛走去，在那个寒冷的夜晚，尽管身边有许多祖先陪伴，但她还是怕得要死。神龛是一座用石头做成的拱门，方方正正的。这是爱神的神龛，但它表达的爱很另类——古怪的，丑陋的，让人透不过气来的爱。那里雕刻着许多残忍地熄灭黑暗中烛火的手，许多挺着坚硬的胸膛与生殖器的女人，还雕刻出了那种会让你从噩梦中醒来的爱。神龛中还有一只日晷，晷面上是一些聪明孩子们的脸。这座神龛会让情人们的心脏战栗枯萎。女孩用手在北面的墙上挖出了一个洞，把心脏放在石头后面干枯的苔藓中。

然后她走了，离开了，就这样，就是这样。

*

男孩遵照养母的指示寻找心脏。他仔细研究了那些稀奇古怪的扑克牌[①]和大理石做的西洋棋棋子，还和养母前往伦敦端详火车站、地铁站墙上的招贴画。男孩21岁生日那天，养母带他去了他所出生的大陆——非洲的西海岸，去看一座神龛。一位古董界的线人告诉她，天黑之后，你能在这座神龛里听到、感受到一颗心脏的跳动。他们站在一群好奇的来客中间，等待着日落。太阳下山的那一刻，大地开始缓缓震动，仿佛正

① 扑克牌中的“红桃”花色在英文中叫作“Hearts”，与“心脏”是同一个词。——译者注

从脚下溜走，他们终于意识到，这就是那颗大名鼎鼎的心脏在跳动。男孩（现在是个男人了）站在那里，和养母之间隔着几步的距离，侧耳倾听着。这颗心脏对他俩都说了些什么，对男孩说的让男孩的脸上洋溢起神采飞扬的微笑，对养母说的让养母双颊凹陷，突然之间变得憔悴而衰老。其他人离开后，他俩又站了很久，黎明时分，他们头枕着岩石，裹着厚厚的围巾，进入了梦乡。

第二天晨光降临时，男人眼中的乞求前所未有地强烈，任何一个看到他的人，都只能不停地给予，给予，给予。

*

取出心脏后，女孩轻了许多，就算赤脚在小路上跳舞，也不会被满地的石头和小草划伤。逝者们前来拜访时，她和他们说起了话。她尽力表现出友好的样子，但逝者们明白，她和他们已再无相似之处了。她也意识到了这一点，于是从此分道扬镳。另一些人和女孩亲近起来，这让她很快活——在集市上，她把面包递给别人，一只手轻轻下压，嘴边带着一丝漠不关心的微笑，要求人家付给她应得的钱，一点也不能少。走在人群中时，女孩有一种感觉，仿佛眼下正是夜深人静不宜外出之时，或是正午时分外头正热得要命，总之家家户户都门扉紧闭，而她公然行走在大庭广众之下。女孩觉得这种孤独感就像一场冒险。她从父母家里搬走了，独自住在一栋公寓底层，尽管这种行为是不被允许的。当她不工作，也不四处游荡时，女孩就聆听着自己头脑中持续不断的嗡嗡声，或是坐在光溜溜的地板上，听周围的人吵架、恋爱、埋怨，任凭他们的话语涌进她的身体，就好像一大堆硬币落进了深不见底的井里。有时候她会想起自己的心脏，琢磨着它正在身体之外做些什么，但女孩的好奇还不够强烈，永远不足以驱使她去探清真相。

只有一次除外，只有一次她差点就要回神龛里看看了。

只有一次除外。一天早上她从睡梦中醒来，确信自己已坠入爱河。她全身洋溢着恋爱的感觉，她感觉自己的皮肤比呼吸更柔和，她感觉自己的眼睛变得更大，更清澈，如梦如幻。她的眼皮上有个从没见过的东西，眨眼时，就把一个男人收拢进来。整整一周，她满心幸福，怀着一种特殊的喜爱之情，将身体又洗又擦，涂上乳液，她明白，这是为身体即将迎来的爱抚在做准备。她喜欢吃冷冻的食物，那些将甜蜜的感觉慢慢释放的食物——比如她还没来得及品味就滑下了喉咙的冰激凌，比如浸泡在罐头中冰凉糖浆里的桃子。

但她的胸腔中没有心脏。

女孩记起这件事时，就强迫自己吃一口芭蕉泥。第一口难以下咽，但吃下去后，生活又照常继续。

*

男人的养母告诉他："那颗心脏，神龛中的那颗心脏，是我们必须要收藏的。"那颗心脏将为他们的艺术收藏画上句号，会让房间中那个美丽的女人变得完整，也会使养母的如痴如醉得到最终的满足。"只要我们能找到它的位置，把它带走。"养母说，紧紧地盯着儿子。

那颗心脏曾对他说话，朝他叫喊："来啊，把它从我身上拿走，我是取之不尽的。"

但男人什么也没说。

"我知道，心脏的位置你已明了。"男人的养母说，露出了像匕首一样尖利的牙齿，"你是个寻觅者，你总能找到东西。把它拿给我吧。"

男人让养母给他五天的时间。他在她的茶里放了催眠的缬草根，她沉睡的样子像玫瑰和泥土一样美丽，而她的痛苦，好像一株野草，正被睡眠鞭打驱散。

男人将藏品小心翼翼地包好，一批又一批地搬到了奥索博的神龛中。他用这番供奉呼唤着心脏的所有者，如果她不现身，他是不会把心脏从神龛的墙壁中拿走的。他看着石壁上雕刻的种种爱情，有那么多的爱，他相信一定是足够的，他必须如此相信。他把那个支离破碎的女人安置在神龛中，尽可能把她的肢体摆放得当，不时感觉到有几双看不见的手在帮忙，为他托起一面帆布，使得室内更加明亮。此刻男人已急不可耐，他请求这颗心脏呼唤它的主人，因为她就是他从降临人世起，一直所缺乏的那种力量。

心脏在呼唤着。

心脏在呼唤着。

男人在呼唤着。

这个被零零散散的雕塑、玻璃、照片、纸屑拼凑出来的女人终于完整了，几乎开始呼吸。

只是几乎。

男人等了五天。他觉得自己肯定会被烈日和这场灾难带来的痛苦折磨致死，但他没死，因为神龛中的石头庇护了他。

第六天，看到心脏的主人还是没有出现，男人离开了这里。

我觉得我丈夫并不爱我，也不知道该怎么让他爱我。我试着跟他聊书，他搭腔时不看我的眼睛，有时候声音也低沉含糊，他在忍着咳嗽，或是忍着不笑出来。诚然，偶尔嘲笑一下自己是很重要的，我讨厌那些总是觉得自己被冒犯的人，但是如果你每次开口都想自嘲……嗯，那只会令人兴致全无。我问格蕾塔该怎么办，她朝我尖叫了一声，就好像刚刚听到了这世界上最好笑的事，然后说："哦，你嫁给他，难道是为了和他睿智精辟地交流吗？你都没读完大学啊，达芙妮。"

我接受了她的意见，尽管拿上大学说事不太公平。大学差点没让我烦死，有几次单是想到有课要去听，我的鼻血就流个不停，喷涌而出。因为失血过多，之后我不得不一动不动地静坐了好几个小时——谨遵医嘱。念哲学系！我一定是疯了。我上了大学，只是因为从前在学校里人人都夸我聪明，还大谈特谈受过高等教育的女性有哪些优势和责任等激动人心的观点。好吧，我的确可以学到些东西，对此我并不否认，但我只能掌握那些不重要的知识。如果有人教给我什么东西，又说：“嗯，你们最好记住这个，因为三个月以后，我将根据你们对于这个知识点的掌握程度进行测评。”那么一切就都玩完了，我什么也做不了了。我爸说他就喜欢这样的我，但不是所有人都能像他一样，比如我妈就不能。她这个人不易相处，总是对什么都不满意。她让我学习花艺，学习优雅的步态——让我头顶着书走路，还有类似的一大套规矩。这堆破事毁了我的人生。现在只要我看到鲜花被粗心大意地塞进瓶子里，就会战战兢兢、心惊胆战；走在大街上，我永远会注意其他女人的步态，默默评论着：“没气质……邋遢。”我知道自己不应该在意这些，我恨不得戳瞎自己的眼睛，好让自己别再注意这些，但我怎么都管不住自己。这全是拜你所赐，妈妈。不过，我想全天下的妈妈大概都是不易相处、难以满足的吧。我没听说过有哪个妈妈是好相处的，除了那些已经去世的——人人都会说她们的好话。但即便如此，也没人会说“她真的很好相处”，总之他们会说起她的牺牲，说她有空去为每一个人操心。我精神恍惚，因为此刻我脑子里有些疯狂的念头，那是我不愿去想的。我喜欢圣约翰，因为他和我青梅竹马的那些男孩子都不一样。他不像约翰·彼扎斯基，也不像萨姆·洛马克斯，那两位现在挣了钱，衣着光鲜了，但还是像从前一样拖着脚走来走去，步态难看。我没法认真对待他俩。而圣约翰，可能生来就是如此优雅。那是一种危险的优雅——他不会抬高声音，而是压低嗓门。有时候他会说上一句笑话，当我哈哈大笑时，他却看着我，问我在笑些什么，仿佛他是真心想知道似的。他喜欢独处……但不管去哪儿，每次回来看到我时，他总能显得那么开心……

不过，他这个人本来就不食人间烟火，而我就像其中一味加入得太晚的调料，只能从他身边流走。有时候他对我说话的方式让我无法忍受：非常直来直去，好像我是个孩子。前些日子和他聊天时，我忽然意识到，整个上午我俩一直在讨论名片的事，除此之外什么也没说——要不要一起印张名片？这样我们去拜访朋友时，万一他们不在家，就可以留下信息了。名片会不会太过时了？他小声嘀咕着。再说它应该怎么设计、印什么样的信息才得体呢？是写“福克斯夫妇”，还是“圣约翰·福克斯和达芙妮·福克斯”？我俩的名字应该一起写在名片正中，还是分别印在名片的两面上？他让我去查查艾米丽·博斯特[①]的书，我告诉他我没有。他看起来有些惊讶（实际上那本书我有好几版）。我撒谎了，因为我不想让他觉得我只对这类东西感兴趣。他和我说话的方式，大概是因为他的举止本就如此——我不介意他从没对我说过柔情蜜语，甚至在相恋之初——我永远用不着去猜测他的真实意图，这让我感到很轻松。然而现在，我开始担心他的直来直去会不会是一种轻蔑，他选中了我，是不是因为我好拿捏。对此我不愿多想。如果我当

① 艾米丽·博斯特（1872—1960）：美国礼仪之母，被誉为美国礼仪的代名词。文中提到的书是她出版于1922年的代表作《礼仪》，被认为是西方最权威的礼仪读本，近百年来再版过多次。——译者注

真这样认定，日子就很难过下去了。

真希望我俩能有些旗鼓相当的地方。比方说要是他对排球感兴趣，我就可以轻松地自行学会与此相关的知识——当我爸和我哥对此大谈特谈、不亦乐乎时，我只需要待在一边就够了。这比聊书容易多了。想要谈论一本书，你得事先了解所有和这本书类似的书，这可是个无底洞，太痛苦了。不过造成这种局面，我也要负一半的责任。很多年前，大约在十四五岁的时候，我开始幻想自己的如意郎君。我记得音乐老师在课上弹过一支曲子，那是我听到过的最美妙的声音。老师弹钢琴时，大家都在聊天、传纸条，我真想让他们闭嘴，哪怕要我用改锥朝每个人的太阳穴来上一下都在所不惜。等所有人都走了，我把笔记本放在钢琴上面——刚才老师把琴盖合上了，我写着他的名字，一遍又一遍，在每个名字下面都画上线。我发誓，我不会去寻找另一半，除非对方是一个我真能与之共度余生的人。他应该与我相似，却比我更好，是我身上更为优秀的那一面。不费一点工夫，我就能寄居在他的思想、感觉与情绪中，同时我也能轻轻松松地变回自己，无须丝毫的挣扎。有的时候，音乐会使你生出随心所欲、忘乎所以的念头。我并不爱那位音乐老师，我写下他的名字，只因为那是一个男人的名字。

我是在克拉拉·李的晚会上遇到圣约翰的，她是我妈的好朋友。那时候我不得不一直交际应酬，以备我未来的如意郎君就在其中。克拉拉·李举办这场晚会，主要目的就是想帮我——

我是说帮我妈，这一点几乎昭然若揭。那晚到场的男人中，有十一二位沉闷又烦人；有两三位非常体贴，却认为我不体贴；有那么几个人显然有什么不对劲的地方，而这些地方就是他们至今单身的原因。除此之外，还有那位著名的作家先生，圣约翰·福克斯。那晚他一定是没有其他的事情可做。他有一种非常悲伤的气质，我竟会首先注意到这一点，太不寻常了。我盯着他的眼睛，极为惊恐地意识到，他是无法抗拒的。周日下午他带我出去，简直是心灵的重创——大约三次以后我就被他搞定了。

> 于是单纯的姑娘
> 整夜只重复着一句："只有一死了之吗？"
> 她辗转反侧，
> 难以入睡。
> "得不到他，我非死不可。"她喃喃自语，"我非死不可，除非得到他……"[①]

我不想和那些我能轻松读懂的人在一起——我再也不想了。我想要圣约翰·福克斯。结果发现他对我也是同样的感情。然后我们就幸福快乐地生活在一起了……

---

① 这几句话出自英国诗人丁尼生的叙事诗《兰斯洛特与伊莱恩》。伊莱恩爱上了亚瑟王的圆桌骑士之一兰斯洛特，对方却倾心于王后桂妮薇，最终伊莱恩相思成疾而死。——编者注

不，我觉得自己还没这么幼稚，谢天谢地。我知道一切都需要我努力争取。

今天下午他去了别处，据他所说是去“调研”。他没说去哪儿，倒是告诉了我他晚上不会回来吃饭，而我在门口亲吻了他。我头上戴了一只花朵造型的宝石发卡，那是他一周以前送我的，但今天他突然对我说“发卡挺漂亮”，好像以前从没见过。哦，我不知道，我真的不知道，至少那些接起后就挂掉的电话不再打来了。我告诉圣约翰电话的事情后，它们就消失了。最后一通电话很沉重。我拿起话筒时，她并没有马上挂断，而是发出了一种声音：“噗——呼呼呼。”我立刻就认出了这个声音：当你想极力忍住不哭时就会发出这种声音，而当然，在这之后，眼泪会来得更加凶猛。你猜我当时说了什么？“别这样……嘘，好了，别这样。”她挂断了。

从那以后，我一直等着他能再去什么地方，留我一个人在家。他说“她不是真实存在的”，对此我只是微笑了一下，装作理解了他的意思。他在书房里一待就是大半天，锁着门，但我也努力争取到了属于自己的时间。她肯定给他写了封情书，或是送了他什么信物，如果他当真有那么蠢，还保存着这些东西，那我就一定要把它们找出来，并摆出一副诚挚的态度，强迫他甩了她。这对我们都好。这个女孩还没插到我们中间时，日子就已经够难过了。还有她哭泣时的那种声音，有时候我很想再听一次，我想知道她是不是真有听上去那么惨。那声音让我打了个冷战——我丈夫的确能让人如此伤心。

他出门后我等了一个小时，确定他是真的离开了，然后搜查了他的卧室。他不太可能把东西藏在这里，但说不定他也算准了这一点，恰恰反其道行事。我搜索了他床头柜的抽屉，一无所获。我把画室里的每一本书都翻找了一遍，接着又去了书房。他离开前没有锁门，为此他装模作样了一番，让我明白几个月前我大闹书房的行为已经被原谅了。就在挂断那通沉重的电话后，我已经搜查过一遍书房了。不过，当时我可能疏忽了一些地方。我坐在他的书桌前四下环顾，试图发现一些私密的角落、某条裂缝，或是一只精巧的、可以转开的门把手。我打量房间时，逐渐感觉到有一只手悄悄在我的大腿间游动，手指顺着膝盖滑下。

我把椅子往后撤到最远处，用力过猛，以至于椅子腿把地毯都划破了。我不知道自己有没有尖叫——如果房间里还有别人我就会知道了，我可以观察他们的反应，看他们有没有听到。我自己是什么也没听见。

然后我把自己的手拿下膝头，没错，是我自己的手。

达芙妮，你这个傻瓜，难怪他看不起你……

我假装几分钟之前什么也没发生，同时打开了他写作用的笔记本——嗯，桌上有一摞，这一本在最上面。他才刚开始用这个笔记本，里面什么也没有，他只在第一页上画了张表。表中有字母 D 和字母 M，被一条对角线隔开。下面写了很多想法，我跟不上他的思路，这些句子一股脑儿地塞进我脑袋里，压着我的颈椎。我知道自己找到了要找的东西——证据，但我还不太明白它意味着什么。我静下来，将目光投向字母D下面的字迹：

真实存在。不可预测。小鸟依人。爱我（据M说）。不了解我。

M下面写着：

意味着很多东西（也许太多了？）。不可预测。看着赏心悦目。反对我。总是要更多、更好。对我无所不知。

我坐在那儿，双手掩面，颤抖不已：情况比我想象的糟糕多了。我丈夫正在试图做出选择——一边是我，他的妻子；另一边则是他幻想出来的女孩。而我呢，作为一个真实存在的女人，作为一个妻子，却无法战胜那个幻想出来的女孩。我俩打了个平手。这个该死的。

我恨他，我恨他，老天，我恨死他了。

我捂着胃，感到一阵恶心——我真是个傻瓜，竟然那么愚蠢。我已经不再用来苏尔避孕了。我想立刻跑上楼去，采取补救措施。但我随即意识到，现在也许太迟了，我可能已经怀孕了。之前我预约了医生，本打算明天去做检查。那时我还在想，要是我能给他生个孩子——

可他却画了张表，罗列了这些东西。我非常确定，我能让医生判定他精神失常。可是这样一来，她——这个玛丽就赢了，不是吗？他俩会在精神病院里长相厮守，这简直难以置信，毛骨悚然又难以置信。我唯有哈哈大笑。这件事没法告诉任何人，连格蕾塔也不行，对此我什么也做不了。我握着自己的手腕，心想，那个他想象出来的女孩，手腕肯定比我的细。能细多少呢……我用力攥紧手腕，越攥越紧，细这么多，这么多。她让我喘不上气。她是比我高，还是比我矮？应该是比我高，这样才能俯视着他，他似乎很享受她的俯视。我两手握拳，猛地趴在桌子上，戴在脖子上的结婚戒指来回摇晃。

“这不公平，”我说，“你并不是真的。如果他摔上一跤，或是撞到了头，大脑里你所在的那个区域受了伤，你就会被关在外面。你只是个幻影罢了，你并不需要他。”我在电话里听到的那些声音，那可怕的啜泣声，现在都从我的身体中倾泻而出。无数个疯狂的念头接踵而至——也许我能害他摔上一跤，不会摔得很严重，但足以让他清醒过来，让她离开；也许我可以恳求他，让他停止这一切，别再想了，采取任何措施——杀了她之类的。可这又意味着什么呢？杀死一个你想象出来的人？哎呀，这毫无意义。为了我，他可以这么做，也应该这么做。

我不能再待下去了。离开这里，拿上来苏尔消毒水，在我又一次大闹书房之前，至少做点什么。想要打败他是不可能的。我能想象他在“玛丽”一栏的下方补充优点，字里行间洋溢着喜悦：

她不会毁了我的书房。我站起身，又坐了下来，盯着地板，不停地站起来又坐下。地板上有东西，当我坐下来的时候，地板上有个影子站着。它很长，歪歪斜斜的，我从没见过这么黑的东西。它也在悄悄地游动着，朝我而来。“哦，天哪，”我双手护在身前，“不要！”

影子停了下来。它的长发披在脸上，呈现出扇状——如果那能被称为它的头发和脸的话。它看起来很……犹豫。我没动窝，影子也没有。

“福克斯太太？”它问道。

它的声音很微弱，但真真切切，我没有幻听，我亲耳听到了。

“你能听到我说话吗？”这一次声音更微弱了，如果我不理会，它就会消失，可惜我不能不理。我盯着地板上这个不属于任何人的影子，发现其中有些东西正在努力成形，对此我感到很难受，很抱歉。

“如果你能听到我的话，为什么不回答？你知道我是谁吗？”我必须屏住呼吸，才能听清那最后几个字。

“你是——玛丽。”我用尽可能大的声音说道。

接着她站起了身——一团冰冷的空气从地毯上飞旋而起。她有血有肉，全身赤裸，但一秒钟后，她转过身来，就已穿上了衣服。我大声尖叫，这一次我是千真万确地叫出声了，因为她看上去很慌张，也尖叫了一声。

“你是真的。”我说。出口的话听起来莫名有一种责难的意味，但其实我只是想陈述事实。

她把双臂举到阳光下，兴致勃勃地端详着它们，好像这双胳膊是她自己造出的。很好看，比我的胳膊好看，这一点毫无疑问。

她朝我的方向迈了一步。“别过来，”我说，抓起了圣约翰的订书器，“别过来。”这是只很大的订书器，足有人的脑袋那么大，万不得已时，我可以夹住她的脑袋。

“好的，好的。”她瞪大了眼睛说。她肯定不想伤到自己那粉嫩的皮肤。圣约翰说她是英国人，但她有着和我一样的新英格兰口音——甚至听上去比我更像个美国人。

门铃响起，她碎了一地。是的，“碎了一地”，这是最贴切的形容。我本想说她“崩溃了”，但还是不够形容那种突如其来、猝不及防的程度。

是约翰·彼扎斯基。我贴在猫眼上，期待看到格蕾塔的身影。也许我还是可以把这一切讲给她听，朋友的意义不就在于此吗？我可以告诉她，圣约翰病得很严重，他总说自己没事，也表现得很正常，但事实上已经病入膏肓了。他对自己的病情毫无察觉，对此我并无责怪之意，他那份养家糊口的工作原本也并不需要清醒的神志。而我呢，一直与他同床共枕，同桌而食，上周二还一起洗了澡，所以我大概也病得很不轻。他幻想出了一个女人，而我竟能看到她，听到她的声音。我知道这种病的名字——感应性精神病，几个生活在一起的人出现了同样的幻觉。这种幻觉如此强烈，像是磕了药。没人警告过我，这样一个阳光明媚的早晨竟会如此迅速地在我的大脑中扭曲变形。我甚至想不出这次发作是从何时开始的。起先我是独自一人，后来……我猜还是独自一人，对着空气说个不停。

那些瘾君子……柯勒律治[①]应该对此写点什么的，他应该告诉读者，这种事会毫无征兆地发生，就像这样。德昆西[②]应该抽出点时间来写下这一点，看在上帝的份上。

格蕾塔没和J. P.[③]一起来，但我还是开了门。我需要别人的陪伴，如果现在没人在身边，我不知道接下来会发生什么，我不知道自己会做出什么事来。

“怎么这么久才开门？”J. P.问道。

“圣约翰出门了，”我说，“我也没有他的联络方式好让你打给他。所以你还是走吧。”

（请留下来吧。）

J. P.站在门口台阶上看着我，直到我以为自己脸上有什么东西，开始抽鼻子，他才移开目光。

“嗯……你玩槌球吗？”他终于开口问道。

---

① 柯勒律治：英国著名诗人，英国浪漫主义文学奠基人之一，为了缓解风湿病而吸食鸦片，后来越陷越深，难以自拔。——译者注

② 德昆西：英国散文家、文学批评家，在其“忏悔录”《一个英国瘾君子的自白》中记录了自己吸食鸦片而穷困潦倒的往事，以及毒瘾发作时产生的幻觉。达芙妮觉得自己的病情与毒瘾发作相似，因此责怪这两个瘾君子为什么没有在书中写下“幻觉会突如其来地降临”这一点。——译者注

③ J. P.：约翰·彼扎斯基（John Pizarsky）的姓名缩写。——译者注

“从没玩过。”我说，“进来坐吧，给我讲讲槌球。”他后退几步，走到门前的车道上。

“拿上外套，”他说，“来和我一起打吧。”

我一下子就穿好了外套。

结果，这是这么长时间以来，我最开心的一个下午。格蕾塔去参加某个午餐会了，所以到场的只有我、J. P.、汤姆·温赖特和他的妻子小碧。小碧很健谈，但并不令人反感，她为人很好，从不说任何人的坏话。我们在温赖特家门口的草坪上打槌球，非常轻松惬意。我的球技糟糕透顶，总是忘记规则。J. P. 有心帮忙，悄悄在耳边提醒我。不过当我大出洋相时，汤姆和小碧都假装没看见。阳光明媚，我们吃着小黄瓜三明治，畅饮香槟。我兴致勃勃，喝酒喝高了——比天还高，完全忘记了家里等待着我的那些事。

我女儿是种族主义者

一天早上，女儿起床后急匆匆地对我说："妈妈，我在你和上帝面前发誓，从今以后，我是个种族主义者。"那时她8岁。两个月前她把头发全绞了，她想和当地的男孩们打成一片，他们却不带她玩，因为她留着长发。现在她看起来和他们没什么两样了，双眼因为总盯着太阳而茫然恍惚，晒黑的脸上露出洁白的牙齿。她常常大笑，她尽情玩耍。"看她玩的，"我妈妈说，"在那堆曾是我们伟大祖国的残砖败瓦里玩耍。"妈妈总是尽可能地夸大其词。我想，如果能参演一出希腊悲剧，她肯定就别无所求了，仅仅成为歌队[①]的一员就能让她极其满足，警告剧中人命中注定的结局即将来临，众声喧哗，永无宁日。尽管脸上已布满皱纹，我妈妈仍然是个好看的女人，她身上总是备着一条干净的手帕，可我不明白她为什么动不动就说"残砖

① 歌队是古希腊戏剧中的独特角色，承担转场的作用，并通过提问的方式推进剧情。——译者注

败瓦”——我们住在乡下，这地方并不坏。不算太平，但也不算坏，城市比这儿糟多了。以前我们住在市中心，一颗炸弹击中了我丈夫，把他的脸庞弄得血肉模糊。另一个寡妇说我很走运，丈夫并非尸骨无存，我还能辨认得出死者是他。但我对此并无感激，我啐了那寡妇一口，我朝她那副凄凄惨惨的样子啐了一口。我的行为是有罪的，对此我很清楚，可我的生活已经支离破碎了，想要正视它留下的残骸，并非易事。

总而言之，我们来到了乡下，我和婆婆住在一起，现今我叫她妈妈，因为我无法回到自己的妈妈身边。一切并未尘埃落定，我会待在婆婆身边，直到另一个男人前来把我带走。但这件事永远也不会发生，因为我不愿意。

村里异常寂静，村民们观察着月亮的阴晴圆缺。在城里，我能感受到月亮的存在，却记不得自己曾抬头寻找过它。唯一让我们烦扰的就是村里的外国士兵。一群又一群的兵，来回巡逻个不停。他们侵略了我们的国家，又用我们的母语宣告，他们正在解放我们。也许实情如此，也许不是。我透过满是灰尘的窗户向外张望（这窗户我怎么也擦不干净，外面就是沙漠），每天都能看到士兵。据我所知，他们认为有个危险人物正在这里散布机密情报。但最让我担心的还是村子里的年轻人。他们站在那里看着士兵，这让士兵们很不高兴。他们举起枪，对准了年轻人。他们不会为女人和女孩心烦，除非她们的眼神极其狂野。士兵们不喜欢被年轻人看，我想这大概有两个原因：一是因为他们知道自己穿着长靴和作战服的样子很难看，他们很清楚自己的存在毁了周围的一切；二是因为年轻人目光背后的东西——这里的男人和男孩们对士兵们怒目而视，眼中的怒火是如此强烈，似乎接下来就会把愤怒付诸行动。有时候，仅仅从他们身边走过，我就能感受到这一点——当我挡住男孩们注视士兵的目光时，他们会不耐烦地抖动着身体。

而我女儿也开始盯着士兵，尽管我发现后狠狠扇了她耳光也于事无补。谁知道会出什么事？这些士兵吓坏了，朝谁都会开枪。隔壁的努拉说："要是他们真的如此邪恶，连孩子都杀，那就只好听天由命了。可无论如何，我不相信他们能下得了手。"

但我知道这种事可能会发生。我丈夫是个大学教授，他会说好几种外语，带给我书读，他阅读其他国家的新闻，告诉我可能会发生什么。他理应恐惧这个世界，理应待在家里，锁上房门，拉下百叶窗。可他并没有，他出门了。我们的女儿和他一模一样，她延续着他不朽的生命。当我怀上她时，我告诉丈夫，这就是我想要的，我就是这样爱他。我一直很害怕怀孕，那些未经世事、沉迷于白日梦的年轻姑娘都害怕怀孕。我青春期的身体经历着疼痛，饥饿，有时还会弄得一片狼藉——要是多掏点钱就能摆脱这具身体，我一定会付诸行动。接着我嫁给了我的爱人，我们很要好。从前理智告诉我，我绝对不能接受生孩子这件事，无论对方有多么优秀。婚后，理智却开始告诉我其他的事。假如这世界会延续下去，假如一切顺利——或者至少没那么糟，我们的孩子将会有她自己的孩子，子子孙孙，无穷无尽，他们的样貌，他们的举止，他们走路时无所顾忌地挥动胳膊的样子，都将无可避免地浮现出我丈夫的影子。几百年后，这个男人目光、笑容、声音、站姿和坐姿中的迷人之处，还会莫名地吸引着其他人，甚至有那么一刻会令人魂牵梦绕，却无须探究它们继承自何方。我不理会那些说我女儿没有女孩样的女人，当我想留她在身边时，我给她自由，但不会太过火，我不会让她离我太远。

有时士兵们会让我想起这里的男孩，想起我们的小伙子从前的样子。尤其是当你撞见他们摘下头盔，中午三三两两地坐在一堵墙上，努力享受着三明治的滋味和阳光，却静不下心来享受任何一样。然后你看到他们军用背包旁的来复枪，记起他们并不是我们的小伙子。

“妈妈……你听到我的话了吗？我说现在我是个种族主义者了。”

我已经帮女儿收拾得当，做好了上学的准备。她不会系鞋带，却喜欢在鞋背上系上大大的蝴蝶结。

“你要歧视哪个种族？”

“那些士兵。”

“士兵并不是一个种族。”

“士兵并不是一个种族，”她学着我的样子说，“士兵并不是一个种族。”

“你想让我说什么呢？”

她没有回答，和一大群同学结伴上学去了。我很担心——女儿总是看着士兵，在她短短的生命之中，并不知道在某时某地，蓝天之下唯有雪松屹立，没有卡其色帆布，也没有断断续续的无线电信号。

大约一个小时后，比拉前来拜访。自从我来到村里后，这人每天无所事事，只知道没完没了地骚扰我。这种讨厌鬼登门造访，绝对是种“荣幸”。他在我们身边坐下，妈妈给他倒上了茶。

“我想娶您女儿，已经向您提亲三次了，”比拉对我妈妈说，朝她摇晃着一根手指，好像我并不在场，“我可是娶她做原配，不是第二个老婆，不是第三个老婆，而是原配。”

“别生气，孩子，”妈妈嘟囔道，“她还没从上个丈夫的死中走出来呢。发生了那种事，只有没羞没臊的女人才会那么快走出来。”

“没错，没错。”比拉表示赞同。一只苍蝇落在了我的嘴唇上方，我没管它。

“与其第四次提亲，我宁愿把她掳走……”

“啊，别这样，孩子，别让我这老太太没了盼头。”妈妈喃喃说道，为他端来了蜂蜜蛋糕。比拉声如洪钟地哈哈大笑，苍蝇飞走了。“我只是开个玩笑。”

比拉第三次向我妈妈提亲时，我以为自己无论如何都躲不掉了。但女儿说：“你不准这样做。”我问她为什么。因为他那张胖脸，那双小眼睛？因为他吃东西时张着嘴巴？

“那撇小胡子让他看上去像个暴君，”我女儿说，“你没法和这种人一块生活。”我为她过人的词汇量感到自豪。但这会让我显得很清高，仿佛觉得比拉配不上我，而几里之内的男人中，他养的牛是最多的，足够让我妈妈、女儿和我过上丰衣足食的日子。

老天，行行好，你知道我不在乎那些世俗的东西（鞋子除外），如果你想让我再嫁，我会听天由命的。但求求你，别让我嫁给比拉——在我失去那样刻骨铭心的爱情之后……

女儿回家吃午饭。做完礼拜后，我们喝了些凉茶，一只玻璃杯里插着两根吸管。女儿告诉我她今天学到了什么——并不多。我妈妈也在一边，转着念珠，宠溺地听着。觉得女儿太过聒噪时，她做起了鬼脸。接着一如往常，我们听到了士兵们经过的声响，我们走到窗边看着他们。我记得，那天我们也和往常一样，稍微取笑了他们一下，但女儿跑出房门，站在军用卡车驶过的小路上，大喊道：“嘿，你们这些该死的士兵！”幸亏当时卡车开得很慢，车身朝一侧猛地歪斜着，无力招架坑坑洼洼的地面。但就算如此，那仍是一辆很大的卡车，而我女儿只是个小姑娘。

在明白自己正在做什么前，我跑到了女儿身后，大喊着她的名字。她的名字很好听——我和丈夫为她起了一个不太孩子气的名字，一个能够伴随她一生的名字，但此时此刻，她好像已经决定，不会让这个名字伴随她成年。我想按倒她，她很灵活地躲开了。所有人都在窗边、在敞开的家门边张望着，卡车猛地停了下来，车里有个人喊道："让开，小孩，我们还有事要做呢。"我想把女儿拽走，但她完全不受我控制。我抓不住她，绞着空荡荡的双手。女儿从口袋里掏出石子，开始朝卡车砸去。那天下午，她的口袋那么深，里面的石头总也抓不完，她的胳膊像条鞭子似的在空中甩动。一颗又一颗的石子从金属上弹开，砸得车窗颤动不已。我抓住她时她大声尖叫："这是我的国家！滚出去！"

村民们开始为她喝彩。"没错！"他们从"观众席"上喊道，鼓起掌来。我又一次试图抓住她的胳膊，却又一次失败了。卡车的发动机突然隆隆作响，我张开双臂，尽力想拦住它。让大家都来看看。现在我也开始尖叫起来："你们竟敢这么做？你们竟敢！"

我们就站在那儿，母女二人，一起对抗着士兵。

最终，一个瘦骨嶙峋的士兵走下了车。他没带枪，是我见过的最瘦的战士，真的是皮包骨头而已。他朝我女儿走来，而现在她的口袋里已经没有石子了。士兵伸出一只长长的胳膊，递给她口香糖。女儿咒骂起来，我则为她的咒骂而咒骂了她。他在离我们半米远的地方停住了脚步，对我女儿说："你很勇敢。"

女儿把手背到身后，怒视着他。

"我们明天就要离开了。"瘦骨嶙峋的士兵对她说。

周围传来一阵低语和大叫：士兵们明天就要离开了！

卡车里传来另一位士兵的喊声："没错，但有更多人会来，补上我们的位置。"

人们的议论声变小了。女儿捡起一颗落在不远处的石子。这个女孩是谁？一米二的个头，对抗着她毫不了解的事物，就算我解释给她听她也不会懂，连我自己也不懂。

"咱们能握个手吗？"瘦骨嶙峋的士兵问道，趁她还没抓起下一颗石子。我以为女儿会拒绝，但她同意了。"你可以，"她说，"你出来面对我了。"

"她的英语很好。"那个躲在车厢里的胆小鬼评论道。

"我每天都和她用英语交流，"我大声说，"这样她就能对你们这样的人说出自己的想法。"

然后我和女儿让到路边，让他们继续巡逻。

*

我妈妈对这件事很不赞同。"但你没看到每个人都在为我们鼓掌吗？"女儿问。"那又怎样？"妈妈说，"他们对什么都鼓掌，有些人甚至连飞机落地时都鼓掌。"这件事是丈夫旅行回来后告诉我们的，没想到她还记得。

女儿在孩子们中出了名，而据我观察，她对此善加利用，把那些被排斥的孩子拉到圈子中心，一起尽情说笑。

*

接下来的那一周，一个身着我们当地装束的外国人敲开了我妈妈的门。时值黄昏，天色变暗，人们坐在大街上四下张望，边喝茶边谈天说地。我们国家的人真的很擅长把一个话题里里外外来回咀嚼，这是我们的天赋。在宜人的黄昏，这样闲聊的滋味甘如蜜糖。现在，他们正谈论着我家门外的那个外国人。门是我开的，女儿站在我旁边，我俩立刻认出了来者，就是那个瘦骨嶙峋的士兵。他穿着吉拉巴[①]，显得浑身不自在、不舒服，头巾也戴得不对，头发都露了出来。

“真是个小丑。”女儿说。我妈妈坐在铺了软垫的地板上，朝那个不管是不是小丑的人厉声说道，他不能进屋。

“欢迎。”我对他说。这是我唯一能想到的话。来者是客，这是我们的礼节——或许只是我的。

“我不是来找麻烦的，”那个瘦骨嶙峋的士兵说，他飞速扭着头，不停地东瞧西看，以至有那么几秒钟，他的面目一团模糊，“我现在根本不值班，实际上，从上周开始我就休假了。我只是……只是觉得自己要在这儿逗留一阵子，我觉得我大概

① 吉拉巴：一种尖帽连身长袍，是摩洛哥人的传统服饰。——编者注

是遇到了一位劲敌，就是这位年轻的女士。”他示意我女儿，她咬着嘴唇，忍不住露出愉快的神情。

“他说什么？”我妈妈追问道。

“我……我这就走。”士兵说，好像同时经历了几千次死亡。

“他想喝点茶……”女儿对我妈妈说。

“我们就喝一两杯。”我补充道，然后我们把茶端到了屋外的门廊上，在神明和所有邻居的眼皮底下喝着。邻居们很气恼，非常气恼，留意着我们所说的每一个字。士兵似乎对此毫无察觉，他和我女儿处得很好。我没听清他们具体都聊了些什么，只是倒着茶，确保双手没有颤抖。我没做错任何事，我告诉自己，我没做错任何事。

瘦骨嶙峋的士兵问我是否愿意告诉他我的名字。

“不，”我说，“你没权利叫我的名字。”他告诉了我他的名字，但我假装没听到。为了逗他开心，女儿说了她的名字。他说：“太好了，这真的是一个很棒的名字。也许有一天我也会用这个名字。”

“你没法用，这是女孩的名字。”女儿回答道，嗤之以鼻。

“呃，”士兵说，“我的意思是给我女儿用。”

他不该在大庭广众之下聊起自己未出世的女儿，伴随着笑声，眼神中、话语中充满了希望。我敢保证，有些躲在阴影下的女人此刻正在诅咒着他那梦寐以求的女儿。就在他说话时，还有些人诅咒道："希望你女儿的出生，能抹去你这种人给我们带来的痛苦。"

"呃。"我女儿说道。

我开始跟上了他们对话的节奏，瘦骨嶙峋的士兵告诉我女儿，他明白为什么男孩们都会愤怒地站在路边。"在我心里，我称他们为'哈梅林的孩子'。"

"什么？"女儿问。

"谁？"我问。

"嗯，我只是想说他们在为一些根本没有做过的事情付出代价。"

见我们不知道，他给我们讲了《花衣魔笛手》[1]的故事。那晚我们三个都做了噩梦——我妈妈、我女儿，还有我自己。他讲故事时，我妈妈都不在场，真不知道她怎么也会做噩梦，但不知怎的，她这样挺好。

*

第二次上门时，瘦骨嶙峋的士兵开始告诉我女儿，也有外

① 《花衣魔笛手》是欧洲一则古老的民间传说。相传德国的哈梅林市爆发了鼠疫，居民束手无策。这时来了一位穿着红黄二色长袍的吹笛手，自称能消灭老鼠。居民承诺给他丰厚的报酬，笛手便吹起笛子，所有的老鼠听到笛声后都跑到了河里，但见利忘义的居民们事后违背了承诺。为了报复，笛手又一次吹起了笛子，这一次，整个城市的小孩听到笛声后都着魔般地走在了他的身后，一起走进了山洞里，从此消失无踪。——译者注

国士兵驻扎在他的祖国，但是更难以分辨，因为他们不穿军装，有的看上去甚至不像外国人。他们和本地居民没什么两样，好像商店店主、牙医、饭店老板或者商界要人的子女。“这种士兵是最危险的。他们在我们之中待得越久，就恨我们越深，我们所做的一切都令他们反感……这些人和我们一起上学，一起乘地铁，看同一部电影，支持同一支棒球队，但绝不会与我们站在一边。我们被审判，而他们永远是我们的敌人，永远。”

他是在浪费时间，因为他几乎刚一打开话匣子，我就用手捂住了女儿的耳朵。她大声反抗，但我没有松手。“你所说的完全是另一回事。”我说，“它不是你们来这儿的理由，或者借口。对这个孩子来说不是。也不要对她说‘永远’。你必须仔细想想这件事，要不就再也别提它，向我们道歉。”

他没有反驳，但是也没有道歉。他认为自己说出了实情，因此并不需要反驳或道歉。那天晚上晚些时候，我问女儿她是不是还歧视那些士兵。她傲慢地回答：“不好意思，我不知道你指的是什么。”等她年纪再大些，当我再向她问起那场小小的爆发，问起她为何会不假思索地说出那番话时，我知道，她肯定又会讲出一番话来，让她显得比实际上更聪明，更敏感。

第二天下午，我和女儿等待着那个瘦骨嶙峋的士兵再次出现。女儿的小伙伴们撇下她走了，就连那些在她的帮助下融入圈子的孩子，也忘了自己能有今天是拜她所赐，怂恿其他人离她远点。我认识的那些女人在集市上对我不理不睬，不过我不需要她们的友谊。我和女儿告诉彼此，一旦其他人明白我们并没有做错事，就会回到我们身边。实际上，我俩很确信，我们可以让那个士兵承认自己的罪过，然后把他遣送回国，当个建筑师，开始新生活。他坦承很喜欢我们国家的尖塔，他可以把这个村庄的样子记在心里，回到家乡，用它创造奇迹。

等到我婆婆和努拉的婆婆在她家闲聊时，努拉来到我家，告诉我如今男人们都在议论该怎么处置我。我当时正在浴缸边洗衣服，差点没一头栽进去。我厚颜无耻地追求那个士兵，让比拉深受其辱——这就是我的罪行。

“努拉！那个士兵——他还是个孩子呢！嘴上没有几根毛。你怎么能相信——”

“我没说我相信这事，只是说你真的不能再和他往来了，而且从今以后，你要表现得令人无可指责，就是说，像天使一样。”

三个月前我来到村里的时候，努拉告诉我，这儿有个寡妇总跟人顶嘴，老是一脸傲慢地看着男人。有几个人对此忍无可忍，他们把她扔到荒野，狠狠地揍了她一顿。她没死，但在那件事情后，她就看不见东西，说不出话了。女人们不喜欢谈及此事，但努拉旧事重提，她想让我多加小心。

“我懂了，”我说，“你是说他们会以同样的方式处置我？”

“别笑，他们做得出来，你心里有数！你明白，自从那些士兵来这儿后，村里的男人比原先凶残了一倍，他们甚至会六七个人聚在一起，对一条偷吃东西的流浪狗拳打脚踢……”

“是的，我昨天看到了。如你所说，是很凶残。他们是在夜里把那个寡妇从她家带走的吗？还是在早上？努拉，他们是拖着她的头发拽走她的吗？

努拉看向别处——我在问她为什么袖手旁观，她并不想回答。

“你还不明白。他们不仅可以这样对你，还可以先带走你的女儿，把她永远囚禁在某个不见天日的地方，因为就算是这样，也好过让她待在你这样的妈妈身边。事情会变成这个样子，难道你还不明白吗？我是以朋友的身份告诫你，一个真正的朋友……我丈夫不让我再和你说话了。他说你的思想又邪恶又古怪。”

我没问努拉她丈夫怎么会了解我的思想。我说：“你对我也多少有些了解，你觉得我的思想又邪恶又古怪吗？”

努拉匆匆走向门口。“是的。我觉得你被你丈夫宠坏了。他给你灌输了很多假象……让你感觉那么自由，但我们并不自由。”

*

我用指甲划过手掌，来来回回地用力划着，指甲深深陷进肉里。我琢磨着努拉告诉我的事，并没有琢磨太久。我别无选择，不能让他再来我家了，我承受不起这个后果。我给他写了一封信。我不知道自己有没有机会收回在那封信里写下的话，从头到尾都丑陋至极。人与人之间不该这样讲话。我把信装在一只没有封口的信封里，交给村里的一个男孩，他知道那个瘦骨嶙峋的士兵住在哪儿。在士兵拿到信前，比拉肯定先读了一遍，因为那天傍晚时分，村里人人都知道我写了什么，除了我女儿。女儿一直在等那个士兵，直到天彻底黑了。我和她一起等着，假装还期待着“我们共同的朋友”到来。女儿想给他唱一首歌，我让她不如唱给我听，但她说我是不会喜欢的。最后，我们回到屋里时，女儿问我士兵会不会不告而别，回家去了，也许他讨厌告别。

“他说他会来的……希望他没事……”女儿焦躁地说道。

“他回家去建尖塔了。”

“是用火柴棍建吧？”

我们都很悲伤。

*

女儿六天没笑，第七天她说她不能上学了。

“你必须得上学，”我告诉她，“否则怎么让那些朋友重新回到你身边呢？”

“要是我不能呢？”她号啕大哭，“要是我不能让他们回到身边呢？”

“你真的这么认为吗？”

“哦，我们的朋友走了，可你一点也不在乎。母亲们都没有感情，是社会进步的敌人。”

（真不知道女儿最近都在和谁说话。这个人的幽默感和她的父亲很像……）

我挠着她的脚心，最后她终于尖叫起来。

“就让我这个社会进步的敌人告诉你一件事吧，”我说，“我从不因为朋友的离开而难过，因为无论他去了哪个城市，哪个国家，那里都会变成一个更友好的地方。它们不再是地图上可疑的名字，在那里，你会找到一个欢迎你的人。也许那位朋友有时会对身边的其他朋友说起你，而这就跟你亲自来到了那里一样好。你可以同时身处好几个地方！事实上，我的女儿，我甚至还想告诉你，你的朋友走得越远，越是零零散散地散落在各地，你就越能安全地走遍世界……”

“呃。”女儿说。

我曾经留过一两回胡子，浓密的长须，好像荒野中的摩西。这么做主要是为了减压，把脸藏在胡子后面，让我很放松。我刚刚去了伦敦看戏，那出戏精心改编自我非常喜欢的一部小说，八个月后它才会远渡重洋，在美国上演，我实在是等不及了。出发前的那几周，早上起床后，我肯定就没再刮过胡子了——是的，甚至连我自己都没注意到这一点，因为来到伦敦后，胡子已经挡住了我的视线：眼前的景色是大本钟和我的胡子，白金汉宫和我的胡子，伦敦塔和我的胡子。乌鸦呱呱地叫着（它们是在议论我的胡子吗？），这感觉好极了。整个旅途中，没有一个人来打扰我，当时我不明白是为什么，后来才想通了——我留了那么长的胡子，没有谁敢来搭讪，这真是太有意思了。现在是时候再留一回胡子了，但愿我能想起来上回那部大胡子用了多长时间才长出来。

我想自己一个人待一会儿，但无论去哪儿都也没法独处。我去了镇上的图书馆，心想，这周六天气真好，适宜外出，没人会待在图书馆里。结果那儿全是戴眼镜的女孩在“学习”，当今的女学者们，穿着正适合来到图书馆的衣服，对房间那头的男子暗送秋波，胆子大得要命。我喜欢看她们，但不喜欢她们回应我的眼神。你不过是心头一荡——也许时间还会再久一点，如果她真的很漂亮——她却抬起眼来看你，心想，他被我迷住了，很好，真希望他能一直如此，至死不渝。她脑中浮现的就是这种恶心的念头。这可绝非信口开河，我了解这种会回应你眼神的女孩，再了解不过了。这种女孩总是努力地想唤起什么。起初她们充满激情地向你索取，最后你终于发现，她无论得到多少关注都不会满足，她需要你所有的注意力，把你榨干。接着那些不堪入目的画面出现了——我指的不是吵架，而是压低声音、忍着怒气交流；无缘无故地迟到半个小时，把你一个人晾在大堂里；聚会上施舍给你冷冷的一瞥，然后整晚和别人一起舒舒服服地缩在角落里。这种事让你终于看清了她——好像你拿着放大镜检视钻石，发现这颗“钻石”的边角上都是俗气的裂缝。再交往上几个月，你会发现她越来越糟糕，而且恶化得很迅速。她使出所有的策略控制你的思想，我没开玩笑，这听起来很夸张，但发生在你身上时你就不会那么想了。你很难找到一个不用策略的女人，所以我才创造出了一位。但她却开始了一场游戏，让我追着她穿过了非洲。她把我想象成一个藏着古剑的绝望老处女，一个把老婆抛在异国他乡的男人——因为驾驭不了她。玛丽·福克丝对我一直有些放肆，我要更正自己的话——你甚至很难想象出一个不用策略的女人。

当图书馆里第三漂亮的女学者朝我暗送秋波时，我离开了。待在图书馆时，我老是觉得自己沾了一身墨水，衣服上也是，眼睛里也是，糟透了。而身体散发出的那些热量，势必会把书页蹭得一团模糊。我父母是在图书馆里认识的。母亲是个初级图书管理员，而父亲借书后总是逾期不还。他问我母亲的好朋友她最喜欢哪些书，然后一本接一本地把它们借走：《茶花女》《红杏出墙》[①]《包法利夫人》《德伯家的苔丝》《安娜·卡列尼娜》。他读不出个所以然来——“草率的女人，”他告诉我，连连摇头，“全是些草率的女人。”但他对我母亲说，这些书他很喜欢，而当他抓住时机，询问能否在周六下午去她家和她继续讨论书籍时，她没有拒绝。

我脑海中闪过了去见母亲的念头，开两个小时的车去她那间小小的公寓，但我知道她不希望见到我。不是因为我做了什么错事，或是没做成什么事，而是因为她谁都不想见。我觉得她喜欢这样——每次客人离开时，她都会长出一口气。她年纪太大，老到不想说话了。她不介意听人说话，不过她有只收音机，可以听

---

① 《红杏出墙》：法国作家左拉的小说。精力旺盛的女子泰蕾丝·拉甘，嫁给了身体虚弱、毫无活力的丈夫，在他身边度过了一个个空虚的夜晚。当她和年轻男子洛朗相遇后，他们很快碰撞出了激情。为了永远逃离那种可怕的生活，泰蕾丝和洛朗一起谋杀丈夫并正式结婚，最后，他们因难耐内心的自我谴责而双双自杀。——译者注

广播。她身体仍很硬朗，脑筋也不糊涂。父亲去世前，她的话比现在多些，因为他为人很好，是个理想的伴侣，这一点千真万确。他允许你畅所欲言，然后发表他自己的见解，绝不会惹你不痛快。但如今他已过世，她就宁愿不再和任何人说话了。书痴都是很孤独的。有些人就算你很久不见，也不会为他们担心，我觉得这是很棒的事。你不必琢磨他们在做什么，过得怎么样。你自然会明白他们很好，大概在做着他们喜欢的事。上次见到母亲时，她不停地点着头，说着："一切都好，亲爱的，一切都很好。"我还没来得及开口，她就已经这样说了，她迫不及待地想把自己的话说完，应付过这场谈话。不过，如果去见母亲，我到底要和她说什么呢？

于是我没去见她，只是开着车，四处转悠，努力决定着自己该停在哪里。开车时，我试图想出一个词，一个可以概括出达芙妮最近行为的词。难以捉摸。这女人最近变得难以捉摸。

就说昨天早上吧，达芙妮就在我的书房外，一边浇着窗台上的花，一边自顾自地用颤音唱着歌——有点吵，不过我挺享受的，还趁这会儿工夫干了点事。但她突然停了下来，说："那个，圣约翰……你知道拉尔夫·沃尔多·爱默生[①]说了什么吗……"

我静静地等着她说下去，手里的笔悬在空中，以示我正专心

---

① 拉尔夫·沃尔多·爱默生：美国著名思想家、文学家、诗人，代表作为《论自然》。——译者注

致志地听着，做好了她猛然记起自己高中纪念册上几句矫情诗歌的准备。但她打住不说了，也不再唱歌。于是我说："说下去啊，达，我等着听呢。"

她微微撅了下嘴，吹走了落在眼前的几缕细碎卷发，于是我完完全全地感受到了她凝视中的力量。"你是什么意思？说下去？我不知道爱默生说了什么。"

"哦，你不知道？"我问，笑了起来。她没笑。

"你知道爱默生说了什么，圣约翰，所以我才说'你知道爱默生说了什么'。"

她的袖子卷在胳膊上，平静的语气变得尖利起来。我有一种强烈的感觉：因为没能说出一句爱默生的名言，此刻她对我的怒火已熊熊燃烧。

"我能问一句吗——你介不介意告诉我——你为什么认为我会知道爱默生说了什么？是我曾经这样说过吗？"

她朝我打了个哈欠。"拜托，圣约翰，别这么不好意思，说几句爱默生的话吧。"

我的微笑消失了。

"难道有人告诉过你，爱默生和我是好朋友？还是说有一天我不在家，拉尔夫·沃尔多·爱默生的亡魂打电话给我留了个言？'嘿，福克斯老弟！还记得我常说的那句话吗？'。"

"我真的认为你应该知道爱默生的话，就是这么回事。"她不动声色地说道。

我起身走到窗边，当我靠近她时，她垂下眼帘，看着喷壶。“福克斯太太，”我说，“你今天可真吓人。”

对此，她回应道：“你干吗不为此写本书呢？”

你干吗不为此写本书呢？

你干吗不——

我无话可说，示意她离窗台远点，然后关上了窗。我俩隔着玻璃对视，她脸上带着那种冷酷的、胜利者的笑容。她真以为自己戳中了我的要害——鬼知道我当时露出了什么表情。然后她走到了下一个窗台边。这场该死的对话到底是什么意思？

还有上周末我和达参加的那场野餐。我俩谁也不想去，但我的出版商组织了野餐，而且我似乎很有必要露面。有些女人带了孩子来，他们在草坪上跑来跑去，唱着毫无意义的歌谣，编织雏菊花环。有个小姑娘背着一对天使翅膀，引人注目，可爱极了。她可以把两只手指放进嘴里吹口哨，站在几个小男孩跟前，朝小溪里打水漂，水溅到身上时她也没有尖叫。如果能生出这样的女儿，我不介意要个孩子。达芙妮也在看着她，面色阴沉。有那么一刻，那个有着天使翅膀的小女孩撞上了达芙妮，接着甜甜地道了歉。达芙妮没搭理她，径直盯着前方，紧抿嘴唇。我告诉小女孩没关系，不过如果我是她，会立刻跑得越远越好。然后我出版商的妻子让达芙妮抱抱她的小儿子——她刚刚当了妈妈。达芙妮看着我，眼神中流露出一种缄默的痛苦，似乎在问：我非得抱着他吗？我是不是非得这么做不可？

真不知道她是中了什么邪。好吧，我想我知道，但是这说不通——

不过话说回来，艾伦·贝尔福竟会认为世界上所有的女人看到三个月大的孩子时，都会急不可耐地想要抱一抱，也未免太自以为是了。达芙妮做得对，这的确很自以为是。达芙妮接过那个婴儿，她两只胳膊僵硬至极，让人感觉小男孩就算滚出她的怀抱，摔在草地上，她也不会在乎。我抚弄了几下小男孩的下巴，说他是个小王子，他歇斯底里地大哭起来。达芙妮把他送回母亲怀里，贝尔福太太似乎认为达芙妮是太过高兴了，不停地念叨着："哦，上帝保佑，你很快就会有自己的宝宝了，达芙妮——我能叫你达芙妮吗？"英国人真多事。

达芙妮低声对我说道："这是我见过最丑的孩子。"

"他父母真倒霉。"我低声回答道。尽管我的确认为这孩子很丑，但我这么说，主要是觉得我俩应该站在同一战线上——就算她表现得很糟糕，我们也该是同一边的。无论如何，她被我逗乐了，笑了一声。但是达似乎有事瞒着我，好像她也非得要个孩子不可。只要一想到自己过去的一地鸡毛，身为人父的念头就无法让我感到激动。好吧，只是没有过去那么激动。我不常想这些事，大概是年纪大了。也许达芙妮抱有期许，但我没那么迫不及待。

前几天，达把我们的衣物送去清洗，我赶在衣服送出门前，掏出了忘在夹克口袋里的钱包。达在洗衣篮上放了一本书：《快乐的丈夫》，书名下还印着一行较小的字：让他快乐，永远快乐！一本指导手册。我拿起来读了几页，然后喝了几口糟糕透顶的酒，试图忘记这些垃圾文字。家里到处都有正经的书，到处都有，她随便抽出一本，都能立刻沉醉其中，或欢笑，或紧张，或炙热，或发冷，或原谅这个荒唐的世界，也许是普希金的诗，或者是塞利纳[①]的小说。但她成天琢磨着该拿我怎么办，真让我无语，再说这种书本身也是一钱不值的。它给出的所有建议——挑选就餐的时机；装出一副天性愉悦的样子；试着对丈夫的工作感兴趣，哪怕它无聊得惊人；永远也别说“我告诉过你了”——它们无法促使一个人对另一个人萌生好感，它们无法维系爱情。在她发现我读了这本书前，我把它放回洗衣篮中。如果我对此评论上几句，她会说我太认真了，说她读这本书只是为了消遣。

至于玛丽，我一直在努力促使她露面，但她没有出现。我不知道这意味着什么，是我江郎才尽了吗？我那本关于杀手会计师的书[②]写得很顺，我甚至不知道句子是怎么出现在纸上的。我追着脑海里的情节一路小跑，像只拉车的马，做好了玛丽一出现，我就丢掉它离开这里的准备。但玛丽杳无音讯，她是在故意躲着我吗？（如果是，我倒还真不知道她有这种能力。）还是我的脑力不济了？也许我一旦把脸藏在胡子后面，事情就会变得和她在时一样，也就是说，一切都会变得很友好。我在卫生间起了雾气的

---

① 路易·费迪南·塞利纳：法国小说家、医生，作品多描写罪恶、混乱和绝望。——译者注

② 见第134页福克斯和玛丽的对话。——译者注

镜面上写下她的名字，这是一种召唤。漫长的几分钟过去了，我又为她添了一个中间名。这是一种引诱，让她离真实更近了一步，一个诱饵。我写下了“简”，一个不错的、平凡的、真实可感的名字。“玛丽·简·福克丝”，我写道。我眼前的字母发生了变化，她的名字变得越来越长。“奥莉丽亚”，玛丽·奥莉丽亚·福克丝，她的名字最后变成了这个。

我在一家酒吧外停住了脚步，我曾来过这里几回。我知道从某种程度上说，这里不会有人打扰我，尤其是白天，那些有家有业的酒友都在眼巴巴地盯着时钟，等待那重大的一刻来临，然后冲进酒吧得以解脱。眼下酒吧里有几个人，零零散散地坐着，其中一个坐在角落里的桌子边。他用帽子捂住脸呻吟着，但甚至没有一个人瞧他一眼。我坐在另一张角落里的桌子边，放下苏格兰威士忌，点燃烟斗，打开了我那本《变形记》[①]，假装在读。另外几个人开始看我，包括藏在帽子下哭的那个。“先生们，”我用书挡住脸说道，“这是个自由的国家。”这句话没起到什么作用，于是我叫来酒保，说我要请他们喝一杯，反正这儿一共也只有五个人。他们拿到自己的酒后，我便得以清静了下来。

一切都很安静，直到一群年轻人席卷而入，到处都是扯着嗓子点单的声音。我从书页上抬起头，看着他们，我已经把同一句话反复读了 15 分钟了。他们说着些没人能懂的词，以绰号称

① 《变形记》：指古罗马诗人奥维德创作的长诗。——译者注

呼彼此，那些绰号都和古人相关，比如卡斯托尔和普勒克斯，帕特洛克罗斯和阿喀琉斯[①]。一群来镇上度周末的大学生。其中三人小声辩论着什么，然后朝我这边走来，拉出椅子，把它旋转了一百八十度，反着坐了上去。通常情况下，我很讨厌别人这么做，但眼下又很想知道他们会说什么。他们问我是不是S.J.福克斯，我说是。他们又说了几本书的名字，说他们很喜欢这些书。我说谢谢。他们叫剩下的几个朋友过来，告诉他们我是谁。我环视着他们的脸庞，看得出有几个人压根就没听说过我的名字，却装出了一副认识我的样子，良好的教养让他们总得说点什么。他们中是有几个伪君子，但也有毕恭毕敬的古怪年轻人。他们叫我先生，又叫我老板，执意要请我喝酒。我放下手中的书，尽己所能地回答了他们的问题。这几个男孩都有着“托比”“杰德”之类的名字，我是说真名。他们没有勉强我称呼他们的希腊姓名。

他们让我想起了达芙妮——从来没受过穷，将来也不会体会捉襟见肘的生活，成天兴高采烈地发表着“歪理邪说”。他们生活在这个世界上，却未涉世事，或是涉世未深。而我，则是一个农民的儿子。这些小伙子猜测欧洲将要对捷克斯洛伐克开战，大家又要打起来了，而我们将再一次卷入战争。他们想知道我对此有什么看法。我提醒他们，德国人早已经半死不活了，他们的国家

---

① 卡斯托尔和普勒克斯是希腊神话中的两兄弟，是双子座的原型。阿喀琉斯是特洛伊战争中的半神英雄，帕特洛克罗斯是与阿喀琉斯一起长大的好友（一说是他的同性恋人）。——译者注

分裂了，没有军队，没有钱，这场仗是打不起来的。我告诉这些小伙子，他们是不必像我一样上战场的，如果他们渴望荣誉，大可以从其他途径获得。“希望您是对的，福克斯先生。”杰德（或者是托比？他俩都穿着蓝色运动衫，长着一对招风耳）真诚地说。“希望您是对的，可在我看来并非如此。事态紧张，已经箭在弦上。德国人什么话都说了，而英国人和法国人在四处游说，想尽力争取到——”

“可是你们没听说吗？我们什么也没答应他们。罗斯福说我们会保持中立。这么一来，捷克斯洛伐克跟我们有什么关系？”

托比（或者是杰德）盯着我。“捷克斯洛伐克跟我们有什么关系？好吧，那追求独立、自由和幸福的生活又跟我们有什么关系？”

此刻我能想到的，只是很久以前别人背给我听的几句话，当时我们在法国。那个人对我说：“对于仁慈和智慧，我们只会虚与委蛇。对于痛苦，我们乖乖服从。”知道吗？这是普鲁斯特的话。（达芙妮那天真该问我“你知道普鲁斯特说了什么吗……”，要是这样，我们之间的那场小风波就不会发生，或者不会以那种方式发生，我不会在谈话结束时直接把玻璃窗甩在她脸上。）小伙子们静悄悄地走开了，这意味着我刚才肯定把普鲁斯特的话大声说出来了。他们全都眯眼看着我，好像我是一张褪色照片里的人，而他们争先恐后地想要第一个辨认出我来。一群毛头小孩。我没和他们告别，径直离开了酒吧。

从家门口的车道朝前门走去时，我听到了说话的声音，是达芙妮和一个男人。她在大笑，听上去醉醺醺的。这才下午三点钟。我在拐角处放慢了脚步，幸好门外有篱笆，他们看不见我。我听到门廊上的秋千嘎吱作响，他们两都坐在上面。来者是约翰·彼扎斯基，他们在谈论童话，畅所欲言。达身边有一把剪刀，还有一只装着水的花瓶，正在往里插花——花要么是她自己买的，要么是他送的。我很确定这些花用不着修剪，可达芙妮总是会一支接一支地修剪它们，哪怕花已经被包成了一大束，没有再打理的必要。

“为什么丈夫们总是守口如瓶[①]呢？我想知道这个。”达芙妮抱怨道。

“不是每一位丈夫都这样。”彼扎斯基说。他没喝醉，清醒得很，这让我很不高兴——他俩坐在一起，他的声音是那么谨慎清晰，她却想到什么说什么，毫无头绪；他会记住这整场谈话，而她最多只能记住四分之一。真遗憾。

“哦，只有那些铁石心肠的丈夫才会这样，对吗？”

“我不了解铁石心肠，达芙妮……”

“对，你不了解，因为你一点也不铁石心肠，是吧，J. P.？”

他没说话，肯定正在搜肠刮肚，想说出一两句让她觉得他感情炙烈的话，我敢打赌。

---

① 原文为 locked up，有“封闭自己”的意思，也有“锁上房门”的意思。——译者注

“你不是蓝胡子？也不是列那丁？”透过灌木丛的枝叶，我可以瞥见达芙妮的一丝半影。她正翻来覆去地审视着自己插好的鲜花。她没问他花插得好不好，我很高兴她没问。她总这么问我，而我从没提供过任何令她满意的建议。

“也不是费切尔。不是他。”

“费切尔？”

我和达芙妮一样疑惑，但彼扎斯基似乎很清楚自己在说什么。他曾告诉我，在父亲要求他帮忙掌管家里的珠宝生意前，他在读人类学的博士。他家在非洲有一座钻石矿，在内达华州有一座金矿，在澳大利亚有一座欧珀[①]矿，在别处还有更多。我不愿去想彼扎斯基到底有多少钱，他自己似乎也不愿去想。拥有如此之多的财富让他很尴尬：已经有了这么多，还有什么能让他渴求呢？

他给我妻子讲了一个奇怪的故事。即使作为一篇童话，它的开头也太无厘头了。主人公是个叫费切尔的巫师，他提着一只篮子四处要饭。每一个可怜他、给他食物的女人都会被他收进篮子，和他一起回家，变成他的妻子。

“是啊，”达芙妮放下剪子说，“一开始我是那么同情他……我只想让他快乐起来……”

“是啊，嗯，费切尔一连抓走了三位姐妹，告诫她们每一个人，家里有间带锁的屋子不许进入。大姐和二姐没通过考验——

---

① 欧珀（Opal）：一种宝石，多产于澳大利亚。——译者注

当然了。至于费切尔的最后一任妻子，那个小妹妹，能安全活下去的唯一方式就是发疯。仔细想想，这是无可避免的，这个女人经历的苦难太多了。她发现两个姐姐被大卸八块，倒在血泊之中。她把她们的残肢聚在一起，拼凑起来，只有非常年幼的孩子才会如此行事，只有神志不清的女人才会真的把这种念头付诸行动。但这奏效了，两个姐姐复活了，小妹妹把她们送回了家。在一个云淡风轻的下午，她在一栋空房子里，往自己身上涂满了蜂蜜，然后在一桶羽毛里打滚，而与此同时，她身旁的椅子上一直坐着一具骷髅。她会用骷髅来取代自己，对此她没有犹豫，没有畏缩，因为她已经陷入了疯狂，她被吓得神志不清了。为了自救，她不得不这样。于是她不再让头脑保持清醒——我们常常意识不到，其实保持理智是一件很辛苦的事，我们必须一刻不停地把自己的思想、记忆、行动、昨天发生的事、现在发生的事、明天将会发生的事同时叠加在一起，保持它们之间的平衡。她不再管这些事了，只是专注于眼下的行动。她不是任何人，不在任何地方，没做任何事，只需尽快、尽量卖力地干好手里的活。转眼之间，她已经浑身都是蜂蜜和羽毛了。她在光天化日之下走出家门，说出了她唯一还能想起来的几个字：我是一只鸟，我是费切尔的怪鸟。她完全不知道自己为什么要说这些，她现在是什么样子，全身沾满了羽毛吗？她的眼睛流露出了怎样的神色？她明白那些字眼的意思吗？不要紧，她的嘴巴一开一合：我是一只鸟，我是费切尔的怪鸟。听到这话的人没有谁会怀疑她。回家的路上，她遇到了那个坏巫师——费切尔本人。‘我是一只鸟。’她对他说。他没认出她来，因为她已经不再是原来的她了。他看着她的眼睛，没有找出一丝女人的痕迹。他再也抓不住她了。”

一定是达芙妮脸上的表情让他止住了口。有好一阵子他俩谁也没说话。“她因为他而发疯了。”达芙妮说，“和我现在一样。”

秋千又一次嘎吱作响，我在篱笆后面向内张望。我必须得看清他们在干吗，要是他们看见了我，那就看见好了。可是如果让我看到他正搂着她，哪怕只是把手放在了她的胳膊上，那么我会冲上前去揍得他脑袋开花。他们谈话的内容无关紧要，反正她也喝醉了。但他——我知道他正在利用自己那种引人注目的慵懒气质，利用他结结巴巴、略带神秘的欧洲口音向她灌输一个故事。他知道她会喜欢这个故事，因为她会把自己和故事中的受害者对号入座，将自己视为女主人公。在他俩之中的任何一个人发现我之前，我退了回来。

“你用不着发疯。”彼扎斯基对达芙妮说，“你们不必闹到那个地步。”

“那我该怎么办？我该怎么办？”她听上去好像并不是真的很想听到一个答案。

她赤裸的手臂上都是雀斑，她闭着眼，后仰着头，靠在秋千上。她是我的。我想把她抱在双臂之中，让她一路依偎在我怀里，我们的身体交融在一起，我的脖颈和她的脖颈，她的双手和我的双手。彼扎斯基没有碰她，甚至没有紧挨着她，我只能看到他的后脑勺，但他坐在那儿一动不动，看上去好像没在呼吸。他正在看着她，这很糟糕。

“达芙妮，出什么事了？”他终于问道。“怎么了？”

“我要是能跟你说就好了。”她说。

“你可以跟我说的，你什么都可以跟我说。”他等待着，但她什么也没说。“或者下次再说吧。但我想你应该明白，除了发疯，还有很多办法的。你听过狐狸先生的故事吗？”

“没有。”她的声音无精打采，不情不愿。“那是讲什么的？”

“还是老一套——求婚，诱惑，然后发现丈夫的前任已经被大卸八块了。可是故事的女主人公，玛丽小姐——”

“玛丽小姐？”达芙妮问道。无须去看，我知道她已经坐直了身子。

玛丽·福克丝把一只柔软的手搭在了我的肩膀上。“走吧，福克斯先生。”她低声说，我甩开她的手。她喷着香水，是达芙妮的“专属香氛”。我不想让玛丽用它，因为这瓶香水对我来说太过金贵，甚至在买下它时，我都想请售货员小姐别撕下价签，好让达芙妮看看自己有多败家——不过这不是唯一的原因。玛丽就是玛丽，她已经陪在我身边很久了，说不定在我去法国打仗前就出现了。我在农场割草时，她拿着一柄镰刀，把干草堆成垛，拿脚踏实，帮我用它们喂牛马。那会儿她从头到脚都是泥巴，累到站不住时，就靠在谷仓的横梁上。玛丽·福克丝不该和瓶装香水扯上关系。

“干那些农活儿时我还不记事呢。”玛丽说，“跟我走吧，福克斯先生。”她脸上挤出了一丝勉强的微笑。“你说过，福克斯太太是无法阻止我们的，还记得吗？”

忽然之间我有点厌倦了玛丽·福克丝。

“别提这个了。”我对她说，“别再说话了。事实上，你也不可能说话了。你刚刚失去了自己的声音，玛丽，你今天可真的变哑了。”说完，我伸出手，关掉了她的声音。

玛丽的嘴巴在动，又急又气地说着一长串句子，却发不出一丝声音。她攥紧了自己的喉咙，惊恐至极。

她忘了这里是谁说了算。

撤回这个命令，她愤怒地比画着。

以后会的，我也朝她比画。

但事情已经搞砸了。我刚才朝她说话的声音太大，达芙妮和彼扎斯基听到了动静，不再聊天了。我没法再多藏一秒，于是大步流星拐过墙角，走上门廊，挂在手指上的车钥匙来回摇晃。“嘿，达。下午好啊，彼扎斯基，多谢你送她回家。玩得好吗？你们刚才在——”

“在温赖特家。”他俩马上回答。哦，当然了，在温赖特家。

达芙妮起身走进屋里，没有和彼扎斯基行吻面礼告别。她的举动让我困惑不已，好像连轻轻吻一下脸颊也足以证明他俩的关系非比寻常。彼扎斯基离开得很得体，静悄悄的，不疾不徐，自然而然，我甚至不用对他说什么告别的话，或是目送他离去。要是我们四目相交，我想我会给他一拳的。

达芙妮上了楼，但不在我们的房间里。她去了某间空卧室，把花放在了床头柜上。我跟着她进了屋，房间里弥漫着一股浓烈的樟脑球味，很久没有客人在我们家里过夜了。

“嘿。”我说。

“嘿。”达芙妮说。她拍松枕头，把所有的毯子拽到地上，然后跳上了床。

“喜欢这些花吗？”她猛地伸出一只胳膊，指着花的方向。

“还不错。”我说。

“下午打了槌球，这是第一名的奖品。彼扎斯基得了冠军，但他对花没什么感觉，所以就给我了。”

“他真是太好了。”

“我热死了，”她说，“你能帮我去拿些冰吗？”

“光拿冰？”

“光拿冰……”

“你拿冰做什么？”

“拿来看，感受凉意，老天，圣约翰，我拿冰干吗有那么重要吗？”

“我马上去拿。你怎么了，为什么要在这儿午睡？不再喜欢自己的床了？”

“哦，别跟我吵。”她说。我仍然紧紧地攥着右手，让玛丽保持安静。达芙妮看了我的手几秒钟，又看着我的脸。我猜，她可能以为我要打她一拳。

我想问她，她是不是也打算在这儿过夜，但我不想听到肯定的回答。有可能只是情绪使然，她想在这儿午睡一下，但我的问题逼得她被迫表态。我注意到，她有时会这么做，一旦觉得自己得到了暗示，就会迅猛出击。

“我想在下周三组织一场午餐会，邀请一些城里的贫家女，可以吗？人不会太多，五个左右吧。”

“我没问题。你已经为她们准备好‘诱饵’了？要不要我载你到城里抓几个回来？”

“说正经的。我想参加小碧·温赖特的文化俱乐部，所以这个午餐会对我来说就相当于一场面试。”

“那很好啊，只是别让她们进我的书房，我是认真的——那里禁止入内。”

“当然。”

在我照她的吩咐出去拿冰之前，她站起身。“我自己去拿吧，好吗？”她踮起脚尖，亲吻了我的额头。真悲哀，我想。

我来到书房，发现有一本崭新的笔记本摊开在书桌上，整整齐齐地摆在桌子的正中央。第一页上画着一张表，我盯着它，看了一两分钟。D和M各自的得分。这简直像是我的笔迹，甚至有那么一刻，我以为真的是自己列了这张表，然后又忘了它。但它不是我写的，表中的这些东西，我连想都不曾想过。

这么说来，玛丽现在开始写作了。

我抬起头，发现她正在笑——当然是无声地笑。现在她哑了，却显得更迷人了，就好像一个随着我快速翻页，在纸上动来动去的小人。但她没有动，是我在动，是我把她招来的。

“你列了这张表。”我说。玛丽凑过来，无助地指着自己的嘴。

“你只需要点头或摇头。”我说，“你列了这张表，对不对？”

她把双臂抱在胸前。

“达芙妮看到这个了吗？”

我没看到她做出任何回答。我合上笔记本，把那只攥成拳头的手放在上面。手已经开始疼了，一种隐隐约约的疼痛，但一抽一抽的，势必会疼得越来越厉害。

“这太幼稚了，玛丽。别再做这种事了。”

她不怀好意地行了个屈膝礼，离开了。

我把那张表从笔记本上扯下来，撕成了碎片——我必须用两只手做这件事。就算达芙妮已经看到了它，注意到了它，她也一定明白，我是不会认认真真地写下这种东西，然后又把它丢在她可以找到的地方的。但是达芙妮知道了一些事，或是自以为知道了一些事，她在我额头上的轻轻一吻，到底意味着什么？那个吻挥之不去，让我无法忍受，就像大斋节首日涂在额头上的灰[①]，当我还是个孩子时，每次抹去这些灰尘，小手就会挨上一巴掌。

---

① 天主教的大斋节首日被称作“圣灰星期三”，这一天是耶稣被出卖的日子。天主教要举行涂灰礼，涂在教友额头上的灰尘是一种悔改的象征。——译者注

等我意识到基督永远也不可能起死回生时，已经25岁了。有些人会说，这没什么大不了的，你只是长大懂事了而已。但在此之前，我对这件事一直深信不疑。当时，那些新念头真要把我打垮了。我是说，基督可能真的复活了——毕竟，他复活时你又不在那里，所以你怎么能确定他没有呢？不过，他也有可能没有复活，而这就意味着基督被杀害了，生命至此终结。他在世时，身边都是些感情炙烈的人，而这些人认为，基督太重要了，不能就这么死了。于是他们向世人宣布他们的那位朋友是杀不死的，从而使自己变得重要。后来，因为坚信基督没有死，成千上万的人被杀害，被折磨——我说的就是那些殉道者。想想这些英烈吧。我走在萨尔茨堡的街头，吃着苹果，忽然这些想法就涌入心头。而我只是继续咀嚼着苹果，吞咽着，因为我能做的只有这个。

爱。我没有爱的能力。我不敢靠近它，更别说迎头而上了。爱无能的人不止我一个，人人都是如此，却自欺欺人。他们歌唱爱情，描绘爱情，互相讲述着与爱相关的故事，诉说着爱的魔力，爱能够创造奇迹，爱能鼓舞士气，也许有一天爱会拥有形体，变得可触可碰。但是我一天能说上几百次“我爱你”——能对任何人、任何事说，对一个女人说，对一把园艺剪刀说——我诉说着爱，却言不由衷，以爱的名义逃脱惩罚。爱永远成不了真，就算它能，也是没有力量的。没有力量，只有贪婪，而如果我们贪慕的东西是无法从呢喃燕语中获得的（情况通常如此），那才会带来力量。市中心酒吧里的那些小伙子，慵懒地寻找着更多能为之牺牲的理念。一些可怕的事就要发生了，而每个人都在齐心协力地推动着它们的降临，没有达到目的，他们誓不罢休。玛丽，回来吧，让我分分心吧。不，还是离我远一点，你才是问题所在。

写给爱人们的31条守则（大约写作于1186年）[①]

摘录自安德雷亚斯教士的《宫廷爱情的艺术》[②]

1. 婚姻不是不能去爱的真正借口。
2. 不忌妒的人不能爱。
3. 没有人能被两份爱束缚。
4. 众所周知，爱不进则退。
5. 违背爱人意愿的人毫无意思。
6. 未成年人别去爱。
7. 爱人去世，未亡人要寡居或鳏居两年。
8. 若无最好的理由，没有人应该被剥夺爱的权利。

① 达芙妮·福克斯、玛丽·福克丝和圣约翰·福克斯把他们各自感兴趣的条目依次画了出来。——原注

② 安德雷亚斯教士生活在12世纪的法国，有时也译作“安德雷亚斯·卡佩拉努斯”（“卡佩拉努斯”即法语中“教士”一词的音译）。其著作为《论爱情》（*De amore*）。这部著作的英语译名为《宫廷爱情的艺术》（*The Art of Courtly Love*），讨论了宫廷爱情的性质，并定下了31条爱情守则。这些守则后来被当作贵族式爱情必须遵守的典范。——译者注

9. 只有被求爱之心所驱使，人才能去爱。

10. 在贪婪的领地里，爱永远是个陌生人。

11. 爱上一个你羞于向她求婚的女人是不合适的。

12. 真正的爱人，除了所爱之人，不会有拥抱别人的欲望。

13. 爱一旦曝光，就难以持久。

14. 轻易获得的爱不值一提，难以获得的爱倍加珍贵。

15. 爱人在另一半面前通常会变得脸色煞白。

16. 爱人突然出现在眼前，心会颤动。

17. 新欢会驱走旧爱。

18. 光是优秀的品格，就能让任何一人值得被爱。

19. 当爱消退，便很快消失，不再重生。

20. 恋爱中的男人总是善于领会。

21. 真正的忌妒总会加深爱恋的感觉。

22. 当一个人怀疑他的爱人时，忌妒便会增加，而爱情也会增加[①]。

23. 坠入爱河的人，食不知味，夜不能寐。

24. 爱人的每一个举动，最终都会变成“思念所爱之人”。

25. 真正的爱人除了思考如何取悦所爱之人，别无他想。

26. 一切与爱相关的事，爱都不能拒绝。

---

① 安德雷亚斯教士的原文中没有“而爱情也会增加”这句话，这里略有改动。——译者注

27. 爱人的安慰再多，另一半也永远觉得不够。

28. 一丝一毫的先入为主都会让爱人对他的另一半产生怀疑。

29. 嫌恶感情太多的人，通常不会爱。

30. 真正的爱人会持续不断、一刻不停地思念所爱之人。

31. 没有什么事能阻止一个女人被两个男人爱，或是一个男人被两个女人爱。

一针见血。我喜欢这个教士！——M. F.

哈哈哈……确实。——S. J. F.

唔……有意思……——D. F.

星期一，我几乎一整天都没下床，想看看圣约翰会不会有所察觉，如果他有，又会做些什么。但他没有。他甚至没上楼问问我晚饭吃什么。我猜他大概正忙着写书吧。在书里杀人没那么容易了，尤其是现在，每一次死亡都需要有特殊的意义。还不认识他时，我在广播里听过他的访谈。一个书迷打来电话，非常真诚地问他，为什么他书里的某个人物毫无意义地死了。圣约翰回答："我可以告诉你这些毫无意义的死亡其实自有深意，不过这是谎言。真相是，我疏忽了。所以非常感谢你，我会更加努力地写作。"

眼下他在书房中工作，播放着一首我很喜欢的交响乐。声音很大，但这样正好，音乐穿透了地板，涌进了房间，将我包围。我躺在音乐之中，胳膊和腿软绵绵地耷拉在枕头上，全身上下，只有脊背是直的。要是我以前的舞蹈老师看见了，肯定会勃然大怒。我曾经一直是个很听话的女孩，那时候，听话是这世界上最简单的事，有时候气喘得太粗都会让我觉得羞耻。我就是那么听话。

家里有活儿要干，要扫，要擦，要抹，要忙，要着急。一直以来，这些活儿除了我谁也看不见。眼下不用为它们烦心，我高兴极了。

一连几个小时，我翻看着一本水彩画册。它刚好放在我手边，但读到最后，水彩画让我很想哭。它们那淡淡的色彩，那描绘的风景，都让我想起了我在玻璃暖房里画的那几幅画。我没画完它们，因为一画就哈欠连天；再说，夏日傍晚来暖房喝鸡尾酒的客人们，也不会对这些画作多加留心，询问它们到底有没有画完。接连两个夏天，他们都去了玻璃暖房，但还是没有一个人询问。

天黑起来的时候，玛丽·福克丝来了，她拿着一支蜡烛，坐在了我的身边。我是那么浑浑噩噩，死气沉沉，以至于期盼着她的到来，能有人帮我换换脑子总是好的。她关上了门，确保我俩不会被打扰。我没有反抗。“他不会上来了。”玛丽·福克丝说，“他今晚可能就睡在那儿了。”

“又是老样子，我知道。”

她一丝不挂，却对此毫不自知。当然她也无须如此。借着烛光，我更加确定了眼前的一切势必会发生——圣约翰·福克斯为自己造了一个完美的小伙伴，她青春永驻。他会甩掉我，和她长相厮守。她看上去比我年轻，比他则年轻更多……

“看在老天的份上，你能穿上点衣服吗？”我对她说。

“我不知道衣服都去哪儿了。我好像把他惹急了，他想惩罚我。很抱歉让你觉得不舒服。随便给我些旧衣服穿吧。”她非常直率地说道。没有谎言，没有虚假的关心，只有坦诚。她对我说话的态度让我没法真的生气。

我下了床。“过来。”我带她来到了衣帽间，递给她一条丁香色的衬衫裙。我没告诉她，这条裙子是我的最爱。在布宜诺斯艾利斯，我们蜜月之旅的第一天，我就穿着它。一切都重新浮现在眼前，蜜月的第一天，我们共度的第一天，十指相扣，所有的甜蜜都织进了裙子中。无须否认，玛丽·福克丝就像这条裙子上的一枚扣子一样可爱。裙子很配她的发色，反之亦然。我俩的尺码相同，这让我很高兴。发现自己远没有想象中那么胖，多少是一种安慰。

玛丽·福克丝坐在我梳妆台边的椅子上，我站在她旁边，和她互相对视着。观察圣约翰心目中的理想女性实在很有趣。一条纤细的辫子搭在她的肩膀上，梳得很糟糕。真该有谁来教教她怎么梳辫子。不知道我接下来会怎么样？他没有赶我走的意思，但我太骄傲了，大概没脸继续待在这儿。他不赶我走，应该是在体谅我，想为我多留些情面。不过，我不可能回到父母身边。爸爸不会允许妈妈指责我一句，而只要有他在场，她也不会如此。可是，她会无可奈何地看着我——“又搞砸了吧，达芙妮？我就知道。”我不再去上大学时，她就用这种眼神看着我，只不过这一次要糟糕上十倍。我应该大闹一场，威胁他们一番，要是格蕾塔碰上这种事，肯定会闹得像个泼妇似的。她已经闹过两次了，有个姑娘想要勾引彼扎斯基，但每次都败下阵来，被格蕾塔赶走了。这姑娘抢不走她的男人。但话说回来，你又怎么能威胁玛丽·福克丝这样的人呢？

“我从来没有这么近地看过你。”玛丽·福克丝说，“我喜欢看你的脸，你的脸很好看。”

她说得那么正经，我忍不住大笑起来。我想告诉她，我对她的看法也一样，但我说不出口，脑海中浮现出了格蕾塔的形象。她像个食尸鬼似的出现在我眼前，对我冷嘲热讽：“对啊，就该这么做，她抢走你丈夫，而你要称赞她。”这一定是因为我的头脑一向都很脆弱。我不再关心自己的举止是否得当，应该怎样做，又不应该怎样做。眼下的情景太不寻常了。

“你在想什么呢，福克斯太太？”玛丽·福克丝问。

我又笑了。

“你在想什么有趣的事情吗？”

“他说你是英国人。”

“福克斯太太，”她说，“我觉得咱俩之间的相似之处更多。”

“你怎么知道？”我怒从心头起，“你怎么知道？”

玛丽·福克丝抬起头，一双大大的眼睛盯着我，眼中带着沉思。“幸好这儿没有订书器。”

我突然问她我有没有怀孕，她能预测出这个吗？我取消了预约，没去看医生。无论怀孕与否，情况都会很糟。

“你看着不像怀孕的样子。”玛丽·福克丝说。

“也就是说，你不知道我怀没怀孕？如果你不知道，就直接说不知道。”

“我不知道，我当然不知道。我怎么可能知道？我又不是医生。”

“我还以为你……会魔法什么的，就像个幽灵。”

她瞪大了眼睛，惊讶地看着我：“不，我想我不是。”

“好吧，你不会魔法，也不是个医生，我明白了。”

她真的很有意思，在我问她会不会魔法后，我发现她也在思索着：或许自己真的会？这是怎么了，我竟然不自觉地，很想关照这个女孩？（或者这个东西？不管她到底是什么。）

“你想要什么，玛丽·福克丝？我丈夫吗？”

“我信仰他。”她缓缓地说道。她跟他说过这个吗？如果说过，他又是如何回应的呢？一个被你幻想出来的人，转头却说她信仰你——你会怎么回答？此情此景真是诡异极了。她的行为也实在有点莽撞，如果是我，可能这辈子都不会再说话了。

“我爱他。”她补上了一句。又是那么直率的语气，她以为和我说这些是完全没有问题的。

“真好。我也是。”我俩又陷入了沉默。

“福克斯太太。”玛丽伸出一只手，放在了我的胳膊上。我俩迅速弹开了——静电，她的触碰带来的那种可怕的静电，和我想象中碰到电网的感觉完全吻合。一阵狂乱中，我的膝盖猛地并在了一起。

“刚才那一下的感觉真难受，我不会再这么做了。”她在房间那头说道，活像个小笑星。

“很好。嗯，该你说点什么了，赶紧的。”

“我在想你今天吃饭了没有。”

“没有，我没吃。问这个干吗？”

“我在想……我在想我们能不能一起出去吃顿晚饭，找个好点的餐厅。还有，我能不能戴上一顶漂亮的帽子。”

她在想我们能不能去好点的餐厅吃晚饭，她能不能戴上一顶漂亮的帽子。她指的应该是我的帽子，因为她自己没有。她算不上一个女人，尽管身材玲珑有致。当我看着那张表格中她的优点时，我所想象的 M 并不是这样的。她的心智像个刚刚踏入青春期的女孩。如果我能调教她一下，给予她复杂的思维，再把她送回主人身边，会怎么样呢？

“我知道一家餐厅，”我说，“先让我换下衣服。”

我穿衣服时她背过了身，然后我们把所有的帽子都试戴了一遍。想到自己要带一个新的人——一个几乎全新的人出门，去做一些新的事情，我兴奋极了。她咯咯地笑了，我也是。笑声很大，我觉得圣约翰在楼下都能听见。他也许会上来看看发生了什么，但他没来。她挑好了帽子，然后又改了主意，一次又一次地改着主意。这个玛丽·福克丝对帽子很难抉择。说不定她已经厌倦了圣约翰，准备偷偷溜走；说不定我刚踏进餐厅，让侍者帮忙找一张两人桌时，她就会消失不见。如果是那样，我看起来得有多蠢啊。不过，我还是想冒一次险，我想看她微笑的样子——有那么一些人，你会很想看他们笑起来的样子。再说我也喜欢计划，我很希望今晚能有个计划。

大概过了二十分钟，她还在挑帽子。我坚持让她戴那顶黑色的钟形帽，刚才她试过了。她别上了一枚我的胸针，来回摆弄着，直到胸针在镜中闪闪发光，这姑娘很喜欢小玩意。我们打电话叫了一辆出租车，我让她告诉司机地址。她认认真真地背诵着，看上去很兴奋。她坐在门廊里等待着，满是希冀，尽管她说自己要尽量耐心一点。我敲了敲圣约翰书房的门。

"达芙妮？"他叫道——但最初他叫的不是这个名字，而是"玛丽"，接着止住了口。我走进了房间，站在门边。他扔下钢笔，站了起来，模样异乎寻常地殷勤。这是干吗？进来的只是我罢了。

"知道吗？你真是不同凡响。"我对他说。但这并不是我打算说的话，它只是不自觉地溜出了嘴边。因为他的行为是那么大胆无礼，因为我实在猜不出他到底在干些什么。

"哦，是吗？嗯，你也一样啊。"他说道，眼神中透着赞许，又添上了几句对我今晚穿着的评论。我们的谈话似乎总是被他引领着，往他想要的方向去，我觉得没有一个女人能在这一点上赢过他。长话短说，达芙妮，别耽误时间，这样你才能全须全尾地离开。这个男人非常危险。

“我只是想告诉你，我要去乔普餐厅[①]吃个饭。”

“太好了，我们很久没去那儿了，对吧？先让我写完这句话，然后我们就——”

“哦，不用，你只管去写吧，我和格蕾塔去就好。”

“好吧，那就别操心我晚上吃什么了，我一点也不饿。我会喝点酒，翻翻报纸，看看新闻。”他终于说道。我的圣约翰，一个黝黑的男人，高高的个头，宽宽的肩膀，他浑身上下充满了力量，却不会使用它们。直到这时，我才刚刚开始认清他。

“别这样，我和格蕾塔老早就约好了。”

他点了点头，以示听到了我的话，嘴里嘟囔了一句什么。明知不该问，我却还是说出了口：“你说什么？”

“只有格蕾塔？”

“你这是什么意思？‘只有格蕾塔’？”

圣约翰又坐下，扫视着他刚刚在写的那一页。他一边看，一边露出吃力的神色，就好像刚才和我说话时，有谁溜进了房间，打乱了他写下的句子。“不知道她会不会带上彼扎斯基？我就这个意思。”他用钢笔在纸上怒气冲冲地画着短线，把文

① 原文为Chop House，意为“小饭馆”“小吃店”，此处为特指，所以采用音译。——译者注

字都删掉了。看样子，在眼前的这一页上，没有一个字是他喜欢的。

“哦，J. P. ——真是个滑稽可笑的小矮个，对吧？”我说，“又矮又胖的，而且他说的话我几乎有一半都听不懂。”圣约翰不再涂画了，但嘴唇抽动起来，我猜他很高兴听到我这样说。然而我有一种深深的罪恶感，因为约翰·彼扎斯基在我心中完全不是这样的。说实话，我认为他昨天救了我的命，还向我展示了我从前未曾发觉的、他身上贴心的一面。尽管我的确不太明白他说的话，但那些话语对我很有帮助，让我感觉好多了。我很感激他。我辜负了J. P. 的信任，我从心底深处深深地明白这一点，但我告诉自己，我永远也不会让他知道我在背地里说了他什么。我会补偿他的，我会读一读他六个月前借给我的那本书，并和他讨论一番，假装它改变了我的人生。

他给我讲的那个故事，说玛丽小姐只是讲述了在狐狸先生家里看到的事，就打败了他……在他们的订婚日，在吃那顿可怕的早餐时，她当着所有宾客的面和狐狸先生对峙。而他呢，只能站在那儿否认。她描述的细节越多，他的否认就越苍白无力。“我知道你在做什么——我知道你是谁。”她讲述她知道的事情，在这之后她就拥有了权力：她可以离开，也可以留下；可以饶他一命，也可以将他处决。如果我是她会怎么做呢？我不知道。这种事情似乎更有可能发生在格蕾塔身上——格蕾塔肯定会敲诈他一番，只是为了好玩，顺便再挣点零花钱。

*

吃晚餐时，玛丽引起了一阵骚动，而我很高兴自己在场。得知进入餐厅后必须要摘掉帽子，她有点难过，但她吃饭、喝水、触碰餐具和酒杯时是那么开心，让你无法把目光移开。她看着周围的每一个人，告诉我她对他们的看法。有四个男人挪了座位，以便进入我们的视野之中。每一次玛丽向他们投去目光，他们都会举起酒杯致意。她很顽皮，当他们争相举杯时，她至少让他们手中的刀叉滑落了十次。“这有点像那种玩偶盒，你一打开盒子，就有个小人弹出来吓你一跳。”她说。因为得到了那么多的关注，她的脸红彤彤的，双颊泛着一片粉色，好看极了。我说了一句从别处读来的话：“端庄谦逊胜过任何一种昂贵的胭脂。”然后我意识到，这句话不是我读来的，而是我自己编的。“端庄谦逊胜过任何一种昂贵的胭脂。”我又重复了一遍。

“嘿，你应该把这句话写进书里。”玛丽露出了一抹赞许的笑容，说道。有两对夫妇过来和我打招呼，柯明斯夫妇和奈斯比特夫妇，他们是我和圣约翰的朋友，从头到脚把我和玛丽打量了一遍。我对他们说，玛丽是“圣约翰的远房表妹”，他们似乎相信了，与她握了手。我真担心握手时会出什么乱子，不过一切都很顺利。奈斯比特太太是个大嗓门，以任何方式提醒她这一点都会不可避免地招致恶名。有那么一小会儿，柯明斯夫妇和奈斯比特夫妇都争着和她说话，咋呼得不得了。玛丽告诉他们，她是在波士顿上的学，现在刚刚毕业来到这里。她真是个说谎精，而且态度很热情，很亲密，如果不是亲眼看着她幻化成形，我一定会相信她。

“你们下周一定得来吃晚餐。”他们离开餐厅之前，奈斯比特太太说道。玛丽说她乐意之至。我仿佛看见了一幕令人恶心的社交图景：玛丽、圣约翰和我——我们三个人一起出门吃晚饭。我十分震动，心中的疑虑不觉脱口而出：“玛丽……你说‘写进书里’是什么意思？你是说，写进我的书里？”

玛丽往我俩的杯子里又倒了些酒，她盯着我，眼神突然变得凌厉。“你不打算写一本吗？”

上学时，我的确有几篇散文得过奖，还拿过一个短篇小说的奖项，但那已经是很久以前的事了。况且，想要在我们学校里擅长写作、脱颖而出是一件很容易的事，因为没有人认真学习——如果你的人生目标就是找位如意郎君，何必要认真学习呢？不过尽管如此，说不定我还是会写点东西试试。虽然它很有可能会与我画的那些水彩画，做的那些陶器，养的那些植物殊途同归，但眼前有那么多孤单无聊的时光，能够赋予它们一个目的，总归是件好事。

“你在我的酒里放了什么东西吗，玛丽？我正纳闷自己怎么能一直忍着不发火。你随随便便地闯进我的生活，轻而易举地抢走了我的丈夫，又同样轻而易举地帮我找了个爱好……”

玛丽把手悬停在我的手上。“我们不会有问题的。”她蜷起手指，欣喜若狂地闭上了眼睛，嘴巴一呼一吸。这副样子很让人尴尬。我叫她收敛点，别表现得这么引人注目。

“抱歉。”她说，声音里却没有一丝歉意。

我想问她很多问题，比如她和圣约翰能看穿别人的思想吗？她最早的记忆是什么？她说她最早记得的东西是一枚一先令的硬币，上面有英王乔治的头像。那枚硬币被保存得很好，干净铮亮。它在圣约翰脏兮兮的手里闪着光，那时他正蜷缩在战壕里。硬币是他用别的东西换来的——究竟是什么东西她记不清了，但她知道他想得到这枚先令，因为它明亮夺目。玛丽告诉我圣约翰战后从事的第一份工作。我知道他当过讨债人，但那时候的事他很少谈起，因此听玛丽讲来有趣极了。

“他可是个数一数二的讨债人。”玛丽一边说，一边狼吞虎咽地吃着牛排，好像谁告诉了她要闹饥荒似的。“他挨家挨户地讨债，一眼就能识破欠债者的假名，还有他们为了躲债更换的新地址。他发明了一套方法：首先，他不去理会欠债名单上那些穷困潦倒或走投无路的人；其次，一旦抓住了欠债者，他只会对他们说一句话，也就是要求他们还钱。就是这样。他一遍又一遍地向欠债者重复着那句话，只字不改地重复着，直到对方把钱拿出来。你真该看看他那时的样子，福克斯太太，他真的有些很了不起的地方。有时候，当他说着那句话时，对方会打断他，大喊大叫，或者给他一拳，不过呢，他只是等着一切结束，然后继续重复那句话，好像什么事情也没发生过。人家打断他前他说到哪个字，现在就从哪个字开始说。这把那些欠债人都逼疯了。他讨债的速度是最快的，吓倒那些已经惊慌失措的人并不难。”

她皱起了眉头。“他很擅长讨债，但干这行对他没什么好处。有时一连好几天，除了我，他跟谁都不说话。还有时候，收工之后他会走进眼前的房间，出来后再走进下一间，关上一扇又一扇的门，就是停不下脚步。”

我问玛丽他写的第一个故事是什么。她告诉我，那时他住在一栋糟糕透顶的公寓里，他的第一个故事就是关于这栋公寓的。他房间里只有一张床、一张书桌、一把椅子、几只画架。他把书摊开，放在画架上阅读。艺术类专著、食谱、诗集、一本礼仪指南、一本字典、一本《圣经》。收工回家后，他从一只画架走到另一只画架，捕捉着稍纵即逝的灵感。玛丽为他翻动书页，“绅士风度不是与生俱来的，它无关礼仪、时尚，而是寓于思想之中”，下一页，“就算曾经有过多的爱，使他们困惑到死又如何”，还有“女人总是忌妒另一个女人的美貌，从而失去了自己的美貌带来的一切乐趣……”，下一页，“注意不要烧糊奶酪，要让它均匀地融化”。然后他整夜都伏在笔记本上，他写得曲曲折折，时断时续。

对于我的其他问题，玛丽并不愿意回答。比如关于战争的问题。我觉得，这一定是因为他打仗时做过些很可怕的事情，或者曾是个懦夫。但她说不是这样的。“如果我回答了这些问题，”她说，“你会宁愿我没有回答，因为答案会让你无言以对。我猜，他觉得别人在讥讽他，看不起他安然无恙地从战场上归来，或者坚信他是个战俘，帮敌军打理菜园子。但请相信我，福克斯先生在大多数时候都是位正人君子。他尽己所能，努力保持着正直和勇敢。”

我们换了个话题。玛丽告诉我，她自己也在看些书，目前已经读了《海达·高布勒》[①] 和《三个火枪手》[②]。“这些书里的女人都是杀手！”她说，一字一句间充满了狂喜，以至于当她吐出最后一个字时，周围的用餐者都四下环视，想看看哪里有杀手。

“你以前觉得女人当不了杀手吗？”我给她讲了我最喜欢的一位女魔头的故事。那是个红发女人，叫莉迪亚·格维尔特[③]，她因为作恶多端而死。

---

① 《海达·高布勒》：易卜生创作的一部四幕话剧。女主角海达是一位大家闺秀，她爱慕才华横溢的作家勒伯格，却碍于世俗偏见，嫁给了一个无趣的学者。发现勒伯格有了新欢后，她伺机报复，烧毁了他的书稿，怂恿他开枪自杀。最终海达用手枪结束了自己的生命。——译者注

② 《三个火枪手》：大仲马所著的长篇小说。书中的女主人公米莱迪是个外表美丽、心狠手辣的反面角色。——译者注

③ 莉迪亚·格维尔特：英国作家威尔基·科林斯的小说《阿玛戴尔》中的人物，是一个女反派。她原本是一位女仆，但充满野心，试图和主人结婚以提升地位，甚至杀人灭口，最后自杀身亡。——译者注

“她当然会死了，”玛丽皱着眉头说，“这比我想的更可怕。如果你塑造了一个邪恶的女性角色，那么杀死她就成了一种道义上的需要，成了一件天经地义的事。”

我脑中闪现的第一个念头是：可是她们只是书里的人，都不是真的。第二个念头是：你绝对不可以这么说，这会伤害她的感情。于是，我为自己要写的书起了个名字：海达·高布勒和其他怪物。我向她保证书里的每个人都不会死，她高兴极了。

她想体验很多事情，她列了个清单。她想去听一支大型爵士乐团的演唱会，想在一片金黄的油菜花田中穿行，想打一次针，还想体验我有意无意中提到的一切。她向我保证，她很快就会安定下来，而我情不自禁地对她说，别着急，慢慢来。我很高兴自己能作为家中的独女长大，哥哥们宠着我，他们凭借着精准无误的本能，把那些会伤女人心的男人从我身边赶走。但是如果能有个小妹妹也不错。在成长的过程中，我可以不断帮助她，给她建议，陪在她身边，诸如此类。

玛丽说她想睡在圣约翰的灯塔里，就是在云岛上的那座。我说我不想听她说这种话。一想到她要孤零零地待在那座又怪又老的塔里，我就没法睡着觉。但她已经从他那儿偷来了灯塔的钥匙，她觉得待在那儿不错。她说她喜欢看海，大海让她想唱歌。“夏洛特·勃朗特[①]第一次看到海的时候——大概

① 夏洛特·勃朗特：英国女作家，代表作为《简·爱》。——译者注

十七八岁吧——她彻彻底底地被征服了。”玛丽告诉我。她似乎没有发觉，她不知不觉间已经流露出了英式口音，我也没有向她点明，只是静静地听着。“……在荒原中度过了那么多年，她曾一遍又一遍地幻想着大海的样子，她怎么能不想呢？但是当她看到大海后，发觉它远远超乎了自己的想象。是不是有人写过，没有什么能比想象力更伟大？我觉得那是胡说八道，你说呢？”

回家时，她坐在出租车的后座上，和我说了所有这些话。她有点气喘吁吁的，然后开始抽泣。让静电见鬼去吧[①]，我抱住了她，抚摸着她的头发，戳戳她脸颊上的酒窝，直到她再一次露出微笑。“你真好，”她说，“我很抱歉。我花了很长的时间才来到这里。”我明白她的意思。但我唯一能做的，只是把她当作普通人对待。

不过，我还是得问清楚——我是说，这毕竟是一件很了不得的事。“你是怎么……来到这里的，玛丽？”

“我们俩以编造故事为乐，我们把自己写进了故事里。”她冷冷地说道，好像连她自己也并不相信这件事。她的语气充满了畏惧，仿佛在谈论一栋房子着了火，烧毁了整条街。“我们在故事里玩耍，拿着火柴和汽油。”

“什么——那么那些故事在哪儿呢？我能读读它们吗？”

---

① 见第275页情节，玛丽触碰达芙妮时引发了静电。——译者注

她直起了身子，请出租车司机把我们带到云谷旁边的码头上。

我告诉她，前往灯塔的船只肯定在一小时前就离开了。我叫她跟我一起回家。我告诉她圣约翰迟早会知道这一切的，会知道她现在是个真实的人了，她可以吃牛排，和邻居们聊天，说不定镇上的每一个人——男女老少，都想在这周结束前和她成为朋友。

“那我就游过去。”她说，“我喜欢有个他不知道的秘密。我不会有事的，放心。明天来岛上看我吧，你会看到我在那儿待得多舒服。”

出租车驶离码头时，我透过车窗向后看去。她整理着头发，好像正把灯塔的钥匙紧紧地系在发辫上。这样一来，明天早上梳头发的时候可有她受的了。她脱下衬衫裙——那件我最爱的丁香色衬衫裙——把它扔在一边，一头扎进水中。出租车司机也看见了她，他抬起了一条眉毛，但没有抬得太高。他是个出租车司机，早就见怪不怪了。

“现在是夏天，而且她出城了。”他只说了这一句话。

*

我刚进家门，圣约翰就走出了书房。他不动声色地告诉我，格蕾塔刚才给我打电话了。

“哦？她说什么了？”我问，然后想起来我对圣约翰说过要和她一起吃晚饭。我浑身发抖，后背上一阵寒冷，尽管此刻正好好地站在书房里，却感觉自己正在坠落。他也发抖了，看上去比我明显得多，像个牵线木偶似的。

“她说她明天再打给你。”

“好吧。”我打开了台灯。和他在黑暗中对峙很吓人，看他抖成那样，听他用单调呆板的声音说着话。可当我看到他脸上的表情后，又想关上台灯了。愤怒，他的脸上刻满了愤怒，皱纹混乱地纠缠在一起。

“你为什么骗我？”

我看着他，什么也没说。他后退了一步，我也不知道自己为什么没有尖叫——他好像马上就要把我扑倒在地。

“你打算告诉我，你是和谁一起出去的吗？”

我觉得自己一个字也说不出来，尽管我很想开口。我知道现在的情景看起来糟透了，但如果我对他说了实话，事情会变得更糟。那像是对他的嘲笑——把一件他告诉我的事又甩在了他的脸上。

“我觉得我要揍你了。”他说，“如果你还是站在这儿不说话，我真的会揍你。从我眼前离开，上楼去，他妈的，和你那个该死的彼扎斯基开房去吧，别待在这儿。”

我目瞪口呆。不知为什么，在我伤心难过时，我反而会大笑。“哦，彼扎斯基！哦，你希望我是和他出去的，对吧？这样你就可以在那张表格里为玛丽加上一分了——‘不会和约翰·彼扎斯基鬼混’。”

我朝家门口的方向转过身。但是我该去哪儿呢？作为一个神志正常的成年人，我打算去哪儿呢？我打算像玛丽那样游到岛上吗？打算闯进格蕾塔和J.P.家，或者是温赖特家吗？我从他身边溜走，去了楼上那间客房。我把一只抽屉柜推倒在地：它翻倒后，柜角刚好能卡在门把手下方。然而十分钟后，事实证明我的努力是无济于事的。他一定在用肩膀撞门，仿佛有只锤子砸着我的心口，连耳朵都在突突地跳。他只撞了一次，什么话也没说，然后走开了。

我坐在屋里，看着窗外的花园，直到夜深。天空中划过闪电，雨水猛烈地击打着大地，我想到了玛丽·福克丝，她远在几英里之外，看着灯塔外的狂风暴雨。我想到了那些她所知道的、关于圣约翰的事。我仿佛看到了一枚闪闪发光的先令，还有一个黑头发的年轻人，眼睛像玻璃上的两块污渍。他孤身一人行走在大城市里，穿过一间又一间的屋子。城市里的每一个人都在自我伤害，然后挣扎着站起身来，不想挡住别人的路，不想和别人牵扯在一起。然后他回到家里，不想孤零零的一个人，于是幻想出了一个并不存在的女孩。我忌妒玛丽是一个想象出来的人，忌妒她能和他如此亲近。忌妒之火熊熊燃烧，我知道自己不能再想这些，否则体内的某些东西会因此破碎。

那一夜改变了我。一幅图景在我的脑海中渐渐成形，比我之前编的那句关于谦逊和胭脂的话更好。我想象着一个女人独自坐在梳妆台边，做好了登台演出前的准备。她看上去很有异域风情——可能皮肤黝黑，或者是个印度人。以前她演出时有人起哄，有男人说着污秽不堪的话，而现在她化了上了妆，不必在乎这些了。抹上粉底，画上夸张的眼影，让自己看上去像来自另一个世界的女人，这样观众们就只会坐在那儿，出神地听她唱歌，不会打扰她一分一毫。这个女人化好妆后，和一个坐在屏风后的人说着话——我还不确定那个人是谁。言归正传，这个梳妆台前的女人，她的心碎了。她的心每周会被人弄碎三次，因为那些人待她很糟糕，而她又知道自己无能为力，只能一笑置之。此刻，她正和屏风后的人说："让我告诉你一件事吧，孩子。爱就像一条魔毯，它拥有着自己的意志。你踏上毯子，它就会带你去许多地方——绝美的地方，古怪的地方，可怕的地方，你永远也不可能亲自涉足的地方。是的，爱就是一场旅行！但你只能去魔毯带你去的地方，只要踏上了魔毯，该死，你就什么也不能选择了。嗯，要是有一个出售魔毯的市场就好了。因为从今晚开始，我就要卖了自己的那条。"

我决定以此作为《海达·高布勒和其他怪物》的开头。不过，我不会写关于"出售魔毯"的那几句话，否则可能会显得很俗。

大概凌晨四点时，我把梳妆台从门口挪开。我必须得去上厕所了。然后我走进了卧室，我和圣约翰的卧室。他不在那儿，我下了楼，发现他在书房里，趴在桌子上睡着了。他流了一点口水，染花了新写的几页文字。我把那几页纸从他的胳膊底下拽出来，没看上面写了什么。他醒了，但没有睁眼。“我可以解释一下吃晚饭的事。”我说，“早上和我一起去云岛就行了，我会告诉你的。”他没回答，我掐了他一下。于是他睁开了眼，面有愠色地看着我。

“书写得怎么样了？”

他皱起了眉。

“你能读一段给我听吗？拜托了。”

“我还没写完。”

“一小段就好。”

他大声读了几页，读得很快，然后他发觉我还想继续听，就放慢了速度。他的文笔很优美，却充满了绝望。真奇怪，他竟能创造出玛丽这样一个活泼的灵魂。他读到了章节中一个非常紧张的段落，我忍不住脱口而出：“哦，老天啊。”他抬起了头。“有些不好的事情就要发生了，达。”

“在我们两个之间？”我向他伸出手。他握住了我的手，用嘴唇触碰了一下我的手腕。一阵刺痛发麻，好像我全身的血液都飞速涌回了心间。

“是的，在我们两个之间。这是在所难免的。”

“但是有些好的事情也将要发生了。”他张开了嘴，然后好像想到了什么，最终闭上嘴巴，没有说话。“你是不是想说，我听上去就像玛丽？”

“或者说玛丽听上去就像你……”

认识圣约翰时，我是一个肤浅的人。如今六年过去了，我依然没有一点变化。有时候我会对他说很难听的话，因为我不想让他察觉到我的悲伤；有时候我会大发雷霆，因为我不想被别人看出来连我也不知道自己在说些什么；还有些时候，也许这种情况时常发生——我不敢有自己的想法，害怕会惹别人生气。我太愚蠢了，不配和他在一起。

你可曾听到过，别人的语气在暗示你“到此为止吧”？他所说的每一句话都是如此，于是我不再倾听。你可曾尝试过打破这种局面，告诉对方一些出人意料的秘密？比如“有件事我从没对你说过，我其实是一位公主，我的国家就在卡夫山[①]上”“我家世世代代长生不老，如果你与我同住，你也会青春永驻。这个秘密我一直瞒着你，因为我想知道，你喜欢的究竟是不是我这个人”。你可曾希望过……希望过……？

我的心是那么沉重，它沉沉地压在我的胸口。想说就说吧，圣约翰，说你不爱我，说你需要一个人生活，说吧。我不想听到这些话，是的，一点也不想，但没关系的，我不会有事的。

我告诉他我爱他。以前我从未对他说过这句话，只是因为我不知道他听后会怎么想。“我爱你。”我比着口型，无声地说出这三个字，因为我找不到打扰他的理由。我不知道他是否看见了，希望他看见了，毕竟，我认为在一个女人的一生中，

① 卡夫山（Mount Qaf）：波斯神话和阿拉伯神话中的一座山。——译者注

她不会将这句话对同一个男人说三遍以上。只有当生命攸关时，它才适合说出口。“我爱你”这句话对我俩来说有着与众不同的意义。天知道它对别人来说意味着什么，天知道它对我们来说意味着什么。

“从头开始吧，达。让我们从头开始吧。”我丈夫说。他把手放在我的肩膀上，过了一会儿又把它们拿走。“可以吗？”

从头开始？这主意不错，但他到底是什么意思？我们能重新回到多久以前呢？收回所有那些……

告诉他你打算赌一把，达芙妮。

“当然了。”我说，朝他伸出了手。“我们握个手吧。”

我们握了手。他抓住了我的手，握得很用力，我们俩的手掌汗津津的。我抬头看着他，他低头看着我，我完全不知道他此刻在想些什么。我决定等他开口，可是几秒钟过去了，他还是沉默不语。于是我猜测，他一定是不知道该说什么。可能他害怕说错话。

于是我收回了自己的手，主动开口向他介绍了自己。我说很高兴认识你，请问你叫什么名字。我的声音轻松欢快，但是为了顺利完成这夸张可笑的一幕，我不得不垂下了眼帘。我感觉他正在看着我，他一直在看着我。我听到他忍住打哈欠的声音。然后他用拇指抬起我的下巴，在我的脸颊上轻轻一啄。我的脊椎好像融化了。他喃喃说道：“好吧，不过我在想，我们能不能进展得稍微快一点呢……”

我的双手在他的衬衫下面游走，手指抚过他赤裸的胸膛，感到他前所未有地深深吸了口气，我自己也颤抖起来。这感觉很好，但说实在的，我只是想拖住他，我想妥协，却又不想让他觉得自己永远可以为所欲为，我想尽快找出一个两全其美的办法。我需要说出几句既鼓舞人心又令人绝望的话。

“怎么样？”他问道。他离我如此之近，微微笑了一下。我们俩的双唇若即若离。我怎么也想不出那几句该说的话，于是冷不防地狠狠拧了一下他的鼻子。他嘶哑地叫了一声，听上去挺满足。我亲吻了他。

他笑了起来，然后回吻了我。他的吻就像冰激凌，就像一首爵士乐华尔兹，既粗暴又轻柔，就像海浪在炎炎夏日冲去我皮肤上的泥沙。整个过程中，我们俩一直轻声笑着，甜蜜又傻气。

第二天早上，我们乘渡轮去了灯塔。我们起得太晚，来不及走到码头了。玛丽·福克丝不在那儿，但她在厨房的桌台上给我们留了一张字条，上面放着灯塔的钥匙。

> 我去旅行了！经密西西比河去墨西哥。我认识了一个海滩上的流浪汉，他说他可以一直陪我走到弗吉尼亚——还挺不错的，对吧？我不知道我会去多久。
>
> 福克斯太太，等我安顿下来，会告诉你我的地址，这样你就可以把《海达·高布勒和其他怪物》寄

给我看了——请务必要写啊。别给自己打退堂鼓，你一定可以写出来的，一定会写得非常好。（也许，我到底还是会点魔法的。）

福克斯先生，别担心，我会回来找你的。如果你有点思念我，那么说不定等我回来后，你就会对我更好。还有，嘿，现在你可以为所欲为了，当然只是暂时的。

我等不及想知道我回来后的情景——我们三个人在一起！我几乎有点希望，自己已经旅行归来了……

照顾好彼此，好吗？

M. F.

我们在码头上找到了那件衬衫裙，就在她昨晚扔下它的地方。裙子皱成了一团，被雨水毁了，我只希望她还有别的衣服穿。

圣约翰一遍又一遍地读着字条，嘴巴无声地一开一合。他看上去大受打击，又如释重负。我想用不了几分钟，他就会狠狠地盘问我了。

至于我自己，我发现玛丽的字迹和圣约翰的是如此相像。所以说，让玛丽从我们的生活中消失一会儿，总归也算不上太糟糕。

狐狸们[①]

1

小女孩害怕小狐狸，小狐狸也同样害怕小女孩。

森林绵延了好几里地，林子中心住着几只狐狸，尽可能地躲避着人类。但是曾有人指着小狐狸给小女孩看，也曾有狐狸指着小女孩给小狐狸看——小女孩的妈妈是用一本图画书教她指认的，而小狐狸的妈妈有一次把它带到一扇窗户边，让它偷偷往里看，那时候小女孩家的每个人都在睡觉。每一次，他们都会听到这样的话："这是你的敌人。"

他们长大了一点。它学会了一些事情，她也一样。他们学到了对于彼此的恐惧。

不过小女孩很漂亮……也很倔强，很古怪。

---

① 标题原文为"Some Foxes"，其中"Foxes"一词既是"狐狸"的复数，也是"福克斯"这个姓氏的复数，此外，它还是"福克丝"这个姓氏的复数。其中的含义可以自行领会。——译者注

小狐狸充满了好奇心，很勇敢，很聪明……

他们自然而然地相遇了。

小女孩对神秘玄妙的东西很着迷，她学习了恶龙的名字，一个接一个地念着，召唤着它们。它们从未现形，但她并不气恼。如果她是恶龙，也不愿意被人打扰到。小女孩和她的妈妈、姐姐一起住在森林入口处——离镇子只有几步远，可能连十步都不到。不过很少有人来拜访她们。傍晚，姐姐会不停地学啊学，而我们这位小女孩，会在自己的房间里挂上灯笼，表演木偶戏。那些提线木偶都是她亲手制作的。女孩的父亲久病卧床时，教过她怎么制作木偶。后来他去世了。“别在窗户旁边待着，”每次看到小女孩在做什么时，姐姐总会严厉地说道，“这样太显眼了。谁知道林子里有什么东西在盯着我们？”

但是妈妈打断了姐姐的话，叫她别管妹妹。

我们这位小女孩边表演边唱歌，木偶在她窗外的树叶和草地上投下了影子。我们的小狐狸在远处观察着这一切。它一动不动地站着，又细又长的眼睛只是灌木丛中一丝微弱的亮光。它听到了歌声，这声音对它来说毫无意义，但并不令它讨厌。小狐狸学会了如何生存。如今它的妈妈离开了森林，去了别的地方，不过它不太思念它。它出手很快，不会让眼前的景象干扰头脑，很擅长捕捉兔子和松鼠。它晚睡早起，穿过整片森林，历经风吹雨打。它知道蜜蜂们在哪里酿蜜。它看到布谷鸟飞入其他鸟儿的巢穴，知道哪只鸟孵出宝宝后会当场傻眼，同时等待着战利品摔落在眼前[1]。小狐狸从不打架，它活得逍遥自在，该逃跑时就逃跑，但这一次除外。

接近一个女孩，这对狐狸来说意味着什么呢？狐狸们都很孤独。企图接近人类的狐狸都是居心叵测的，要么就是得了什么可怕的病，比如狂犬病，或者比这更糟。狐狸看着女孩玩耍，但不明白她在做什么——显然狐狸们不会做这样的事。然而，它对此很感兴趣，她坐在那儿，身边围绕着一圈“罐子”[2]，里面燃烧着贪婪又危险的火焰，而它就目不转睛地凝视着，不停地看啊看，直到凝视已经失去了意义，不再让它感到满足，而是感觉肋骨被狠狠地抓了一下。（因为它领会到了时间的意义，还有时间带给人的失落感。它知道，还没等它看够眼前的一切，女孩就会熄灭灯火。）通过观察女孩玩耍，我们的小狐狸学会了辨别森林中其他生物的美。每一次，当它发出毫无意义的凝视，并且沉醉其中时，都明白了什么是美。水面上的月光让它欣喜若狂。它把爪子伸进银色的波光中，鼻头湿淋淋地滴着水。它并不想喝水，只是看到了水的样子，很想摸上一下。另一只狐狸走过来，嘲笑着它，但是我们这只狐狸并不在意。

至于那个女孩，她望着黑暗的森林，几乎什么也看不清。或许有的时候，她看到有什么东西在动，但是无法确定。我们

---

① 布谷鸟没有自己的巢穴，它将鸟蛋生在其他鸟类的巢穴里，让别的鸟喂养自己的宝宝，再把寄主家的鸟蛋或幼鸟挤出鸟巢摔死。——译者注

② “罐子”，即前文所说的灯笼，狐狸没有见过灯笼，所以这样形容。——译者注

的女孩越来越不喜欢真实的事物。她不再去上学了。她妈妈在镇上开了一家商店，出售食物、书籍、玩具、亚麻，还有她所能想到的一切，生意很不错。女孩也去了商店干活，和妈妈一起卖东西。她不肯卖给别人那些她觉得对方不需要的东西，她会与顾客理论一番，直到他们明白了她的意思。她姐姐变得越来越苍白瘦弱、勤奋好学，她一头扎进课本里，因为她并不喜欢住在森林入口——这里总有些她看不到的东西在无声无息地弥漫着，不停地颤抖着，而当她扭头去看时，会感受到死一般的沉寂。姐姐想离开这里，搬去城市，去一个没有人认识她的地方，尽情欢笑，寻欢作乐。别急，这一天总会来临的。她需要先在成绩上名列前茅，然后拿着奖学金远走他乡。“而你又会变成什么样子呢？”姐姐问妹妹。妹妹耸耸肩，笑了起来，看着窗外，做起了白日梦。

还记得那只狐狸吗？

它现在学会了辨别美，喜欢把美的事物与其他事物区分开来……

狐狸想谢谢那个女孩。

(狐狸想认识那个女孩。)

它花了很长时间才下定决心。它对此并没有欣喜若狂，但它既没有发烧，也能吃能睡，所以它认为自己没出什么问题，一切都好。可能只有在这件事上，老狐狸们说错了。

狐狸为女孩带去了莓果。饱满的、深红色的莓果包裹在叶子里，那是它所能找到的最大最绿的叶子。它先把叶子在森林中放了一夜，这样它们就沾上了晶莹的露水。该怎么把礼物给她呢？

它观察着，等待着。傍晚的木偶表演不经常有了，因为女孩开始对小伙子们感兴趣，开始精心打扮，和姐姐一起参加舞会。以前，妈妈不许姐姐独自去跳舞。“小伙子和动物没什么两样。”她说。所以，现在她们一起去跳舞了。夜夜笙歌，面颊通红，互换情书，心存渴求，现在森林对于女孩来说不再真实了，只是她家后面的树罢了。当然，是很多很多棵树，但也只是树而已。男人们更有意思，至少，他们可以算是新的谜题，如果她解开了其中的一道，就有了一个崭新的人生，一个崭新的姓氏，一个不会斥责她买了太多乐谱和帽子的伴侣。这些天里，女孩只有在和追求者吵架后，才会上演木偶戏——一个穿着华美长袍的女木偶对一个衣衫褴褛的男木偶破口大骂，只有这一个情节，要演上半个小时。

狐狸不喜欢木偶戏现在的风格，其中有些东西……算了，它带来了莓果，眼前是女孩和灯笼发出的光，恰逢其时。它叼着叶子跳上了窗台，放下礼物后离开了，跑到了石头扔不到的地方，但又不是太远，足以让他们看到彼此。

年轻的女孩看到了一抹灰色，看到一条尾巴擦过了窗玻璃，看到一个绿色的包裹落了下来。木偶从她手中掉落，“咔嗒”一声摔在地上，它们弯曲着膝盖，好像想自己跳起来似的。

灯笼中的火光闪烁，在不远处的一排树边，女孩看到了一只狐狸，那东西也在看着她。她往右动，它的眼睛就往右移；她往左动，挪了一大步，几乎消失在了窗框后面，狐狸的脑袋也跟着她一起移动。它看上去像在微笑，但那只是动物的口鼻处一个毫无意义的表情，因为它就长这副样子。它的凝视坚定又澄澈，却不带一点感情。狐狸在发抖，它为她带来了礼物，想留下看看她会有什么反应。它在发抖。于是女孩没有拉上窗帘，也没有转过身，她打开了窗户，然后慢慢地，很慢很慢地，伸手去摸那片巨大的树叶。狐狸没有过来，如果它的确动了，那也是往后退了。女孩打开了叶子：是莓果，但看上去更像珠宝。她拿起一颗尝了尝，很美味。她吃了一颗又一颗，朝狐狸招手："过来，过来。"声音甜得像糖浆，是她对小孩子说话的语气。狐狸没有过去，它如痴如醉地盯着女孩，目光从她的眼睛移动到她被莓果染红的嘴巴。**她不喜欢这份礼物，她很生气。她在说什么？她在说什么……**

"你不能过来点吗？要知道，是你来找我的。"女孩恢复了正常的语气，生气地说。

这一晚对于狐狸来说已经足够了，它逃跑了。

现在女孩想谢谢狐狸。

（女孩想认识狐狸。）

她裹上一条围巾，手持一只灯笼，偷偷溜出了家门，打算跟随狐狸回到它的巢穴，看看它是怎么生活的。走过林中小路时，我们的女孩抬高了灯笼，她躲开了那些比较大的枝干，但是小树枝插进了她的头发。她先是倒抽了一口冷气，但接着，拽到她头发的树枝越来越多，越来越频繁，无休无止，好像一层由手组成的天花板。她跨过浅浅的鹅卵石溪流，裙子拖进了水里——那些褶边肯定给毁了，她冷漠地想。哪儿都找不到狐狸的踪影。女孩在一根倒在地上的圆木边停了下来，回过身，摇晃着灯笼四处张望，想努力找到来时的路。她什么也想不起来，她迷路了，不知道该怎么办。她坐在木头上哭了起来。可怜的姑娘——她的泪珠是那么美。躲在一旁的狐狸看着她哭泣，它只知道，她正在用自己的眼睛做着某件事，而这件事会闪光。它一直看着她，直到她睡着，还在一边看着。

这件事发生在冬季。地面上结了冰，太阳一下山，外面就寒风刺骨，衣服根本不顶用。你需要穿上皮草，或是羽绒衣，或者干脆别出门。女孩着凉了，情况很严重。她呼吸时胸口发出沙哑的声音。她发起了烧，因为身体需要热量。她的牙齿打战。她让狐狸联想到一片被风吹走的树叶。她醒来时很虚弱，让狐狸很高兴的是，她躺在了木头上，又哭了起来。她在森林中走了那么长的路，等她反应过来时已经太晚了。太阳升起来了，阳光照得红杉树一阵眩晕，桦木在滴泪，女孩也是。终于，她选择了一个方向，走了起来。狐狸跟着她，纳闷她要去哪里。因为家——她的家，是在另一个方向的。尽管它一路小心翼翼，还是碰到了几根树枝，发出嘎吱嘎吱的响声。她发现了它，于是它跑了起来，快到她不可能追上，又慢到她能够跟上。女孩几乎无法相信，她竟然又在跟随着一只狐狸，而它可能会把她带去任何地方——把她带到深深的湖泊里淹死，把她带到满是细小骨头的浅坑里。也许它根本不想叫她跟上，也许它只是在享受着这个美好的早晨。狐狸没有回头看过她一次。难道这是另一只狐狸？

她听到了前来寻找她的人在叫喊，空气中飘荡着她的名字。狐狸扭过身子，飞快地从她身边掠过，朝森林中心跑去。她及时伸出了一只手，掌心刚好触到了它温暖的皮毛。

从此以后她再也不演木偶戏了。下雪了，女孩卧床不起，浑身发抖，胡言乱语，最后去世了。死因有两个：那晚她独自出门时染上了严重风寒；还有莓果，那些莓果有毒。狐狸不知道发生了什么。它胆子大了些，回去查看女孩的房子。每一扇窗的窗帘都拉上了，台灯发出稳定的光，从其中一扇窗的窗帘顶端缝隙中透出来——那是女孩卧室中的窗帘。这幅景象它看了几晚就失去了兴趣，后来它想起女孩，又回去了一次。那晚没有灯光，整座房子黑洞洞的，第二天晚上也是一样，第三天也是。狐狸很冷静，从那一刻起，它发觉自己辨认出的那些美好不会永存，于是重新回到了狐群。

2

现在我来讲讲另一只狐狸的故事。刚才那只狐狸是灰色的，而这一只是红色的。现在我说的这只狐狸被人追捕过。那些能在追捕中活下来的野兽，要么是运气好，要么是胆小畏缩，要么是冷酷无情的战士——冷血、悲惨、下贱。这只狐狸不是未经世事的羔羊，它冲进兔子窝，展开血腥的大屠杀，只是为了转移敌人的注意力。但它也知道自己的伤口和弱点，它蜷缩在洞穴里，躺在那儿，像一块深深陷进泥土里的破布。它屠杀母鸡，因为它们就在那儿等着被屠杀，而且它明白，猎人们想杀它，也是出于同样的原因。狐狸出生时，巢穴里挤满了小狐狸，但它们几乎刚一长大，就全被猎人杀死了。有几次它藏身于被人圈养的狐群中，但这些狐狸从来不逃，它们很傻，从没见过地平线，只会一圈又一圈地原地奔跑，一脸困惑。

这只狐狸孤身一人，我曾说过狐狸都很孤独，但是“心甘情愿地孤身一人”和“失去了所有亲人只好孤身一人”之间还是有区别的。我不是说我知道这两者之间有什么区别，但是我们这只狐狸知道。

一天下午，这只狐狸跳过篱笆，径直朝一间农舍走去。它不想再当狐狸了，它什么也不想当了。它垂着头，所以没看到农舍里的那几只狗。它们对它怒目而视，毛发竖立，低声咆哮，但是没有出击。甚至当农妇跑出来要求它们攻击狐狸时，它们也一动不动。农舍的狗能一眼辨认出哪只狐狸受了伤、生了病。农妇回到屋里，没有关上门，然后又拿着某样东西走了出来。狐狸低头看着地，它看上去像在微笑，但那只是动物的口鼻处一个毫无意义的表情，因为它就长这副样子。狐狸不知道该做什么。有些事情马上就要发生了，又或者也许不会发生，但不管怎样它都来到了这儿，完全违背了自己的天性。

一个人类出现在它不远处。那几只狗一跃而起，像狼看到满月时那样嚎叫着，狐狸没看它们。这个人已经跟了它好几天了，它不记得她是从哪一天起跟上它的。狐狸受了很重的伤，而她恰好出现了。她拿着一个尖尖的东西，它允许她用这个东西帮它缝合伤口。现在伤口已经结痂成疤，愈合得很快。之前它痛得走不了路，她就从地里挖出些野鼠，扭断它们的脖子，剥了它们的皮，喂给它吃。她用五根手指和那只模样滑稽的手掌，把食物送到它的嘴中。夜里，当它痛得睡不着时，她就一边数着星星，一边朝它藏身的那个树洞轻声说话，说自己能看到多少星星，直到它睡着。她毫无缘由地为它做了这么多。它不知道她想从它这里得到什么，也从来没有遇到过像她这样的人。所以她大概并不存在，狐狸尽可能地无视她。眼下，她正蹲在它身边，伸手碰了它。她抚摸着它的脖子，对着它的一只耳朵说话，而它听懂了。无论何时，只要她说话，它就能听懂。她的嗓音中有着各种各样的声音——流水击打岩石的声音、橡子在果壳里摇动的声音、鸟儿报晓的声音。她的声音不大，但它全身上下都感觉到了。

“听……那女人正在找猎枪呢。”

“猎枪？太好了……”它心想。就算它能发出声音回答她，它也不想。

“她找到枪了。快跑，为什么你要来这儿呢？”

那些狗大着胆子溜到它身边，她挥手把它们赶走了。

“这么说，你是真的想死吗，狐狸？”

它没法告诉她实情，它不会说人类的语言。

她叹了口气。

“很好，你有这个权利，那么永别了。“

她摸了摸它的脊背，信步走远。身后猎枪的声音划过天际，它追过去，用尽全力追过去，他们跑了起来，它追上了她。考虑到她只有两条腿，又是个人类，她其实跑得还挺快的。“活下去，”她大笑起来，上气不接下气，“活下去，活下去，活下去。”等到周围足够安全，不用再跑时，她瘫倒在荒田里的篱笆边，双手捂着脸，发出了类似于“哧哧哧”的声音。它开始观察她，她的两只眼睛分得很开。它从没离猎人这么近过，从未离危险这么近过。

她告诉它，她照顾它，是因为它额头上那片白色的皮毛形状像颗星星。有时候，你看到别人的标志，就会无可救药地坠入爱河，她想告诉它这个，但最终还是决定不说。它并不知道自己的额头上有白毛，也不知道这样东西有着如此深长的意味。她坐在地上，狐狸躺在离她不远处，度过了安静而愉快的一刻。然后他们不得不走了，以免这片地的主人听说有人擅自闯入，要来找他们。

他们在她的棚屋外停了下来。这是一个摇摇欲坠的东西，旁边是一条小河。铁皮屋顶深深地凹了下去，窗户上布满了灰尘。最重要的是，这间棚屋看上去很生气，似乎想向居住在其中的人喋喋不休地抱怨，说自己被荒置了多久。

“进来吧。”女人对狐狸说。

狐狸不想。女人悲伤地看着它再次独自走远。

很多天过去了，女人在棚屋里静静地生活。她做了一番大扫除，换上了自己做的新屋顶，擦洗了窗户，编织了地毯。她采了青草和草药，煮沸后制作了各种各样的混合物，装在瓶子里。生病的人和他们的亲朋好友会来森林里找她，交了钱，拿走她的瓶子，疾病就痊愈了。“你去哪儿了？”大家不停问她，“我们找了你好几周了。”

她回答：“我恋爱了。”

“太好了！他是谁？”

“我不知道。我不知道还能不能再见到他。”

她说这话时瞳孔放大了，好像她刚刚睡下，神志已经迷糊了，但眼皮还没完全闭上。像她这样的女人，一旦做出选择就会很认真。她对看到的每个人说：“如果你见到他，请告诉我。他的额头上有一颗白色的星星。”她没说它是只狐狸。

村里有个女人要生产了，我们这个女人来当产婆。孕妇尖叫了三个白天，嘶号了三个夜晚，孩子才终于出生。这是夏季时发生的事。那天女人收工回家时，跳进了小河中洗澡。她身上的血与汗被河水卷走，然后她坐在河边，让太阳晒干身体。她看着蜥蜴爬过，感觉皮肤发麻。有些小东西在咬她，提醒她它们的存在。她的脉搏慢到不能再慢，然后又加快起来，在她的手腕上、额头上一跳一跳，清晰可见。她既快乐，又不快乐。"那只狐狸早把你忘了。"她告诉自己，然而她眼前到处都是白色的星星……

因为一只狐狸？

因为它。

女人走进棚屋，找出衣服穿上，这才发现家里被盗窃了。瓶子和画框都被摔碎了，桌子和椅子翻倒在地，纸被翻过一遍，火柴七零八落地散在地上。女人在屋里寻找着，检查有什么东西不见了。她不清楚家里到底都有什么东西，只能看看哪里多了个空当或缝隙。她发现书架上多了个空当，小偷拿走了一本字典，除此之外什么也没少。她站在那儿，盯着这个空当，思考着。接着思考变成了好奇，她捂着嘴微笑了。

现在试想一下，那只狐狸待在它的巢穴里，抱着一本书。它的前爪搭在书页上，眼睛紧贴文字。这些奇形坚状的东西！它们什么用也没有，它们让它沮丧。它看得越多，这些奇形坚状的东西就嘲笑它越多。它把书推进一只麻袋里，咬住袋口的绳子，把它拖到森林中。它躲在村里育儿所旁边的灌木丛中，听着孩子们牙牙学语。它可以看到，老师用一把尺子指着黑板，一个字母接一个字母地敲着。它的思绪飘走了……于是它咬着爪子听着。一边看，一边听，它的思绪又飘走了……它又咬了一下爪子，这一次狠狠地咬了一口。然后又重复了一次，又重复了一次，直到它的爪子血淋淋的，它学会了。

清晨洒下第一缕阳光时，狐狸就开始看那本偷来的书。没有人知道这件事，没有人看到它在做什么。现在，书页上出现了单词。狐狸不再捕猎了——不再捕猎了！它吃伸手可得的东西，比如林子里的老鼠。它不是待在巢穴附近就是去育儿所，专心致志地听课。它把图片和文字联系起来，偷听别人讲话。它偷来报纸，磕磕绊绊地读着，沮丧地咆哮，把报纸撕成碎片……但它会学会这种语言的，它一定要学会这种语言。

因为一个女人？

因为她。

终于有一天，狐狸有了一些词。虽然不多，但足够和她交谈了。它去了女人的棚屋。她的头发是灰色的，脸上也有一些皱纹，但除此之外，她和以前一模一样。他们相遇时她就已不再年轻，两年的时光让她老得更快了。狐狸自己也不再年轻。女人微笑了，触碰了它的额头。那块白毛还在，是她喜欢的形状。很好。

“进来吧。”女人说，她的声音和从前一样——它全身上下都能感受到。有一天它要问问她，她是怎么做到的。

狐狸走进了棚屋。

狐狸把字典带回来了。她早就买了一本新的——正好，反正被偷走的那本也很破旧了。它还带了一些词来。它从报纸上咬下这些词汇，这是一项很费时、很需要耐心的工作，很煎熬，它需要反复核对报纸上的每一个词是不是自己所认为的那个意思。如果它理解错了，全都理解错了……如果她嘲笑它……

女人坐在椅子上，看狐狸整理着一张张纸片，屏住了呼吸。她曾经相信——现在她也不知道该相信些什么了。这不可能。狐狸看上去很瘦弱，很疯狂。她在脑子里过了一遍那些混合物，想找出有可能会帮到它的那几瓶……

词汇在她脚边铺开。

你好。

狐狸抬头看她，喘息着。它的尾巴卷曲在后腿上，形成了一个惶恐不安的"L"。

女人抬起手，又任它落下。"你好。"她大声说。她没看清眼前的一切，她的眼睛里全是泪水。她擦了擦眼睛。

你能帮我吗。

她说话时，狐狸听得很专注。她回答了三次，想让它听清楚。"我会尽力的。告诉我该怎么帮你。"

她突然想起了那天下午在农舍发生的事，于是加上了一句：

“我没法帮你自杀。”

狐狸翻找着纸片，从中选出了两张。

不死。

它又选出了三张。

请改变我。

它把爪子重重地放在后两个词上，看着她，四目相对。改变我。改变我。

“把你变成什么？”

不是狐狸。

它不得不从字典里撕下了“狐狸”这个词。这张纸片很小。

“不。”女人缓缓地说，“我想我做不到这个。我没有那种能力。”

狐狸躺下来，闭上了眼睛。他努力了这么久，眼下虽然只休息了一刻，却仿佛是无穷无尽的，就好像疼痛。女人跪在它身边——出于同情。他们看着彼此，挨得很近，四目相对。然后它站了起来，把她轻轻推到一边，选出了更多的词。

和你在一起。

我和你。

求你。

狐狸让自己适应女人的生活方式，像她一样生活。它和她一起坐在餐桌边吃饭，一起在床上睡觉，一起在河流中用肥皂洗澡。它贪婪地读着书，比她读得还多。随着知道的词汇越来越多，它向她讲起那些围捕，那些马和尾随其后的猎狗，有时候还有鹰隼，到处都是它们的尖喙利爪，就像雨点一样密集。女人听着，一边听，一边意识到自己能听到它的话——它可以说话了，不用再拿着纸片给她看。她对此未加评论，好像这没什么大不了的。她问它，要是能变成别的东西，它想变成马、鸟、还是猎狗？都不想，它说。晚上它强忍着不适让女人抱住它，在他们初次见面时，这是连想都不敢想的事，哪怕那时它伤得很重。它可以越来越轻松地伸直身体入睡了。他们一起建了一间更大的棚屋，做了一张更大的床。她发现它的爪子变得越来越细，越来越脆弱，看上去更像是指甲。当然，那是很长的指甲，但终归不是爪子了。

*

但是它仍然有着那样的牙齿。所以——

它享受着“噬咬”的乐趣，她享受着任由它“噬咬”的乐趣。之后，一条又长又湿的舌头会轻舔着热乎乎的伤口。“噬咬”有很多种方式：

在不易察觉的地方咬一口；

吞咬；

啄咬；

一串啄咬；

“珊瑚”和“珠宝”；

一串“珠宝”；

“破碎的云”。

*

一个制药日，他们用木桶把清水提回棚屋，它问她：“我们多大年纪了？”

她说：“我忘了。”

她放下木桶，伸出手指，努力计算着。它一直看着她，直到她最终放弃，然后伸出双臂抱住了她，它站起来时比她高出一个头。

“你在笑什么？”她问它。

它说：“没什么。”

3

差点忘了，我还要说一说我知道的另一只狐狸——一只着实很邪恶的狐狸。不过你现在肯定已经听烦了狐狸的故事，所以我还是不讲了。

致谢

感谢：

凯西、博拉吉、阿里、切尔西、玛利亚金、凯特、安托斯卡、泰特、彼得。

也感谢艾米、维托、杰斯、丹妮丝和篱溪出版社（Hedgebrook）的每个人，特别是我了不起的伙伴们：妮娜、罗宾、蒂娜和凯蒂，谢谢你们听我朗读了《不存在的情人》的头几页。

当我最初决定要写一个关于《蓝胡子》的故事时，我看了与这篇童话有关的每一本书，每一部电影和戏剧——凡是我能找到的。它们都很精彩，但其中的一些尤为深刻：玛丽娜·瓦勒的《从野兽到金发女郎》，玛格丽特·阿特伍德的论文《费切尔的怪鸟》，还有安妮·塞克斯顿的诗集《变形》。对于本书的写作，它们都是博学而完美的指导。